4
고블린 슬레이어
GOBLIN SLAYER!
© 2017 Noboru Kannatuki

그는 장비를 점검하는데 여념이 없다.
검, 갑옷, 방패, 투구뿐만 아니라
잡다한 물건까지 하나도 남김없이.
물론 점검을 해뒀다고 해서
이길 수 있는 것은 아니다.
그러나 점검하지 않은 탓에 진다는
그런 일은 없어진다.

그리고 그는.
언제나 질 수 없는 것이다.

High Elf Archer
Guild Girl

Cow Girl
Priestess

"……고블린은 없는 것 같군."
"……그건, 다행이구만. 근데, 넌 결국 누가 좋은 거냐?"
"누구라니?"
"당연히 여자애 아니겠냐~. ……아, 접수원 아가씨 빼고서!"
"또 시작이구만. 야, 너희들도 경계 좀 해, 경계. 위에서 온다고, 주의해라 좀."
"다 안다니까. 뭣 때문에 바위 뒤나 나무 뒤를 지난다고 생각하냐?"
"그럼 뭐 됐다……."
"그러는 너는 그거지. 무뚝뚝하고 꽉 막힌 그 여자 좋아하지? 하긴 잘 어울리지."
"시끄러, 인마. 너는 너무 가볍지 않냐? 그런 미인이랑 파티를 짜놓고서는."
"바보자식. 남자의 가치를 이해할 수 있는 여자가 있는데 꼬시지 않는 게 오히려 무례한 거다. 그래서 누군데?"
"……딱히, 흥미는 없다."
"……진짜냐? 그럼, 그거냐? 설마 남자 쪽이 더 라는—."
"그건 아니다."

Contents

GOBLIN SLAYER!

He does not let anyone roll the dice.

고블린 슬레이어

GOBLIN SLAYER!

He does not let anyone roll the dice.

4

저자 카규 쿠모
일러스트 칸나츠키 노보루

고블린 슬레이어

인물 소개

CHARACTER PROFILE

—그러니까 나는,
놈들 입장에서 고블린이다.

고블린 슬레이어
Goblin Slayer

변경 도시에서 활동하는 별난 모험가. 고블린 토벌만 해서 은 등급(서열 3위)까지 올라간 희귀한 존재.

—지키고, 치유하고, 구하라.
『지모신의 세 마디 성스러운 구절』

여신관
Priestess

고블린 슬레이어와 콤비를 짠 마음씨 고운 소녀.
고블린 슬레이어의 무모한 행동에 휘둘리고 있다.

—무지한 자들이야말로
행복한 것이다.
알게 되는 것은 가장 커다란
기쁨이니까. 『엘프의 격언』

엘프 궁수
High Elf Archer

고블린 슬레이어와 모험을 함께 하는 엘프 소녀.
탐색자(레인저) 역할을 맡고 있는 굉장한 솜씨의 활잡이.

—그녀에게 중요한 것은,
언제나 날씨, 가축, 작물과
그 사람이다.

소치기 소녀
Cow Girl

고블린 슬레이어가 묵고 있는 목장에서 일하는 소녀.
고블린 슬레이어의 소꿉친구.

—펜과 종이도 없이, 어떻게
모험을 할 수 있을까요?

접수원 아가씨
Guild Girl

모험가 길드에서 일하는 여성.
고블린 퇴치를 솔선해서 하는 고블린 슬레이어 덕분에 언제나 마음의 짐을 덜고 있다.

—보석도 금속도 연마하기 전에는 모두 돌덩이로다. 사물을 겉모습으로만 판단하는 드워프는 이 세상에 없느니라.

드워프 도사 Dwarf Shaman

고블린 슬레이어와 모험을 함께 하는 드워프 술사.

—용은 도망치지 않는 법.

리자드맨 승려 Lizard Priest

고블린 슬레이어와 모험을 함께 하는 도마뱀 수인 승려.

나를 단련하고 칼날로 해치워라. 피가 나온다면 내 적이 아니다. —강철의 비밀. 그 중 일부.

중장 전사 Heavy Warrior

변경 도시의 모험가 길드에 소속된 은 등급 모험가. 여기사를 포함한 변경 최고의 파티를 이끌고 있다.

—신비와 사랑은 혀로 자아낼수록 쉽게 풀어지는 법. 하물며 여인의 아름다움은 어떠하리.

마녀 Sorceress

변경 도시의 모험가 길드에 소속된 은 등급의 모험가.

존경해 마땅한 적을, 내일의 벗이라 부르기는 싫다. 적어도 오늘은.

창잡이 Lancer

변경 도시의 모험가 길드에 소속된 은 등급의 모험가.

사랑이란 서로를 마주보는 것이 아니다. 같은 방향을 함께 보는 것이다. —어느 시인.

검의 처녀 Sword Maiden

물의 도시에 있는 지고신 신전의 대주교. 과거에 마신왕과 싸운 금 등급의 모험가이기도 하다.

별의 반짝임 하나. 하늘을 불사르는 햇빛의 한 다발.
실의 색 하나. 길쌈한 천의 한 줄기.
비의 방울 하나. 대해를 채우는 파도의 한 방울.
모험가의 상흔 하나. 영웅 서사시의 한 편.
천의 천승(千乘), 만의 만배(萬倍),
거듭된 높이는 산하(山河)를 넘으리니.
굴러가는 주사위에 상관없이,
이리하여 세상이 자아지노라.

제1장 『신참 전사와 수습 성녀의 이야기』

Goblin Slayer
He does not let anyone roll the dice.

휘잉. 싸구려 검이 독기와 허공을 함께 가르자, 통통하게 살찐 자이언트 랫이 덤벼들었다.

"우, 와아악?!"

누렇고 지저분한 앞니가 날카롭게 튀어나왔고, 목구멍에서 풍기는 썩은 내를 두른 입김이 죽음의 이미지를 동반하고 있었다.

압도되어 뒤로 물러나면서도, 중고로 산 원형 가죽 방패를 반사적으로 휘둘러 쳐냈다.

"GYURI?!"

쥐가 비명을 지르며 땅에 떨어졌으나 굴러서 다시 일어났다. 대미지는 없었다.

그에 비해 신참 전사는 방패로 막았는데도 저리는 왼손을 휘두르며 어찌저찌 자세를 바로 잡았다.

"잠깐, 어째서 공격을 안 하는데!"

"손 아프다고!"

등 뒤에 있던 수습 성녀가 왕왕 울리는 콧소리로 외쳤다.

그녀는 한 손에 천칭검을 쥐고, 또 한 손에는 랜턴을 든 채 있는 힘껏 표정을 찌푸리고 있었다.

기분이 안 좋아지는 하수도의 끈적한 썩은 내는 설령 코를 막고 있어도 어떻게 할 수 없었다.

미끌거리는 바닥. 바로 옆에 흐르는 오수. 물리면 아픈 것만으로 그치지 않는 자이언트 랫. 꿈틀거리는 해충.

매번 그렇지만 신참 전사는 울고 싶어졌다.

—이렇게까지 해도 하루에 금화 1닢이라니.

그것도 할당량을 달성했을 때 이야기다. 그리고 그것조차도 살아가려면 귀중한 수입이었다.

그렇지만 모험가니까 역시 고블린 정도는…….

"바보야! 또 오잖아!"

"—윽?!"

파트너의 외침에 제정신을 차린 신참 전사는 앞을 보지도 않고 마구잡이로 검을 내밀었다.

"GYAARU?!?!"

털가죽과 근육과 심장을 꿰뚫는 기분 나쁜 감촉.

동시에 미지근한 체액이 푸확, 뿜어져 나와서 소년의 얼굴에 후드득 튀어 올랐다.

그리고 움찔거리며 경련하는 고깃덩이가 올라타자, 신참 전사는 견디지 못하고 소리를 질렀다.

"으, 으으……윽?!"

떨쳐내듯 검을 놓자 쥐가 검에 꿰인 채 땅에 풀썩 떨어졌다.

발치에 검붉은 피 웅덩이가 슬금슬금 퍼져서 소년의 장화를 적셨다.

"잠깐, 괜찮아? 안 물렸어?"

"그, 그래. 멀쩡해."

"……그래."

수습 성녀는 까칠하고 담백한 태도였지만 그래도 신참 전사 곁으로 다다다 달려갔다.

하얀 법의(法衣) 소매가 지저분해지는 건 새삼스럽지만, 손가락에 피가 묻는 것도 개의치 않고 볼의 피를 닦아내 준다.

"눈에 안 들어갔지? 입에는?"

"으엑, 조금 들어갔어."

"뭐 하는 거야. 정말—."

그녀는 못 말리겠다는 듯 중얼거리고, 등에 멘 가방에서 안티도트(해독제) 병을 꺼냈다.

퉤퉤. 피를 뱉어내고 수통으로 입을 헹군 신참 전사는 쓴 물약을 고맙게 받아 들이켰다.

둘 다 아직 백자 등급.

해독의 기적은 물론이고, 금속 갑옷이나 투구, 사슬갑옷 같은 것조차 꿈만 같은 것들이었다.

그러나 그걸 게을리하면 어떻게 되는지는 일목요연하다.

방금 전까지 쥐가 올라타고 있던 것은 누더기를 걸친 시체였다.

텅 빈 눈구멍에 찢어진 볼, 노숙자 같은 건가 했는데 갉아 먹힌 목에 인식표가 걸려 있었다.

수습 성녀가 그 백자판을 집어서 정성스레 손수건으로 감싸 품에 넣었다.

아무리 봐도 가련한 소녀 — 라고 인식표에 새겨져 있었다 — 는 방어구를 입지 않았다.

그저 평소의 복장 그대로, 나무 막대 하나 들고 지하에 들어와서 밀려드는 쥐에게 물려 죽었으리라.

"……으, 또 왔어."

"또, 라고 하지 마. 일이잖아."

동료의 죽음 탓일까? 아니면 흐르는 피 냄새에 이끌렸을까? 하수도 안쪽에서 새롭게 한 마리가 모습을 드러낸다.

랜턴 불빛이 비치는 가운데, 갓난아기 정도 크기 자이언트 랫의 그림자가 나타났다.

"얼른 증거인 귀를 잘라내. 먹혀 버릴 거야."

"내가? 귀가?"

"귀!"

"좀 더 걱정해줘도 괜찮을 텐데……."

소년은 구시렁거리면서도 시체에 박힌 검의 자루를 움켜쥐고 뽑아냈—.

"……어라?"

아니.

꾸욱, 꾸욱꾸욱. 힘주어 당겨도 고깃덩이에 묻힌 검이 어찌된 일인지 꼼짝도 하지 않았다.

근육이 이완되어 묘하게 물컹해진 쥐의 시체를 짓밟고 있는 힘껏 당겨도 안 된다.

그러는 동안 활활 타오르는 눈동자의 자이언트 랫이 슬금슬금 거리를 좁혔다.

"아, 자, 잠깐만, 기다려!"

"바보야. 오고 있어, 온다! 온다!"

"우, 우와악?!"

간발의 차이.

도약한 쥐의 턱을 피하기 위해 바닥을 구른 소년은 쌓여 있는 오물에 돌진했다.

썩은 잔반인지 뭔지가 몸에 들러붙었지만 물려서 병이 옮는 것보다는 낫다.

까딱하면 치명타(크리티컬 히트)로 목을 물려서 죽는 수도 있다.

"GURUUURRRU……!"

으르렁대는 자이언트 랫은 꼬리를 채찍처럼 휘둘러 신참 전사를 위협했다.

무기가 없는 그를 새로운 먹잇감, 등 뒤에 대기하는 소녀를 제3의 먹잇감으로 보는 것이다.

굶주림의 상징이라고 할 수 있는 쥐가 침을 흘리는 모습을 보니 이쪽을 놓칠 생각이 없어 보였다.

물론 모험가들도 여기서 도망치면 밥벌이가 안 된다.

"아앙, 정말……!"

수습 성녀가 버릇없게도 혀를 한 번 찼다.

—그러니까, 자이언트 랫은 병도 옮기고, 지저분한데다 덤벼들기까지 하니까 질서의 적, 질서의 적!

자신에게 말하며 들어 올린 천칭검의 바로 위에 빛이 모이더니 불똥이 튀었다. 그것은 번개의 검이 되었다.

"《심판의 다스림, 검의 군주, 천칭을 든 자여, 그 힘을 보이소서》!"

다음 순간, 신울림의 《홀리 스마이트(성스러운 일격)》가 검이 되어 날아가 쥐를 꿰뚫었다.

자이언트 랫은 고기가 타오르는 냄새와 연기를 피우며, 몇 번이고 움찔거리면서 몸부림치더니 숨이 끊어졌다.

칫. 소년이 불만스레 입술을 삐죽거리자 소녀가 안도의 한숨을 내쉬었다.

“좋겠다. 신의 기적은 한 방이면 되잖아.”

“불평하지 마. 하루에 한 번밖에 기원을 들어주시지 않으니까.”

불손하게 말하는 신참 전사를 수습 성녀가 찌릿 노려보았다.

“그보다 얼른 검을 뽑아. 귀를 잘라내고 돌아가서 몸을 씻고 싶어.”

“알~았어.”

신참 전사는 마지못해 시체로 다가가 이번에야말로 검을 뽑으려고 힘을 주었다.

그런데—.

부스럭.

“…….”

“…….”

불길한 소리가 들렸다. 문득 들린 그 소리에 두 모험가는 얼굴을 마주 보며 굳어 버렸다.

부스럭.

부스럭.

부스럭부스럭.

부스럭.

소리는 어둠 속에서 들렸다.

수습 성녀는 조심조심 랜턴을 들어올렸다.

검은 광택— 거대한 딱정벌레가 보였다.

기름을 바른 것처럼 번들거리는 그것이 한 마리, 두 마리…… 정도가 아니었다.

적게 어림잡아봐도 열 마리 이상.

그것이 길쭉한 더듬이를 흔들면서 슬금슬금 바닥을 기어오고 있었다.

이쪽을 향해서. 턱을 벌리고.

"시……."

수습 성녀의 목이 떨렸다.

"싫어어어어어어어어엇!!"

"바보야, 도망친다!!"

두 사람은 대강 손에 잡히는 대로 짐을 챙기고, 거의 기어가다시피 넘어져가며 하수도를 달렸다.

등 뒤에서 부스럭거리는 역겨운 소리와 함께 흑충(黑蟲)들이 따라왔다.

출구까지 과연 얼마나 걸릴까?

드래곤 정도의 사치까지는 바라지도 않는다. 하다못해 고블린, 아니 그런데 그것도 최후는 비참하지……. 그래도—.

—적어도 자이언트 로치(거대 흑충)들에게 갉아 먹혀 죽는 것만큼은 사양이었다.

§

봄이 끝날 무렵의 햇살은 여름의 방문을 전하는 것처럼 다소 무더웠다.

"으, 그그그……."

눈을 찌르는 아침 해, 그리고 지푸라기. 신참 전사는 굳어진 몸을 풀면서 몸을 일으켰다.

심호흡을 하려고 숨을 들이쉬자 짐승 냄새와 술 냄새가 뒤섞인 불쾌한 공기가 들어왔다.

그래도 마구간에서 눈을 뜨는 것은…… 하수도보다는 나았다.

아무리 모험가 길드가 모험가의 숙소도 겸하고 있다지만 숙박하려면 숙박비가 필요하다.

나무 판에 모포를 깔기만 한 간이 침대가 있을 뿐이지만 여관방은 경제적이었다.

어차피 사치를 부릴 생각은 없지만…….

"돈이 없단 말이지……."

구슬프게 한숨을 내쉬었다. 생각해 보면 어제의 모험은 아주 제대로 적자였다.

안티도트 하나, 검 한 자루. 그리고 할당량 미달성으로 보수는 제로.

그나마 여태까지 조금씩 절약해서 모아둔 돈이 있으니까 오늘은 아직 괜찮다.

그렇지만 이렇게 되면 조만간 짐을 챙겨서 고향으로 돌아가거나, 까딱하면 농노나 창부가 된다.

신참 전사가 고향의 농촌을 뛰쳐나와 모험가가 된 것은 불과 몇 개월밖에 안 된다.

성직자로서 수행을 나서는 소꿉친구 여자애를 내버려두면 죽을 것 같았기 때문이었다.

그녀 말로는「무사 수행이랍시고 객사할 것 같아 따라가 주는 거야」라고 한다.

이 인식의 차이에 대해서는 언젠가 제대로 결판을 낼 생각이다.

아니, 생각하고 있었다.

변경 도시에 와서 몇 개월. 매번 똑같은 쥐 퇴치. 가끔 해충 박멸.

—이거, 모험가의 일인가……?

이래서야 부풀어 올랐던 꿈이 덧없이 쪼그라들고, 오기와 결의가 부러질 것만 같았다.

"……관두자. 그런 생각은 하면 안 돼."

신참 전사는 몸을 부르르르 흔들어 옷 안으로 들어온 지푸라기를 떨쳐내고 일어섰다.

옆에는 술에 취해 쓰러진 동업자 아저씨가 드르렁드르렁 코를 골며 뒤척이고 있었다.

건너편에 있는 말들은 자기들 집의 입주자들이 거슬리는지 미심쩍은 시선을 보내고 있었다.

수습 성녀는 마구간에 없었다.

부러질 것만 같은 오기라도, 그녀를 간이침대에서 재우는 정도까지는 버티고 있었다.

"좋아, 오늘도…… 해보자!"

쥐어짜내야만 했지만 어쨌든 기운을 냈다. 신참 전사는 소리를 지르며 짐을 붙잡고 마구간을 뛰쳐나왔다.

맨 먼저 우물로 가서 통을 끌어올려 머리부터 물을 뒤집어썼다.

허리에 끼워둔 수건으로 얼굴을 쓱쓱 문질렀다. 아직 수염은 나지 않는다.

"좀 지나면 멋있어 지면…… 좋겠는데."

그래도 수습 성녀는 손가락질하면서 웃지 않을까? 신참 전사는 으그그그 신음했다.

하여튼 할 일이 많았다.

소년은 몸가짐을 정돈했다고 간신히 말할 수 있는 작업을 끝내고 금세 마구간으로 돌아갔다.

벽에 세워둔 농기구에서 삽을 빌려 마구간 뒤편으로 돌아갔다.

"그게, 어디쯤이었지……?"

어젯밤에 돌아왔을 때 기진맥진했던 탓에 장소가 좀 애매했다.

잠시 여기저기 지면을 살피다가 새롭게 파낸 흔적을 찾아냈다.

"여기 있다."

삽을 땅에 꽂아서 발로 쿡 밟아 흙을 퍼내기를 잠시 반복한다.

얼마 지나자 흙 속에서 신참 전사의 장비— 가죽 갑옷과 원형 방패가 나왔다.

도시에 와서 가진 돈을 탈탈 털어 조달한, 싸구려지만 유일무이하고 듬직한 무구다.

그것을 일부러 묻어둔 데는 제대로 된 이유가 있었다.

"……으으. 냄새는…… 음……. 나아, 졌나?"

얼굴을 가까이 대고서 킁킁 냄새를 확인했다.

하수도에서 오물에 돌진해가며 필사적으로 도망칠 때는 신경이 안 쓰였다.

문제는 지상으로 돌아온 다음이었다. 이건 뭐, 스스로도 기겁할 정도로 냄새가 심했다.

길 가는 사람들은 물론이고 동업자들도 얼굴을 찌푸리며 코를 막았다.

길드에 돌아와 보고를 했더니 접수원이 웃는 얼굴로 「씻고 오세요」라고 할 지경이었다.

수습 성녀는 얼굴이 새빨개져서는 부들부들 떨면서 고개를 숙이고 있었고…….

—미안한 짓을 했네.

깊은 반성을 하며 생각했다.

일단 옷은, 익숙하지는 않지만 세탁을 하여 말렸다. 몸도 씻고 옷을 갈아입었다.

가죽 갑옷과 방패는 어떻게 할까 고민한 다음 땅에 묻으면 냄새가 없어지지 않을까 시도해봤다.

좀 나아졌다고 믿고서 천 조각으로 진흙을 털어낸 뒤 입었다.

여관방을 빌렸다면 모를까, 그에게 귀중한 장비를 마구간에 두고서 나갈 용기는 없었다.

"으……."

그때 위가 따끔거리는 감각과 함께 뱃속에서 꾸르르륵 으르렁거리는 소리가 났다.

무심코 배에 손을 대고서 황급히 주위를 둘러보았다. 아무도 없었다. 아무도 못 들었다.

생각해 보면 어제는 물밖에 안 마셨다.

하늘은 파랗고 아침 해는 눈부셨다.

신참 전사는 한숨을 쉬었다.

"……밥, 먹으러 가야지."

§

"……늦었어."

수습 성녀는 이미 주점에 나타나 있었다.

웅성웅성. 방금 일어난 모험가들이 일찍부터 모여들어 북적거리는 주점의 구석 쪽이었다.

소녀는 토라진 기색으로 턱을 괴고 있었다.

"미안해."

신참 전사는 사과하면서 탁자에 앉았다.

"그리고, 안녕? 아침은?"

"벌써 먹었어."

수습 성녀는 일단 무뚝뚝하게 대답하고는 그 다음에 조용히 「안녕」이라고 말했다.

"됐으니까 얼른 먹어. 가능하면 오후에 또 하수도에 가봐야 하니까."

수습 성녀의 자리에는 빈 빵 접시가 하나. 신참 전사의 자리에는 콩과 베이컨이 담긴 수프와 빵.

신참 전사는 무엇을 어찌 말해야 할까 입을 열었다가 한 번 닫고, 그리고 또 한 번 열었다.

"미안."

"뭐가?"

"아니……."

그 이상 뭐라고 말하면 또 까칠하게 화를 낼 것 같았다.

—굳이 아침부터 싸울 필요는 없으니까.

신참 전사가 숟가락을 집어 수프를 먹자 수습 성녀가 「흥」 코웃음을 쳤다.

"그리고 네 옷. 아직 마구간 뒤에 널어놨지?"

"아, 응."

신참 전사는 딱딱한 빵을 씹어서 삼키며 고개를 끄덕였다.

"아직 안 말랐어."

"그럼 나중에 나한테 줘. 네가 세탁하면 냄새가 안 없어질 테니까. 내가 할게."

"그게……. 미안."

"너한테서 냄새가 나면 나도 냄새 난다고 오해 받을 거 아냐."

수습 성녀는 그렇게 말하고 고개를 획 돌려버렸다.

"미안."

이번 일은 불평할 여지없이 신참 전사의 실수였다. 다시 한 번 사과하고 식사에 전념했다.

빵을 찢어서 수프에 담근다. 젖어서 불어나면 숟가락으로 베이컨을 건져 올린다.

그것을 입에 넣는다. 짭짤하기만 하고 맛이 연한 수프와 함께 묵묵히 먹었다.

전위가 배가 고파 움직이지 못한다면 어쩔 도리가 없다. 이것도 그의 역할이었다.

소년은 이윽고 빈 접시에 숟가락을 던지고 고개를 끄덕였다.

“우선, 무기부터야.”

“그 검, 그냥 내버려두기에는 아무래도 좀 아깝지.”

“그게 아니라…….”

그는 부정하고서 탁자에 놓인 물병에서 물을 잔에 따랐다.

“찾으러 가는데도 무기가 필요하잖아.”

“돈 있어?”

“그건…….”

소년이 물을 쭈욱 들이켰다. 수습 성녀도 물병에 손을 뻗기에 물을 따라주었다.

“고마워.”

그녀가 말하고는 양손으로 잔을 들어 입가로 옮겼다.

“돈 없잖아.”

“빌려야 되나…….”

“잠깐, 그만둬. 빚을 져서 어쩌려고?”

“아니야. 예비 무기나 그런 거.”

무기를 빌린다. 몇 명 정도 지인을 떠올려보고 과연 빌려줄지 고민해봤다.

단검 한 자루라면 간단할 수도 있지만 그것만으로는 아무래도 불안했다.

그렇다고 장검 같은 것을 빌리기에는— 이미 한 자루 잃어버렸다는 것이 뼈아프다.

신용이란 것은 그리 간단히 자라나는 것이 아니었다.

하아. 그가 무심코 깊게 한숨을 쉬었을 때.

“응? 뭐냐, 꼬맹이. 아침부터 표정이 칙칙하잖냐.”

머리 위에서 경쾌한 목소리가 쏟아졌다.

무심코 고개를 들어 올려다보니 칼날이 번득이는 창을 든 모험가가 보였다.

목에 걸린 인식표는 제3위— 은 등급의 증거다.

“아, 그, 저기…….”

무심코 말을 잃은 신참 전사에게 변경 최강으로 이름 높은 창잡이가 씨익 거칠게 웃었다.

“나는 이제부터 모험(데이트)이거든. 시간은 없지만, 잠깐이라도 이야기는 해봐.”

신참 전사는 꿀꺽 침을 삼켰다. 수습 성녀가 옆구리를 팔꿈치로 찔렀다. 뜻을 굳히고 고개를 끄덕였다.

“사실은 그게……. 어제 모험하다가 무기를 잃어버렸거든요.”

“뭐야?”

창잡이는 무심코 표정을 찌푸렸다.

“그건 뼈아프구만…….”

참으로 실감나는 어조로 중얼거렸다.

“회수하러 가고 싶은데, 무기가 없어서요……. 누군가에게 예비를 빌릴 수 없을까 하고 있어요."

"예비 무기라……. 그거야, 남아 있으니까 빌려줄 수 있다면 있기는 하다만……."

창잡이는 신참 전사의 온몸을 머리끝부터 발끝까지 빤히 쳐다보고, 결론을 내렸다.

"근력이 부족하구만."

"끄으……."

찍 소리 대신에 끄으 소리는 나왔다.

울끈불끈— 하다기에는 가늘고 유연하지만, 창잡이는 자신과 비교할 바가 못 되었다.

체격부터 달랐다. 당연히 다루는 무기의 무게도 달라진다.

"첫째로, 혹시 또 잃어버리면 너희들 변상을 못 하잖냐?"

아무리 그래도 후배에게 돈을 짜낼 생각은 없어 보였다.

"그렇, 네."

투덜거리는 창잡이 옆에서 미녀가 그림자처럼 스윽 걸어 나왔다.

풍만하고 아리따운 육체를 강조하는 의상을 입은 마녀의 모습에 수습 성녀가 무심코 얼굴을 붉히며 눈길을 돌렸다.

"걸맞지 않은, 마법의, 무기는, 그다지, 좋지 않, 으니, 까?"

마녀가 키득키득 웃으면서 속삭인 말에 신참 전사는 눈이 돌아갈 지경이었다.

—예비 무기도 마법 무기구나!

그에게 금속 갑옷이 꿈이라면, 마법의 무기는 이미 전설이었다.

—그야, 잘 하면 유적이나 미궁에서 발견된다고도 들었고, 파는

것도 봤지만…….

그래도 도저히, 소년의 손이 닿을 법한 금액하고는 자릿수가 몇 개나 달랐다.

"그러, 니까. 대신에, 좋은 거, 줄, 게."

마녀가 그렇게 말하고는 아리따운 손놀림으로 자신의 품을 뒤져 양초 하나를 꺼냈다.

양초는 평범한 흰색이 아니라 약간 파란색이었다. 자세히 보니 새겨진 문자 탓이었다.

신참 전사는 판독할 수 없는 복잡한 문자가 유려한 필치로 빼곡하게 새겨져 있었다.

"양초……."

수습 성녀가 눈을 크게 깜박였다.

"……인가요?"

"그래."

마녀가 한쪽 눈을 감고 수수께끼를 풀이하는 것처럼 목소리를 죽였다.

"이거, 말야. 물건을 찾는 양초……. 찾는 것에, 가까워지면, 따뜻해, 져. 알았지?"

마법의 도구(매직 아이템). 신참 전사가 침을 삼켰다.

딱히 자기들이 쓸 필요도 없었다. 이걸 팔면 좋은 검을 살 수 있는 금액이…….

"팔아서, 돈으로 바꿔도, 된, 단다?"

다 안다는 미소를 보고 신참 전사는 무심코 고개를 숙였다. 수습 성녀가 팔꿈치로 옆구리를 찔렀다.
"아, 맞다. 죄송, 해요. 감사합니다."
"괜찮, 아. 약간, 도와주는, 거야."
신참 전사가 조심조심 그것을 받자 마녀가 생긋 눈웃음을 지었다.
"그러면, 우리는, 모험(데이트)이 있어서."
"그래. 죽지 마라, 꼬맹이들."
창잡이는 마지막에 난폭한 손놀림으로 머리를 쓰다듬어주고는 경쾌하게 걷기 시작했다.
마녀가 그의 등 뒤에 딱 붙어서 길드 입구로 나갔다.
신참 전사는 머리에 남은 힘찬 손바닥의 감촉에 살며시 오른손을 겹쳤다.
"……멋있다."
"그러네."
수습 성녀가 슬그머니 중얼거리듯 말했다.
"그럴 지도."

§

"아이고, 무리무리무리무리."
길드 뒷편의 풀밭. 땅바닥에 앉은 소년 척후(스카우트)가 그렇게 말하며 손사래를 쳤다.
"나도 요전에 단검을 잃어버려서 빌렸거든. 빌려줬다간 대장한테 죽는다."

"잃어버렸다니, 어떻게?"

"자이언트 슬러그(거대 민달팽이)가 녹여 버렸어."

"뭘 하는 건지……."

레아인(들판 종족) 소녀 무술사(드루이드)(巫術師)가 눈썹을 끌어올리며 말했다.

"자이언트 슬러그라……. 좋겠다……."

신참 전사가 입술을 삐죽거리자 수습 성녀가 옆구리를 찔렀다.

"이쪽은 백자, 저쪽은 은 등급이 있는 파티야. 비교할 수가 없지."

"그쪽은 쥐 퇴치였지?"

소년 척후의 말에 신참 전사가 표정을 찡그리며 고개를 끄덕였다.

"그래서, 검을 잃어버렸지."

"세상에 하나뿐인 것도 아니니까 그나마 낫다고 생각하는데……."

소년 척후가 힐끔 눈길을 준 곳에서 중장 전사가 양손 대검을 휘두르고 있었다.

후웅후웅. 불어오는 돌풍을 비집고 들어가며 경쾌하게 파고드는 여기사.

방패를 놓고서 양손으로 잡아 치켜 올린 장검은 부여된 마력의 증거를 희미하게 두르고 있었다.

치고, 뿌리치고, 때리고, 피하고, 쓸고, 내리치고, 쳐내고, 파고들고, 튕겨낸다.

무기는 명품, 갑옷도 마찬가지. 햇살 아래 잘 단련된 무구임을 명백하게 드러낸다.

"……좋겠다."

"어느 쪽?"

“대검(그레이트 소드).”

신참 전사는 턱을 괴었다.

“양손검(투핸디드 소드).”

“관둬.”

수습 성녀가 무심코 눈총을 주었다.

“저런 걸 들어봤자 붕붕이밖에 못 되잖아.”

“그게 뭐야?”

“그냥 바람만 일으킨다는 뜻 아닐까요?”

“적을 못 맞춘다는 거겠지.”

소녀 무술사와 소년 척후의 말에 신참 전사는 토라진 듯 고개를 돌려버렸다.

“맞기만 하면 굉장하잖아.”

“그리고 저런 무거운 무기를 들면 금세 지칠 거 아냐.”

“그래도 멋있잖아.”

“돈도 드는데?”

안 될 일이야. 수습 성녀가 검지를 세우고 좌우로 흔들자 신참 전사도 입을 다무는 수밖에 없었다.

“완전 《사일런스(침묵)》네.”

소년 척후가 깔깔 소리를 내며 웃었다.

“완전히 잡혀 사는구만.”

“어머.”

소녀 무술사가 새침한 표정으로 코웃음을 치더니 짧은 잎사귀 같은 귀를 흔들었다.

"너도 내가 지갑 맡아두지 않으면 낭비만 해대잖아."

괜한 말이었다. 소년 척후가 혀를 찼다. 소녀 무술사는 만족스럽게 고개를 끄덕였다.

"그러면, 길드에 의논해보는 건 어떨까요?"

"의논? 무기 빌리는 거?"

"그게 아니라, 쥐 퇴치 방법. 좋은 방법을 알지도 모르니까요."

우~응. 수습 성녀가 끙끙거렸다.

"그렇게 간단하게 될까?"

§

"그렇게 간단히는 안 되죠."

—역시나.

접수원이 난처한 기색으로 볼에 손을 대자 수습 성녀는 그럴 줄 알았다며 고개를 끄덕였다.

"그렇겠죠……."

"크든 작든, 간단하지 않아서 모험가에게 부탁을 하는 거니까요."

"간단히 할 수 있다면 애당초 일이 안 돌아오겠죠……. 아, 안티도트 주세요."

"네, 여기요."

접수원이 내민 약병을 수습 성녀가 챙겨서 가방에 넣었다.

달리다 넘어져서 가방 속에서 깨지는 바람에 낭비된 씁쓸한 기억은, 분명 쓸모없지는 않을 것이다.

"아, 힐 포션(회복의 물약)도 하나 어떠세요?"

"가지고는 싶지만…… 돈이, 그게……. 붕대나 약초나 연고로 어떻게……."

"역시 간단하지는 않네요."

그렇지만. 접수원이 뜸들이듯 어흠 헛기침을 한 번 했다.

"가르쳐드릴 수 있는 것이 없는 건 아니랍니다?"

"정말요?!"

신참 전사가 의자 소리를 내면서 카운터로 몸을 내밀었다.

점심이 지난 시간의 모험가 길드— 주위에 다른 모험가의 모습은 드문드문했다.

이미 대부분은 의뢰를 받아서 의기양양하게 모험을 출발한 다음이었다.

굳이 의논을 하기 위해 이 시간까지 기다린 것이다.

단서 하나도 없이 돌아갈 수는 없었다.

"뭐든지 좋으니까 가르쳐 주세요!"

"그래도 뭐, 간단한 방법인데요……."

접수원은 정성스레 정돈한 손톱을 강조하듯 검지를 척 세웠다.

"방어를 굳히는 거예요. 쥐나 자이언트 로치의 이빨이 안 들어올 정도로, 사슬 갑옷 같은 걸로!"

신참 전사가 기세를 잃고서 다시 의자에 주저앉더니 무척 한심스런 목소리로 말했다.

"돈이 없단 말이에요……."

접수원이 그걸 보고서 고개를 갸웃거리자 느슨하게 땋은 머리채가 자연스럽게 움직였다.

"중고품이라면 다소 싸게 취급하고 있어요."

"그거 죽은 사람들 거잖아요."

수습 성녀가 서늘하다는 듯 지적하자 접수원이 살짝 정색하며 실례된다고 말했다.

"은퇴한 분의 장비나 더 좋은 장비를 얻어서 파신 것들도 있고, 저주 받은 물건 같은 건 없어요."

"하지만 죽은 사람 장비도 있잖아요?"

"그거야, 뭐…… 하지만 언데드가 된 사람은 없었으니까……."

한 순간 접수원의 눈이 흔들렸다. 그렇지만 금세 다시 웃음을 갖다 붙였다.

"그리고, 장비는 장비니까요!"

신참 전사는 깊고 깊은 한숨을 뱉었다.

—어쨌든 돈이 없단 말이지…….

"……그밖에는 뭐 없어요?"

"그리고, 음……. 아아, 랜턴 사용하시나요?"

"네. 모험가 세트에 있는 거."

수습 성녀가 다소 진절머리를 내며 수긍했다.

모험가 세트— 로프, 랜턴, 분필, 쐐기 몇 개를 한데 모아둔 것이다.

당장은 랜턴 말고 별로 도움이 안 되기 때문에 산 걸 조금 후회하기도 한다.

"랜턴이 아니라 횃불을 무기로 쓰는 사람도 있어요."

쥐도 벌레도 불을 싫어하니까요. 접수원이 생글생글 웃으며 말했다.

"그런 모험가가 대체 누군데……."

"누구냐 하면, 그게—."

말하던 접수원의 얼굴에 꽃이 피듯 환한 웃음이 퍼졌다.

그녀의 시선을 따라서 신참 전사가 눈길을 향한 곳은 모험가 길드의 입구.

문이 끼익 열리면서 코를 찌르는 쇠 비린내가 흘러 들어왔다.

"으엑."

신참 전사가 소리를 낸 것도 무리가 아니다.

입구에서 나타난 것은 기이한 풍채의 모험가였다.

싸구려 철 투구, 지저분한 가죽 갑옷, 팔에는 작은 원형 방패를 고정했고, 허리에는 조잡한 곤봉을 차고 있다.

고블린 슬레이어— 라 불리는 모험가였다.

"고, 고블린 슬레이어 씨. 너무 빨라요……."

그의 뒤에는 본래 하얗지만 검붉게 지저분해진 신관복의 여신관이 비틀거리며 따라오고 있었다.

"그런가."

고블린 슬레이어는 짧게 말하고, 접수처에 있는 두 사람을 보더니 성큼성큼 걷기 시작했다.

그리고 대합실 벤치에 털썩 앉았다. 옆에는 여신관이 무너지듯 앉았다.

허리춤에서 작게 손을 흔들어 신호한 접수원 아가씨가 못 말리겠다는 기색으로 눈웃음을 지었다.

"좀 깨끗하게 다니시라고, 언제나 말은 하는데 말이죠. 다들 오해

하니까요."

무심코 말을 흘린 그녀가 신참 전사와 수습 성녀의 굳은 표정을 눈치 챘다.

"왜 그러세요?"

"아, 아니, 그게……."

"그러니까……."

수습 성녀가 어색하게 볼을 긁적였다.

"전에 좀 실례되는 말을 해버려서……."

몇 개월 전 일이다. 아직도 기억이 새롭다.

그가 신인을 데리고 다니면서 미끼로 쓰는 것이 아닌가……?

지금 생각해 보면 무척 실례되는 생각을 하면서, 바보 같은 정의감으로 여신관을 빼내려고 했었다.

"아아."

뭔지 이해한 접수원은 키득, 웃음을 흘렸다.

"괜찮아요. 그는 그런 거 신경 쓰지 않으니까요."

"우리가 신경이 쓰여서……."

신참 전사가 말한 뒤, 문득 눈을 깜빡였다. 소매로 눈꺼풀을 쓱쓱 비볐다. 위화감이 느껴진다.

싸구려 철 투구, 지저분한 가죽 갑옷, 팔에는 작은 원형 방패를 고정했고, 허리에는 조잡한 곤봉…….

—곤봉?

"……저 사람 분명히, 검을 쓰지 않았었나?"

"그러고 보니……."

수습 성녀도 그쪽을 슥 보았다.

"……응. 분명히, 굉장히 싸구려를 쓰고 있었어."

"그랬었지."

"그리고, 재도 피투성이야……."

무슨 일이 있었나? 고민하는 표정의 두 사람에게 접수원이 웃으며 말했다.

"후후후, 신경 쓰이세요?"

그녀가 말하더니 짐짓 손으로 집은 서류를 정돈했다.

"역시 모험은 모험가에게 묻는 게 제일 아닐까요?"

"우, 우우~응……."

하지만 저 남자는 고블린 슬레이어다.

그러나 은 등급, 제3위의 모험가이기도 하다.

그렇지만 고블린 슬레이어거든?

"……좋아!"

수습 성녀가 기세를 타고 일어섰다.

"아, 어, 야……!"

"물어보는 것뿐이라면."

그녀는 앞을 똑바로 보며 말했다.

"공짜야!"

그리고 당황해 어쩔 줄 모르는 신참 전사를 두고서 성큼성큼 결단적으로 걸었다.

신참 전사는 접수원을 보았다. 그녀는 생글생글 웃고 있었다.

"아아, 정말……!"

신참 전사는 힘껏 일어섰다.

접수원은, 역시 웃고 있었다.

§

"저기……."

"네에?"

수습 성녀가 말을 걸자 여신관이 맥 빠진 대답을 했다.

모험이 끝난 직후다. 타이밍을 좀 생각할 걸 그랬다. 수습 성녀는 새삼스레 얼굴을 찌푸렸다.

"뭔가."

"으……."

덤으로, 이 지독하게 낮고 무기질적이며 담담한 목소리.

철 투구가 서서히 움직이고, 면갑 너머에서 시선이 꽂혔다. 검붉은 피투성이 갑옷의 남자가 이쪽을 보고 있다.

―이 녀석은 정말로 리빙 메일(움직이는 갑옷) 같은 거 아냐?

그런 실례되는 생각이 들자 수습 성녀는 침을 꿀꺽 삼켰다.

"저, 저기……!"

"잠깐!"

그녀를 감싸듯 신참 전사가 쓱 끼어들었다.

수습 성녀의 불만을 무시하고서 그는 가벼운 기색으로 말을 이었다.

"물어보고 싶은 게 있는데."

"뭐지."

짧게 대답한 고블린 슬레이어는 이어서 낮은 목소리로 말했다.

"조용하게 부탁하지."

그의 옆에 앉은 여신관이 꾸벅꾸벅, 머리를 흔들고 있었다.

"아, 으, 미, 미안……."

신참 전사의 목소리가 갈라졌다. 손도 뻣뻣하고, 긴장 때문에 조금 떨리고 있었다.

수습 성녀는 가만히 그의 손을 붙잡았다. 거칠고 상처투성이 손이다.

"……일이 힘들었나 봐?"

"돈이 조금, 필요했다."

아니. 고블린 슬레이어는 철 투구를 좌우로 흔들었다.

"괜한 고생을 시켜 버렸군."

신참 전사는 침을 삼키고 수습 성녀의 손을 맞잡았다.

"물어보고 싶은 게 있는데……."

심호흡 한 번. 신참 전사의 손에서 뻣뻣함이 풀어졌다.

"왜 곤봉 같은 거 쓰고 있어?"

"고블린에게 빼앗았다."

대답은 무척 단적이었다.

"빼, 빼앗아?"

"던진다. 찌른다. 부러진다. 이가 빠진다. 제대로 벤다면 모를까, 검 한 자루로는 다섯 마리도 못 벤다."

대답 같기도 하지만 아니었다.

—아니, 대답한 거 맞나?

"으음."

신참 전사가 신음했다.

"……쥐나, 벌레는, 어때?"

"흐음."

고블린 슬레이어가 낮게 소리를 냈다.

"쥐나, 벌레라고 했나."

"……그래."

"뭐라고 말할 수가 없군."

그러나. 그는 허리띠에 매단 곤봉을 가볍게 두드렸다.

"……휘둘러서, 맞으면, 타격을 입히겠지. 적어도 날은 나가지 않는다."

고블린 슬레이어는 대단히 느릿한 동작으로 벤치에서 일어섰다.

그에게 기대어 있던 여신관이 흠칫 몸을 떨었다.

"편하다."

"편해……."

생각에 잠긴 신참 전사에게 고블린 슬레이어가 짧게 말했다.

"나는 간다."

그리고 철 투구가 빙글 움직여 졸린 눈을 비비고 있는 여신관을 보았다.

"쉬고 있겠나?"

"아, 아뇨……. 가, 갈게요!"

"그런가."

성큼성큼 걷기 시작한 등을 좇으려고 여신관이 황급히 일어섰다.

그 찰나, 그녀는 빙글 두 사람을 돌아보고 꾸벅 인사를 했다.

"아, 저, 저기……!"
"네?"
지금밖에 없다.
"무슨 일인가요?"
무심코 외친 수습 성녀에게 여신관이 대답하며 고개를 갸웃거렸다.
"저기, 어째서, 그게…… 피투성이야?"
"아……."
여신관이 어쩐지 어수선한 표정으로 소리를 냈다. 얼굴이 약간 붉었다.
"……무, 묻지, 말아주시는, 건?"
"그, 그래……?"
"아, 하, 하지만 어디 다치거나 한 건 아니니까, 괜찮아요!"
여신관은 수습 성녀를 보면서 지친 얼굴에 열심히 웃음을 지었다.
땀과 먼지로 지저분하지만 그녀의 웃음에는 그늘진 곳이 전혀 없었다.
가슴팍에서 흔들리는 인식표는 백자가 아니라 흑요.
수습 성녀가 숨을 내뱉었다.
"있잖아."
"네?"
"요전에는, 미안해."
"……?"
"굉장히 착각을 해버렸던 것 같아서."
여신관은 눈을 홉뜨더니 천천히 깜빡였다.

"……아뇨!"

그리고 갑자기 발랄해진 그녀는 두 손으로 석장을 꼭 쥐었다.

"괜찮아요. 저 사람, 저래 보여도 좋은 사람이라—."

"안 오나?"

멀리서 무뚝뚝한 목소리가 날아왔다.

"다음에 이야기해요."

여신관이 말하더니 두 사람에게 꾸벅 고개를 숙였다.

모자를 누르면서 허둥지둥 달려가, 멈춰 서 있는 고블린 슬레이어 옆에 나란히 섰다.

"무슨 일이었지?"

"아무 것도 아니에요."

묻는 목소리에 대답하는 목소리.

"피곤한가?"

"아, 아뇨……. 그게. 하지만, 조금 지쳤을지도, 몰라요."

"조금 쉬어라."

"네."

멀리서 보기에도 고개를 끄덕이는 여신관의 볼이 느슨해지는 것을 두 사람은 알아볼 수 있었다.

수습 성녀가 후우 숨을 내쉬고 어깨를 빙글 돌렸다.

"……우리도."

"응?"

"우리도, 힘내자."

"그래."

신참 전사와 수습 성녀는 서로의 주먹을 가볍게 부딪쳤다.

§

“좋~아, 간다!”

“자, 그러면 손가락으로 세면서 확인!”

동이 튼 직후의 도시 외곽.

청자색 아침놀에 비친 하수구 앞에서 소년소녀의 목소리가 튀어 올랐다.

“안티도트!”

“챙겼어!”

“상처약!”

“연고랑 약초, 챙겼어!”

“등불!”

“모험가 세트의 랜턴, 기름, 그리고 횃불! 그쪽은?”

“물건 찾기 양초. ……그리고, 지도!”

“챙겼어! 근데 이건 의뢰 받을 때 빌리니까 당연히 챙기지.”

“불평하지 마. 다음, 방어구!”

“가죽 갑옷은 아직 냄새가 좀 나……. 그리고 방패. 자, 너도 한 바퀴 빙글 돌아봐.”

“어……. 딱히 법의 입고 공격 받을 생각은 없는데.”

“됐으니까 돌아봐. 체크하는 의미가 없잖아.”

“알았어……. 그리고, 다음은 무기!”

"챙겼어."

신참 전사가 대답하면서 투박한 새 곤봉을 오른손에 쥐었다.

아직 가격표가 붙어있지 않을까 싶은 그것은 일반적으로는 저렴하지만, 소년 입장에서는 꽤 비싸게 구입한 것이었다.

"좋아."

수습 성녀는 곤봉을 보고서 고개를 끄덕이고, 두 손을 크게 벌려 빙글 돌았다.

하얀 법의 자락이 사르륵 퍼졌다. 군데군데 헤졌고 기운 자국이 있지만 깨끗하다.

"어때?"

"나중에 새로 마련하는 게 좋겠다."

"새로 살 여유가 있으면 말이야."

허리에 손을 댄 수습 성녀가 자못 심각한 기색으로 비명을 질렀다.

"만약 오늘 할당량을 달성 못하면, 이제 파산이야, 파산!"

"그렇게까지 절박한 건 아니잖아……."

"그 정도 각오로 하라는 거야!"

신참 전사가 태평하게 말하자 수습 성녀가 천칭검을 척 겨누며 말했다.

"고향에 돌아갈 돈도 없어서, 너는 농노, 나는…… 그게, 그……."

"창부? 어, 아니, 무리 아닐까?"

"말하지마, 이 바보!"

얼굴이 새빨개진 소녀의 팔꿈치가 소년의 — 갑옷의 이음매 — 옆구리에 박혔다.

우으으으윽. 배를 누르며 몸부림치는 소년을 내려다보며 수습 성녀가 흥, 코웃음을 쳤다.

"어쨌든, 알겠어?"

"아, 알았어. 알겠는데…… 뭐, 응."

비틀비틀 자세를 바로 잡은 신참 전사는 짐을 챙겨 들고 활기차게 고개를 끄덕였다.

"어떻게든, 해내자!"

변경 도시. 개척지 중 하나인 이 도시에 하수도가 있는 것은, 당연히 만들었기 때문이다.

물의 도시처럼 고대 유적 위에 도시를 세웠다면 모를까, 무인의 광야에 도시 기구가 있을 리 없다.

드워프(난쟁이) 기술자나 마술사, 숙련된 사람들을 모아서 처음부터 돌을 쌓아 지하 수로를 만들었다.

도시가 번영했기 때문에 하수도를 만들었는지, 하수도를 만들어서 도시가 번영했는지.

어느 쪽이 먼저인지 신참 전사는 알지 못했다.

—애당초 이거, 어떤 구조로 만든 건지도 모르니까.

녹슨 철문을 빠져 나와 계단을 내려가자 눅눅하고 어슴푸레한 돌의 미로가 나타났다.

오수가 흐르는 수도를 끼고 길이 이어지며, 부패한 냄새가 휘몰아치고 있었다.

신참 전사가 견디지 못하고 입가를 천으로 가리자 수습 성녀도 표정을 찡그리며 코마개를 끼웠다.

새롭게 만들어진 하수도인데도 자이언트 랫이나 자이언트 로치가 생기는 건, 여기에 부정(不淨)이 있기 때문이라고 한다.

기도하지 않는 자들은 어째선지 그런 장소에 자연스럽게 나타나는 법이다.

그렇기 때문에, 보다 커다란 위협을 불러오기 전에 퇴치하는 것이 중요하다고…….

"그래서, 어느 쪽으로 가면 되는데?"

"아, 자, 잠깐 기다려!"

신참 전사가 방심하지 않고 — 그의 입장에서는 — 대기하는 옆에서 수습 성녀가 황급히 짐을 뒤졌다.

부싯돌을 때려서 랜턴에 불을 붙여 허리띠에 걸고, 셔터를 열어 양초에 불을 옮겼다.

물건 찾기 양초는 신비로운 창백한 불꽃을 피우며 수습 성녀의 손에 미지근한 열을 전했다.

"……어때?"

"따뜻하지만, 아직은 모르겠어……."

"내 검을 계속 생각해봐."

그러나 목적은 검을 찾는 것도 있지만 쥐 퇴치도 해야 한다. 할당량을 벌자.

신참 전사는 결의와 함께 걸었다. 수로를 몇 번 꺾자 이윽고 안쪽의 한 구석에 도착했다.

몇 번이고 탐색하는 동안 찾아낸, 자이언트 랫이 모이는 곳이었다.

"……아, 있다."

물의 흐름 탓인지 도시에 버려진 식량이 여기에 많이 모인다.
그것을 먹으려고 통통하게 부풀어 오른 자이언트 랫이 한 마리, 두 마리…….
신참 전사는 손에 침을 뱉어 손잡이를 고쳐 쥐고는 단숨에 뛰쳐나가 덤볐다.
"으, 랏차!!"
"GYUUI?!"
한 마리는 황급히 뛰어 피했지만 식사에 열중하고 있던 다른 한 마리는 포착했다.
검과는 완전히 다른 둔탁한 감촉과 타격음. 고깃덩이를 때리는 손맛.
비명을 지르며 땅을 구르는 자이언트 랫은 아직 살아있었다.
"죽으, 라고!!"
나쁘게 생각지 마라. 그런 연민은 첫 사냥에서 이미 내던졌다.
죽이지 않으면 이쪽이 죽는다. 앞니에 목줄기를 물어뜯기면 이쪽도 죽는다.
"오, 아아!"
튕겨서 일어서자마자 이빨을 드러내며 덤비는 자이언트 랫.
신참 전사는 방패로 밀쳐내며 그것을 요격했다.
10킬로그램 가까운 고깃덩이가 격돌하는 충격에 방패를 든 왼팔이 저릿저릿했다.
"이, 자식!"
그러나 체중을 따지면 신참 전사가 유리했다.

그는 지저분한 바닥에 넘어지듯 내리 누르고, 치켜 올린 곤봉으로 자이언트 랫의 목을 후려쳤다.

기량이고 뭐고 없었다. 뒷골목싸움만도 못한 싸움이었다.

"GYU?!"

우직. 젖은 나뭇가지가 부러지듯 자이언트 랫의 경추가 부서졌다. 다시 일격. 자이언트 랫이 경련한다.

이미 눈동자가 엉뚱한 곳에 향한 것을 확인하고서, 신참 전사는 그제야 이마의 땀을 닦았다.

"그리, 고, 또, 한 마리는……?!"

신참 전사가 황급히 주위를 둘러보자 긴장한 표정으로 천칭검을 들고 있던 소녀가 숨을 내쉬었다.

"벌써 도망쳤어."

그녀는 소년에게 거침없이 걸어오더니 익숙한 태도로 그에게 상처가 없는지 확인했다.

신참 전사도 자기 몸을 점검하듯 손을 쥐었다 펴고, 팔과 다리를 가볍게 움직여봤다.

통증은 없다. 물린 곳도 없다. 쥐는 피거품을 뿜고 있지만 피가 튀지는 않았다.

"괜찮은 것, 같아."

"……그러네."

좋아. 수습 성녀가 고개를 끄덕였다. 해독약도 회복약도 쓸 필요가 없었다.

"그래서, 그 곤봉은 어때?"

"아니, 잘은 모르겠지만……."

신참 전사는 손에 든 곤봉을 의미도 없이 한 번 휘둘러봤다.

검처럼 날카롭지는 않지만, 검 이상의 무게에 묘하게 듬직함이 느껴졌다.

"잘은 모르겠지만, 맞히면 죽네 이거."

창잡이의 상큼한 모습이나 중장 전사의 호쾌한 모습하고는 거리가 먼 꼴에 한숨은 나오지만.

어쨌든지 일단 한 마리.

시작은 괜찮은 편이었다.

§

"양초, 어때?"

"응……. 이쪽이 따뜻해지는, 느낌?"

"그럼 서쪽이네."

모퉁이가 나타날 때마다 수습 성녀가 양초를 들어 방향을 확인하고 둘이서 나아갔다.

아쉽게도, 역시나라고 해야겠지만 어제 싸운 장소에 검은 없었다.

자이언트 랫들이 가져갔는지, 자이언트 로치들에게 휩쓸려 갔는지…….

"고블린도 아니고, 재보를 모아놓고 있을 리는 없겠지?"

"무서운 말 좀 하지 마."

수습 성녀가 신참 전사를 노려보며 팔꿈치로 옆구리를 찔렀다.

"고블린 무리가 도시 지하에 있으면 농담으로 끝날 일이 아니잖아!"
"그렇네."
그거야말로 고블린 슬레이어가 나설 차례다.
둘은 썩은 내에 고생하면서도 신중하게 탐색을 진행했다.
그 다음 처치한 자이언트 랫은— 얼추 합쳐서 세 마리. 자이언트 로치는 한 마리.
곤봉은 끈적한 체액을 둘러, 벌써부터 역전의 품격을 풍기기 시작했다.
"피……가 아니라 체액이 엄청 튀는 건 맹점이었어……."
"하긴 고블린 슬레이어……."
수습 성녀는 말을 망설였다.
"……씨도 지저분해지겠네."
—게다가 무겁고, 전투에서 몇 번 휘두르면 검 이상으로 지치고…….
"아무 생각 없이 휘두르기만 하면 되는 건, 편하네."
"그러다 또 잃어버리지 마."
"아……."
신참 전사는 모퉁이 너머를 슬쩍 살피면서, 지당한 의견에 살짝 신음했다.
일단 쥐는 작은 녀석들밖에 없으니 문제없다.
등 뒤에 있는 수습 성녀에게 손짓하면서 한 걸음씩 안으로 들어섰다.
"히익."
작은 쥐가 발치를 빠져나가자 기다란 꼬리를 본 수습 성녀가 작게 비명을 질렀다.

"아, 그렇지."

"뭔데? 또 시시한 생각이라도 떠올랐어?"

"그게 아니라……."

신참 전사는 황급히 고개를 옆으로 젓고, 덤으로 좌우의 안전도 확인한 뒤 길바닥에 주저앉았다.

"끈 같은 거 뭐 없어?"

"로프는 안 돼?"

"좀 더 가는 거."

"머리 묶는 끈이라면, 있지만……."

"그거면 되겠다."

"나중에 돌려줘."

그녀는 가방을 주섬주섬 뒤져서 머리 묶는 끈을 꺼내 내밀었다.

신참 전사가 끈을 받아서 무슨 작업을 시작하는 걸 수습 성녀가 옆에 오도카니 쪼그려 앉아서 들여다보았다.

"돈 들어오면 새 걸로 사줄게."

"네 몫에서 내는 거야."

"그야 물론이지."

그것은 간단한 보강이었다.

끈을 곤봉 자루에 단단히 동여 묶고, 어느 정도 크기를 가진 고리를 만들었다.

거기에 손목을 끼워 곤봉을 쥐면…….

"봐, 이러면 안 떨어뜨리지."

"흐응……."

급조한 손목 끈을 수습 성녀가 빤히 살피고는 흥, 코웃음을 쳤다.

"네가 한 것치고는 괜찮지 않을까?"

"우와, 너무해."

"돌아가면 좀 제대로 된 걸 달아줄게."

키득키득 웃으면서 일어선 수습 성녀가 양초가 어떤가 하며 들었는데—.

"으앗, 뜨거?!"

무심코 떨어뜨릴 뻔하고는 당황하며 다시 쥐었다.

"야, 왜 그래?"

신참 전사가 무슨 일인가 싶어 곤봉을 움켜쥐고 일어섰다.

미숙하지만 주위를 한껏 경계하며 방패를 든 그에게 소녀가 고개를 옆으로 저었다.

"아, 아무 것도 아냐. 그저, 이거 어쩐지, 점점 뜨거워져서……."

"뜨거워지고 있어? 그러면……."

보아하니 창백한 불꽃을 태우는 물건 찾기 양초의 불이 활활 거세게 타오르고 있었다.

신참 전사와 수습 성녀는 무심코 얼굴을 마주보았다.

"다가오고 있다?"

위에서 떨어져 내리는 기척을 눈치챈 것은 그저 행운 덕이었다.

신참 전사는 반사적으로 수습 성녀를 감싸며 쓰러뜨리듯 옆으로 뛰었다.

"꺄?! 잠깐, 무슨 짓……!"

"바보야, 저기 봐!"

그것은 거대한 검은 덩어리 같았다.

몸 전체의 길이는 2미터 쯤 될까? 평소에 보는 것들보다 배에 가까웠다.

광택을 가진 껍질, 가시가 나 있는 6개의 다리.

철사처럼 가느다란 더듬이를 흔들면서, 날카로운 이빨을 가진 턱을 딱딱 부딪혀댄다.

"……양초는?!"

"엄청 뜨거워!"

"**저 안**에 있는 거냐!"

초대형 흑충
휴즈 로치가 부스럭부스럭 움직이자 두 사람은 비명을 지르며 달리기 시작했다.

§

"어, 어어, 어떡할 거야?!"

"어떡하긴 뭘……!"

천장, 바닥, 벽. 종횡무진으로 기어 다니는 거대한 흑충은 조금 정도가 아니라 엄청나게 무섭다.

쫓기는 거야 그렇다 치고, 산 채로 저것에 먹히는 상황이 무섭다.

쥐나 벌레에게 먹혀서 죽으려고 모험가가 된 게 아냐……!

"하지만, 이대로는 따라 잡힐 거야……!"

하수도를 필사적으로 달리는 두 사람이 당장 무사한 것은 처음에

빨리 움직여서 거리를 벌린 덕분이었다.

휴즈 로치의 민첩함은 흄(인간)— 적어도 백자 모험가하고는 비교가 안 된다.

머지않아 따라 잡힌다. 그 다음에는 뜯어 먹혀 죽을 게 명백했다.

—그 전에 지상으로…… 아니, 무리잖아……!

지상으로 돌아가려면 사다리를 올라가야 한다. 그때 공격 받으면 끝장이다.

애당초 흑충은 날 수 있다. 당연히 휴즈 로치도 날 수 있겠지.

"차라리 물속으로 뛰어들까?!"

"그랬다가 흑사병 같은 거 걸리면 본전도 못 찾아!"

"그러면…… 좁은 통로! 그곳이라면 못 따라올지도……!"

"안 돼! 흑충은 몸이 엄청 부드럽잖아!"

좁은 통로에 들어가 한숨 돌리고 있는데 몸을 꾸물럭 굽혀서 들어오는 흑충.

상상만 해도 오한이 들 정도로 막다른 길이다.

"그럼, 싸우는 수밖에 없잖아……!"

"하지만, 어떡하게?!"

까탁까탁. 생리적 혐오감을 일으키는 소리는 이미 근처까지 다가왔다.

신참 전사는 움켜쥔 곤봉을 한 번 보았다.

두들겨 패면 죽일 수 있다. 그건 틀림없다. 그러면 어떻게 하면 될까?

—이대로 휘둘러봤자 맞을 리가 없다.

아주 재빠르다. 움직임을 멈추지 못하면 무리다. 기량이 부족했다.

"어, 야! 네《홀리 스마이트》로 맞출 수 있어?!"

"모르겠어……! 조준하는 건 신이 아니고 나잖아!"

"똑바로 돌진해오면?!"

"그거, 라면……!"

"좋아!"

이제는 때에 따라 판단하는 수밖에 없다. 하기로 했으면 해내야 한다.

신참 전사는 수습 성녀의 허리띠에서 랜턴을 뜯어내듯 빼앗았다.

"꺄아악?! 자, 잠깐, 뭐하는 거야……?!"

"살아남고서 혼날게!"

신참 전사는 그녀의 새된 비명에 외치듯 대답하며 돌아보았다.

눈앞에는 휴즈 로치. 점액이 뚝뚝 떨어지는 커다란 턱을 딱딱 부딪친다.

신참 전사는 숨을 삼켰다.

"이거나, 먹어라아!!"

그리고 휴즈 로치의 눈앞에서 그 랜턴을 바닥에 던졌다.

바닥에 닿은 랜턴은 싸구려 외각이 찌그러지면서 불꽃을 뿜어 올렸다.

휴즈 로치가 새된 소리로 울면서 날개를 펼치고 날았다. 그것만으로도 전의를 잃을 정도로 역겹다.

신참 전사는 바지 속이 미지근하게 젖는 것을 느꼈다. 떨리는 이를 힘껏 악물었다.

"지금이다, 해치워!!"

"—으에, 에, 아……!"

멍하니 떨고 있던 수습 성녀가 신참 전사의 질타에 응해 천칭검을 들어 올렸다.

"《심판의 다스림, 검의 군주, 천칭을 든 자여, 그 힘을 보이소서》!"

그리고 신의 번개로 만들어진 검이 일직선으로 부정한 벌레를 공격했다.

번개가 흐르고, 창백한 빛이 하수도의 지저분한 어둠을 눈부시게 지웠다. 불과 한 순간의 기적.

대기와 키틴질이 타 들어가는, 구역질이 나올 것 같은 냄새와 연기가 소용돌이쳤다.

꼴사납게 배를 드러낸 모습으로 땅에 떨어진 휴즈 로치가 일어서려고 6개의 다리를 꿈틀댔다.

"우, 오, 아, 아아아아아아아아!!"

그것에 신참 전사가 곤봉을 치켜들고 덤벼들었다.

흑충의 배 위에 올라타, 가시가 달린 다리에 긁히는 것도 개의치 않고 방패를 턱에 밀어 넣었다.

기름을 먹인 가죽에 흑충의 이빨이 파고들었지만 그 다음부터는 무아지경이었다.

짐승처럼 뭐라고 외치면서 오로지 곤봉을 치켜 올리고, 내리치고, 때리고, 부수는 것에만 전념했다.

튀어 오르는 점액도, 긁힌 상처에서 흐르는 피도 신경 쓰지 않는다. 신경 썼다간 죽는다.

땀 때문에 자루가 손에서 미끄러져 빠져나갔다. 곤봉에 묶은 끈을 의지해서 다시 쥔다. 때린다.

때린다. 때린다. 때린다. 때린다. 때린다. 때린다. 어쨌거나 때린다. 마구 두들겨 팬다. 죽을 때까지 때린다.

"오, 아, 아……하, ……아, 으……."

이윽고 드디어 한계가 왔다. 산소가 부족했다.

열로 새빨개진 시야를 떨쳐내려고 하자 머리가 비틀비틀 흔들렸다.

까딱하면 무너질뻔한 몸을 수습 성녀가 손을 뻗어 일으켰다.

"괘, 괜찮아……?!"

"……아, 아마도."

깨닫고 보니 신참 전사는 머리부터 흑충의 체액을 뒤집어쓰고 있었다. 곤봉을 쥔 오른손이 특히 심했다.

휴즈 로치의 머리가 있었던 곳에는 그저 점액 덩어리가 쫙 퍼져 있었다.

그럼에도 무시무시한 생명의 잔해는 아직 6개의 다리를 부들부들 떨고 있었다.

"아…… 아직 살아, 있어?"

"떠, 떨어져. ……위험, 하니까."

신참 전사가 침을 꿀꺽 삼키고 허리띠에서 작업용 단검을 뽑았다.

그걸로 다리를 하나씩, 뿌리 부분의 관절에 칼날을 찔러 넣어서 부러뜨리듯 잘라냈다.

이 정도 안 하면 안심할 수가 없었다.

그것을 여섯 번 반복했을 무렵, 손가락이 굳어서 아플 지경이었다. 그래도, 아직 끝나지 않았다.

"그러니까, 배……겠지."

소년은 양손으로 단검을 역수로 쥐고서 치켜 올리고, 내리쳤다. 푸숙. 체액이 솟았다.

칼날 끝이 딱딱한 것에 부딪히자 그는 결심을 굳히고 벌레의 내장에 손을 집어넣었다. 끄집어낸다.

"있다……."

이 휴즈 로치가 무슨 생각으로 이걸 삼켰는지는 알 수 없었다.

그러나 뱃속에서 나온 검은 틀림없이 그가 필사적으로 사러 다닌 첫 무기였다.

"……오늘부터 이 검을 체스트 버스터, 곤봉을 로치 킬러라고 부르는 거 어떨까?"

"……바보 같은 소리 말고, 얼른 안티도트 마시고 돌아가자."

머리부터 발끝까지 체액을 뒤집어쓴 소년이 무척 한심스럽고 볼품없는 꼴인 것도.

허리띠가 찢어져 드러난 소녀의 다리를 김이 피어오르는 액체가 적시고 있는 것도.

두 사람은 눈치 못 챈척하면서 위대한 승리에 메마른 웃음을 지었다.

§

"하아~아……."

변경 도시에 해가 진다.

강에서 머리부터 물을 뒤집어쓰고, 파트너가 속옷을 씻는 것에서 눈길을 피하며 길드에 가서 보고한다.

장비를 점검하고, 사용한 약을 다시 사고, 온몸의 긁힌 상처를 치료하고, 간이침대의 사용료를 낸다.

결국 남은 것은 지금 신참 전사 손에 있는 은화 몇 닢이었다.

여기서 또 저금을 하니까— 얼마나 벌어들인 건지…….

모험가 길드의 입구 옆에 쪼그려 앉은 신참 전사도 한숨을 한 번 쉬고 싶어졌다.

"잠깐, 뭘 멍하니 있어."

"응……."

젖은 머리칼을 타월로 덮은 수습 성녀가 바로 옆에 나란히 섰다.

신참 전사는 건성으로 대답하며 문을 통과해 오고 가는 사람들에게 눈길을 주었다.

각자의 무기를 짊어지고 도시로, 길드로 들어가는 모험가들.

다들 제각각 장비를 갖췄고, 얼굴에는 피로와 함께 달성감이 스며나오고 있었다.

그걸 보고 오늘은 모험가 사망자가 없었다고 짐작할 정도의 경험은 아직 소년소녀에게 없었다.

"갈 길이 멀구나…… 싶어서."

"그런 거야 빤히 아는 거잖아."

거칠게 콧김을 내쉬며 말한 수습 성녀가 신참 전사 옆에 풀썩 앉았다.

"하루에 한 걸음 전진! 그 이상을 바라면 발치가 소홀해져."

"그거야 그렇긴 한데……."

"한껏 노력하고, 공헌하고, 돈을 받아서, 살아있잖아. 불평할 거 있어?"

"그건 그런데 말이지……."

손에 든 은화를 저녁 해에 비쳐보았다. 반짝반짝 금색 빛이 눈부시다.

"……갈 길이 멀구나."

"……그렇네."

—하지만 나도, 오늘은 자이언트 랫이랑 흑충을 해치웠잖아.

무용담이라고 자랑하기에는 너무 쩨쩨하지만, 그래도 목숨을 건 싸움이었던 것은 틀림없었다.

"좋아! 뭐 맛있는 거 먹자!"

신참 전사가 그리 말하고 수습 성녀에게 은화를 던졌다.

"……그렇네. 오늘은 조금 사치를 부려보자."

언젠가, 언젠가, 언젠가.

용사가 되고 싶다. 영웅이 되고 싶다.

드래곤을 쓰러뜨릴 법한— 모험가가, 되고 싶다.

일어선 소녀의 손에서, 은화가 짤랑짤랑 소리를 냈다.

제2장 『어떤 남자애 이야기』

Goblin Slayer
He does not let anyone roll the dice.

"얘, 언제까지 잘 거니! 일어나!"

아침 공기에 잘 울리는 누나의 목소리가 소년의 고막을 흔들었다.

우응~ 이나, 으우~ 같은 의미불명의 소리를 내면서 꾸물꾸물 움직이자 하얀 빛이 눈꺼풀을 찔렀다.

아침 해— 아침, 아침이다.

"아침?!"

소년은 지푸라기 침대에서 몸을 벌떡 일으켜 뛰쳐나와 크게 하품을 했다.

들이쉬는 공기는 차갑고 기분 좋았다. 그리고 뭔가 고소한 냄새도 떠돌고 있었다.

—빵이다!

아침밥이다.

"얼른 안 일어나면 아침밥 정리해 버린다!"

"안다니까!"

소년은 누나한테 한 마디 외쳐서 대답하고, 훌훌 옷을 벗어 갈아입었다.

아침이 되었다면 1분 1초도 낭비할 수 없다. 그리고 배도 고팠다.

—어째서 눈을 감으면 금세 아침이 되는데 배는 이렇게 고픈 걸까?

누나라면 뭔가 알고 있을까? 물어보고 싶지만 지금은 그것보다 아침밥이다.

"누나, 안녕!"

"안녕하세요. 라고 해야지."

부엌 겸 식당 겸 거실 — 작은 집이니까 — 로 뛰쳐나오자 누나가 펄펄 화를 냈다.

"정말. 그러니까 늘 걔한테 보살핌을 받게 되는 거야."

"으……. 그 녀석은 상관없잖아!"

옆집에 사는 소꿉친구 얘기가 나오자 소년도 펄펄 화를 내며 입술을 삐죽거렸다.

연하인 주제에 뭐든지 할 수 있어서 이쪽이 동생 취급을 받으며 보살핌을 받고 있었다.

그것이 영 불만이지만 아무리 호소해 봐도 누나는 생글생글 웃기만 했다.

정말이지 누나 입장이니까 좀 더 동생의 마음을 헤아려줬으면 좋겠다.

"알았으니 얼른 먹어 버리렴."

"……네에."

누나는 소년의 호소를 무자비하게 무시해 버리고, 대신 아침 식사를 하라고 커다란 숟가락으로 가리켰다.

테이블 위에 놓인 접시에는 따끈따끈 김이 오르는 빵, 그리고 우유 수프가 있었다.

닭이 달걀을 낳은 날에는 볶은 달걀 같은 것도 있지만, 그런 건

늘 있는 게 아니었다.

닭을 잡았을 때만 만들 수 있는 스튜는 그가 좋아하는 음식이었다.

맛있는 냄새는 배에 안 좋다.

이게 식어버리면 안 된다. 소년은 숟가락을 손에 집었다.

그 순간을 노린 것처럼, 등을 돌린 채 냄비를 보고 있던 누나의 목소리가 들렸다.

"아, 기도도 빼먹으면 안 돼!"

소년은 마지못해 숟가락을 상 위에 놓고 양손을 모았다.

"강보다 많고, 바다보다 넓은 탐구자여. 양식을 얻을 지혜를 내려주셔서, 정말로 감사합니다."

"응, 잘했어!"

개척 마을에서는 보통 지모신 님을 믿지만, 우리 집은 달라. 소년의 자랑거리였다.

누나는 지식신의 사원에서 읽기 쓰기 계산을 배웠고, 지금은 가르치는 입장이 되어가고 있었다.

그 덕분에 부모님이 죽은 다음에도 살아갈 수 있으니 지식신 님에게는 감사해야 한다.

—하지만…….

수프를 홀짝이며, 빵을 찢어 수프에 담가 불려 먹으면서 소년은 생각했다.

—나는, 모험가가 되고 싶은데…….

이 말은 도저히, 누나에게 할 수 없었다.

§

"동쪽 숲에는 가면 안 돼!"

"알았다니까!"

"점심에는 돌아와서 사원에 가야 해!"

"알고 있다니까!"

잔소리를 하는 누나의 목소리를 등지고, 소년은 태어났을 때부터 잘 아는 길을 달려갔다.

—아, 태어났을 때부터는 말이 안 되나?

등에는 요전 생일에 누나가 준 목검이 덜컥덜컥 흔들리고 있었다.

요즘 그는 이걸 휘두르며 모험가 놀이를 하는데 푹 빠져 있었다.

물론 본인은 틀림없는 모험을 한다고 생각하고 있었다.

—오늘은 파티가 한 명 부족하네…….

옆집 그 아이는 오늘 도시로 외출했다. 정말이지. 참 치사하다.

"나도 아직 보러 간 적 없는데……."

등에 멘 검을 뽑아서 의미도 없이 붕붕 휘둘러 수풀을 헤쳤다.

"어허, 아가! 사람들 다니는 데서 그렇게 휘두르면 못써야!"

당연한 일이지만 맞은편 농가의 아저씨가 그걸 보고서 꾸짖었다.

밭에 물을 뿌리는 도중이었나 보다. 소리를 내면서 숙이고 있던 허리를 펴고 있었다.

"……네에."

그의 평판은 누나의 평판이다. 소년은 자기 나름대로 순순히 이해하고서 검을 등 뒤로 돌려놓았다.

"죄송합니다."
"옳제. 조심하그라."
농부는 허리를 툭툭 두드리면서 벙글벙글 웃는 표정으로 잠깐 쉬려는 모양인지 밭에서 나왔다.
소년 옆까지 온 그는 후우 숨을 내쉬면서 허리에 꽂아둔 수건으로 얼굴을 닦았다.
흙먼지와 진흙투성이라 수건이 순식간에 갈색으로 더러워졌다.
"같이 다니는 아는 어쨌다냐?"
"그 녀석은, 오늘 도시."
"어허, 근다냐."
소년이 입술을 삐죽이며 말하자 농부가 고개를 끄덕였다.
"영리한 아여. 도시에서 이쁜옷 사서 입겄제. 니도 기대 안 되냐?"
"그 녀석이 꾸며봤자 안 어울릴 거야."
볼이 부푼 소년을 농부가 흙투성이 거친 손으로 쓱쓱 쓰다듬었다.
그가 가만있는 걸 보고는 또 껄껄 웃었다.
"고거야 본 다음에 말을 해야제. 지금 한 말은 비밀로 해주께."
"응……."
"어어, 아야. 이따 오후에 사원에 간다냐?"
"응. 누나가 공부하라고 해서."
"고것은 좋은 일이구마."
고개를 끄덕인 농부는 얼굴을 찌푸리면서 허리춤을 주먹으로 두드렸다.
"사실 나가, 또 허리가 삐끗해부러서 말이여. 약 좀 주소, 하고 사원에 말 좀 전해줄라냐."

"알았어. 허리 약."

"옳제."

소년이 고개를 끄덕이자 농부는 주름투성이 얼굴을 더욱 일그러뜨리면서 웃었다.

"아, 옳제. 아야. 글고 동쪽 숲에는 가면 안 된다고 들었제?"

"들었어."

소년이 말하며 고개를 갸웃거렸다. 그러고 보니.

"왜 안 되는데?"

"어허, 누나가 말을 안 해줬다냐?"

"응. 안 해줬어."

"동쪽 숲에 말이여."

농부가 참으로 심각한 기색으로 팔짱을 끼더니 깊게 한숨을 쉬었다.

"고블린이 나와부렀어."

§

"모험가라, 진짜로 어떻게 해결을 해주는 거까?"

개척 마을 변두리의 길이 뻗어간 곳, 쑤욱 솟아 오른 어두운 숲.

그 입구에 개척 마을의 젊은이들 — 그렇다 해도 서른을 넘겼다 — 중 한 사람이 흠칫거리며 말했다.

손에는 녹을 떨궈낸 낡은 창을 들었지만 허리를 뒤로 빼고 있어서 듬직하지 못했다.

그도 그럴 것이 이 창을 들고 전쟁에 갔던 게 벌써 10년도 넘었다.

그것도 후속부대에서 대기하고 있는 동안 전쟁이 끝나서 뭐가 뭔지 알지도 못했다.

그런데 고블린이 나왔다면서, 마을에서 몇 안 되는 전쟁 경험자랍시고 끌려 나왔으니 난처한 일이다.

"아무리 길드가 보증을 해준대도 말이여. 도적 같은 작자가 올까 싶어 나는 싫구마."

"나는 주문술사가 더 무섭던디……."

이쪽도 역시 젊은이, 스무 살쯤 되는 기가 약한 남자가 작은 소리로 대답했다.

장작을 패는 손도끼를 감당하지 못하는 기색으로 끊임없이 쥐었다 폈다 하고 있었다.

"여자라도 방심하면 안 된다고 글드라. 혼이고 뭐고 아주 그냥 쏙 빼간다드만."

"나도 들어본 적은 있어야."

옛 병사가 목소리를 죽여 속삭였다.

"산 너머 마을에 젊은 애 안 있냐? 그 머이냐, 누에실 뽑는 집."

"어어, 있제."

"그 놈이 『딱딱한 빵이나 씹으면서 오래 살기는 싫다. 모험가가 돼서 짧고 굵게 산다』고 그람서."

"뛰쳐나갔제."

"글제. 근디, 그게 알고 본께 마을에 왔던 주문술사, 엘프(숲 종족) 여자한테 반했던 거여."

"허이구……."

"반대도 있드만. 마을 처녀가 모험가한테 노리개가 됐다 속았다 하는 일이 쌔부렀다고 하……."

"바보 같은 소리여. 할아범 말 못 들었다냐?"

젊은이들 우두머리. 아마도 다음 촌장이 될 것인 스무 살 가량의 남자가 험한 표정으로 말했다.

"소귀놈들한테 공격을 받고 무사한 거는 모험가 부른 마을밖에 없다고 안 글더냐."

"글긴 한디……."

"아니믄, 소귀놈들한테 니 딸내미 줘도 괜찮다는 거여?"

"그야……."

"행상인 여자가 끌려갔다는 야그는 니도 들어본 적 있을 거 아니여?"

그건 싫다든가, 미안하다든가, 기가 약한 남자가 말하자 옛 병사가 당연하다며 고개를 끄덕였다.

"할아범 말은 틀림없는 거여. 나보다 훨씬 싸움을 잘 알드마."

"그래도, 고블린 같은 거에 모험가를 안 불러도…… 그냥 냅두면, 괜찮은 거 아니여……?"

"어쩌다 한두 마리는, 그냥 쫓아내면 되지 않겄냐. 소귀 따위 별 것도 아니잖에."

우두머리는 씁쓸한 표정으로 고개를 좌우로 저었다.

"그래도 할아범이 글드라. 둥지를 틀면 안 된다고. 딸내미랑 마누라를 잡아가러 온다드라."

"그거야……."

“근디 말이여. 우덜끼리만 고블린 놈들 죽이러 갈 수는 없는 거 아니여?”

“히익!”

병사였던 남자가 말하자, 기가 약한 남자가 당장이라도 죽을 것 같은 목소리로 신음했다.

“그, 그그, 그건 못 하겄어. 나는 마을에 온 소귀는 쫓아낼 수는 있어도…….”

“그럼 하는 수 없제.”

병사였던 남자가 말했다.

“모험가는 그걸로 밥 벌어 먹잖에. 그냥 맡겨뿔자.”

“거참, 간덩이가 작은 놈이구마.”

“아야, 이 놈 기분도 생각을 해줘야제. 어?”

우두머리가 기가 약한 남자를 욕하자 병사였던 남자가 그를 감싸며 온화하게 말했다.

“그야 니는 촌장댁 딸이랑 사귀니까 앞날이 탄탄하겄지만, 다른 놈들은 안 그렇단 말이여.”

이렇게 말하면 우두머리도 입을 다무는 수밖에 없다.

시골 젊은이는 모험가를 동경한다.

여자를 안고 싶다. 맛있는 밥을 먹고 싶다. 사치를 부리고 싶다. 시골에서 흙을 일구며 평생을 끝내기 싫다.

그럴 바에야 드래곤과 싸우고 싶다. 죽을 각오가 됐다고 입으로는 말을 한다.

아가씨들도 마찬가지다.

마을에서 밭일을 하는 소작농에게 시집가거나, 사원에서 신을 섬기며 죽을 때까지 기도를 한다.

까딱하면 도적들이 덮쳐서 노리개가 되거나, 돈이 부족해서 몸을 팔거나…….

그럴 바에야 모험가와 하룻밤을 꿈꾼다. 혹은 함께 여행을 하는 환상을 품는다.

기가 드센 아가씨라면 남자와 똑같이 스스로 모험가가 되어 한끗발 날릴 생각을 한다.

“그야, 즈그집 딸이나 누이, 아들, 아우는 누구든지 걱정되겠제.”

변경 개척은 참으로 험한 일이다.

괴물은 끊임없이 나타나고, 그렇다고 군이 와서 지켜주는 것도 아니다.

얼굴도 모르는 국왕 폐하는 용이나 마신 같은 걸 상대하느라 바쁠 것이다.

신을 섬기는 신전 사원이 지원이라며 사원을 세워주니까 그나마 마음의 위안이 된다.

세금도 내야 한다. 비도 내린다. 바람도 분다. 해도 내리쬔다. 흐린 날이 이어진다. 그리고 고블린.

돈이 부족하면 몸으로 벌면 되는 것……. 젊은이가 꿈을 품고서 모험가가 되는 것도 당연하달 수 있었다.

그럴 바에야 차라리, 수도에 가서 모험가 길드의 직원을 목표로 삼으면 좋겠으나…….

배움과 돈이 없으면 모두 그야말로 꿈만 같은 일이다.

"……강한 모험가가 와주면 좋겄는디……."

"그렇제. 임금님이 세금으로 길드를 만들어 안 줬냐? 걱정할 것 없어야."

"……그려."

어쨌거나 꿈이나 돈보다, 지금은 눈앞의 고블린이다.

젊은이 셋은 얼굴을 마주보며 깊은 한숨을 쉬었다.

그렇기 때문이리라.

소년이 그들의 눈을 피해 홀로 숲 속에 들어간 것을 아무도 눈치 못 챘다.

§

고블린.

어른들이 위험하다고 말을 하지만 과연 어떨 것인가?

소년은 아직 본 적이 없었다. 그래서 한 번 보러 온 것이다.

—그러면 자랑할 수 있어!

어린애다운 단순한 생각이었다.

가장 약한 괴물이라고 들었다. 한두 마리 온 것을 마을 어른이 쫓아낸 것도 알고 있었다.

만약 정말로 그렇다면 해치울 수 있지 않을까?

해치울 수 있다면…….

—더 자랑할 수 있어!

소년은 목검을 붕붕 휘두르며 앞마당처럼 잘 아는 짐승들의 길을 달려갔다.

낮에도 어두운, 사람들이 손대지 않은 숲이다. 울창한 나무들이 우거지고 이끼와 짐승 냄새가 소용돌이친다.

평소에도 「위험하다」라고 자주 혼나는 장소지만 오늘은 한층 더 기분 나빴다.

물론 위험하고 기분 나쁘기 때문에 평소부터 여기서 놀고 있었다.

"……응?"

소년이 발길을 멈춘 것은 언제나 놀이터로 삼는 곳에서 낯선 발자국을 봤기 때문이다.

소꿉친구의 발자국보다 크고, 소년과 비슷할 정도. 늑대나 여우나 사슴하고도 달랐다.

"……고블린?"

중얼거린 순간, 풀잎을 싸르르 흔들면서 바람이 지나갔다.

침을 꿀꺽 삼켰다. 어느샌가 입 안이 메말라 있고 목이 따끔거렸다.

손바닥에 땀이 스며 나오자 소년은 황급히 목검을 고쳐 쥐었다.

"오, 올 테면 와봐……!"

허세를 — 본인은 그렇게 생각하지 않았다 — 부려서 힘껏 그럴듯한 자세를 잡았다.

바람이 살랑살랑 불어서 습하고 비릿한 공기가 흘러들었다.

—어디 있지?

숨을 들이쉬고 내쉰다. 슬금슬금 앞으로 나아갔다.

목검을 의미도 없이 휘둘러서 수풀을 쳐낸다. 가지를 쳐낸다. 줄기를 때린다.

아무 일도 없었다. 그저 조용한 숲 속의 정적이 있을 뿐.

—없나?

"뭐야, 놀라게 하고 있어……."

소년은 짐짓 거창한 태도로 땀을 닦고 손바닥을 셔츠에 쓱쓱 닦았다.

만져보니 셔츠는 땀에 젖었고 심장이 쿵쾅거리고 있었다.

소년은 침을 삼키고 고개를 붕붕 저은 다음 일부러 소리를 내어 말했다.

"조, 좋아, 돌아가자. 누나한테 걱정 끼치면 안 되니까!"

그리고 돌아본 곳에, 곤봉을 치켜든 고블린이 보였다.

"으, 아……?!"

"GORRB?!"

놀라기는 고블린도 마찬가지였다. 팔을 든 자세 그대로 몸이 굳었다.

소년과 비슷한 키. 지저분한 눈과 입. 어두운 녹색 피부. 썩은 고기 같은 냄새.

"고, 고블린……?!"

"GB?!"

놀란 나머지 반사적으로 휘두른 목검이 둔탁한 소리를 내며 고블린 머리에 맞았다.

해냈다, 하고 생각했다. 해 버렸다, 라고 후회했다. 그러나 이미 모든 것이 늦었다.

"GGGGG……."

고블린이 머리를 누르면서 비틀거리며 일어섰다. 피가 흐른다. 소년은 숨을 삼켰다.

"GORBOGOOROROB!!!!"

그 고블린이 눈빛을 활활 불태우며 짖은 순간, 소년은 토끼처럼 도망쳤다.

달린다, 달린다, 달린다, 달린다. 거의 구를 듯이 달리다 넘어져서 구르며 일어서 달린다.

숲 안쪽 깊숙한 곳으로 가는 건지, 바깥으로 나가고 있는 건지도 알 수 없었다.

짐승들 길을 벗어나 버리면 숲 속에서 방향을 확인할 방도가 없었다.

"으, 아……!"

숨이 찬다. 숨을 헐떡인다. 목이 따끔거린다. 온몸이 아프다. 발이 무겁다. 그래도 달린다.

등 뒤를 돌아볼 여유는 없었다.

고블린의 소리는 들리지 않지만, 그것은 귀가 먹먹하기 때문일지도 모른다.

어쨌든 발을 멈추면 안 된다. 그것만 생각하며 계속 달렸다.

"아, 여, 여기……?!"

소년이 도착한 곳은 지금까지 본 적이 없는 장소였다.

숲 안쪽에, 탁 트인 장소가 있었다. 이런 곳이 있었나?

하물며— 이런 곳에, 동굴이라니.

소년은 어질어질한 머리에 필사적으로 들이쉰 숨을 보내면서 수

풀에 웅크려 앉았다.

숨어야겠다고 생각한 것은 아니었다. 더는 한 걸음도 움직이지 못한 것뿐이다.

쌔액쌔액 갈라진 숨소리를 내면서 열심히 호흡을 가다듬었다.

그런데…….

"──?"

그때 타박타박 거침없는 발소리가 들렸다.

소년은 수풀 속에서 그쪽을 돌아보고, 흘러나오려는 목소리를 필사적으로 두 손으로 억눌렀다.

고블린이었다.

그것도, 두 마리— 머리에 상처가 없다. 그러면, 세 마리?

"GORBBRB……."

"GROB! GBRROB!"

놈들은 귀에 거슬리는 소리로 악을 쓰면서 손에 든 곤봉을 휘두르고 역겹게 웃어댔다.

무슨 말을 하는 건지는 몰랐지만, 소년은 어쩐지 알 수 있었다.

이제부터 싸움을 하러 갈 때 저렇게 서로 기합을 넣은 적이 있었다.

—마을에, 갈 셈이야!

전해야 한다.

그러나 움직이고자 한 것도 아닌데 발이 움직였다. 움직인 발이, 수풀을 흔들었다.

"GBRO……?"

이미 늦었다.

꼼짝도 못 한 채 굳어버린 소년이 있는 수풀로 고블린이 징그러운 노란색 눈을 돌렸다.

짧은 손가락이 소년 쪽을 가리키고, 한 놈이 키시시 기분 나쁘게 소리 죽여 웃었다.

한 걸음. 또 한 걸음. 두 마리 고블린이 다가온다.

어금니가 딱딱 부딪혔다. 목검을 어떻게든 움켜쥐었다. 도망쳐야 한다. 도망쳐야 한다.

—어떻게?

"GBOROBR?!"

다음 순간, 한 놈— 뒤 쪽에 있던 고블린의 목에서 검이 돋아났다.

"GORB?!"

동포의 비명에 또 한 마리가 돌아보았다.

허공을 할퀴며 피를 뿜고 무너지는 고블린의, 등 뒤에—.

소년은 분명히 보았다.

그것은— 그것은 모험가였다.

싸구려 철 투구. 지저분한 가죽 갑옷. 왼손에는 작은 원형 방패를 고정했고, 어중간한 길이의 검을 뽑았다.

상상하던 화려한 모습과도, 가끔 마을을 찾아오는 험상궂은 모습과도 달랐지만.

그 남자는 틀림없이 모험가였다.

"우선, 하나."

낮고 담담한, 무기질적인 목소리. 툭 내뱉은 그 소리가 어째선지 귓가에 닿았다.

또 한 마리 고블린이 낭패스런 기색이었다.

그 고블린은 손에 든 곤봉과, 모험가와, 동굴 입구를 두리번두리번 비교해 보았다.

그리고 동굴 입구를 향해 달리기 시작했다.

복수, 분노, 공포. 그것을 모두 합쳐서, 자신의 동포들에게 떠넘길 셈이었다.

모험가는 그 동안 죽은 고블린의 시체에서 검을 뽑아내고 있었다.

"둘."

치켜들고는, 던진다.

"GOROB?!"

뒤통수부터 뇌간이 꿰뚫린 — 소년은 알 수 없었지만 — 고블린은 몸부림치면서 넘어졌다.

이윽고 땅에 엎드려 쓰러진 그것은 움찔움찔 경련한 다음 움직이지 않게 되었다.

"흠."

모험가는 낮은 소리를 내더니 성큼성큼 거침없는 발걸음으로 두 마리째 시체에 다가갔다.

칼날에서 뇌수를 실처럼 늘어뜨리며 쑥 뽑아내고, 혀를 차더니 내던졌다.

그가 고블린의 허리띠에서 단검으로 보이는 것을 빼내는 것을 보고—.

"아……!"

아니야, 안 돼, 아직이야. 여러 가지 말이 소용돌이치더니 소년의 입에서 뿜어져 나왔다.

"또 한 마리, 밖에 있어!!"

모험가의 반응은 눈으로 좇기도 어려웠다.

그는 돌아보는 것과 단검을 들어 조준을 맞추는 것을 동시에 해냈다.

휘잉. 바람을 가르는 소리가 나며 탁한 비명이 들리고, 풀썩 묵직한 것이 땅에 쓰러졌다.

"GBOROB?!"

등 뒤에, 그리 멀지 않은 곳. 목에서 피 거품을 부글부글 뿜으면서 숨진 것은 처음 봤던 고블린이었다.

"아……."

자신이 죽을뻔했다는 것을, 소년은 이제 와서 깨달았다.

오싹해져서 손에 든 목검을 놓치자 발치에 떨어지며 달그락 소리를 냈다.

"이걸로, 셋이군."

모험가가 잔디를 밟으며 수풀을 헤치고 성큼성큼 다가왔다.

오래 써서 길이 든 가죽 장갑이 땅에 떨어진 목검을 주워 소년에게 내밀었다.

"어, 아……?"

"미안하다."

소년이 멍하니 목검을 받자 모험가가 낮고 담담한 목소리로, 그러나 확실하게 말했다.

"덕분에 살았다."

그리고 돌아보지 않고 동굴 안으로 들어가는 모험가를, 소년은 가만히 눈으로 배웅했다.

§

"너, 그렇게 숲에 가지 말라고 말했잖니!"

"미안, 누나!"

결국 사원에 달려가서 얼버무리려고 했지만 누나한테 전부 들켰다.

온몸에 긁힌 상처가 날만한 놀이터는 숲 말고는 없었으니까.

귓볼을 잡힌 채 집으로 끌려가자 설교의 폭풍과 상처 치료와 저녁이 기다리고 있었다.

엄청 쓰라린 고약을 바르고 붕대를 감은 뒤, 마지막으로 찰싹 두드려주자 소년은 일어섰다.

내심 조금 더 살살 해주면 좋겠지만 입 밖에 내진 않는다.

"아이참. 뭐가 『알고 있어』야. 전혀 모르고 있잖아."

식사할 때도 끊임없이 잔소리가 이어지고, 마지막의 마지막에 가서야 누나가 「하아」 한숨을 쉬었다.

"어쨌든, 큰 상처가 없어서 다행이야."

그리고, 안도한 기색으로 웃었다.

—걱정을 끼쳤다.

그렇게 생각하자 소년의 가슴이 따끔따끔 아팠다.

"……저기, 고블린은?"

"걱정 안 해도 돼. 모험가가 와서 전부 해치워줬으니까."

누나는 태양처럼 밝게 웃더니 금세 엄격한 표정을 지으며 침실을 가리켰다.

“자, 그러니까 이제 안심하고 자렴! 내일은 걔가 돌아오잖니?”

“아, 응!”

황급히 의자에서 뛰어내린 소년은 그대로 문에 손을 대고서 뒤를 돌아보았다.

“잘 자. 어, 그리고…… 미안, 누나.”

“그래. 잘 자렴. ……이제 위험한 일 하면 안 된다?”

“……네.”

그리고 그는 문을 열고, 닫고, 방으로 들어갔다. 숨을 내쉬었다.

정말로 터무니없는 하루였다.

고블린에게 쫓기고, 공격받을 뻔 하고, 누나한테 혼나고…….

하지만—.

침대에 들어간 소년은 꼬물꼬물 움직이고 몸을 뒤척여 벽에 세워 둔 목검을 보았다.

고블린을 때린 목검. 모험가가 주워준 검.

아직 그 때의 긴장과 흥분의 잔재가 가슴 속에서 두근두근하며 숨 쉬고 있었다.

“……그 녀석, 어떤 표정을 지을까?”

—나 모험가랑 만났다!

아니, 그걸로 끝이 아니다.

—나, 모험가를 도와서 고블린을 해치웠다!

응, 이건 자랑할 수 있다.

도시에서 예쁜 옷을 사는 것보다 훨씬 굉장하다.

소년은 모험의 결과에 만족하고 눈을 감았다. 그리고 내일이 되기를 고대하며 기다렸다.

제3장 『주점 여급의 이야기』

“어서 오세요!”

“그래. 일단 맥주 세 잔, 레몬수 둘!”

“네엡!”

그리고, 아…… 프리텔라 모듬이면 되겠네. 이건 5인분!”

“알겠습니다—!”

양손검을 등에 진 모험가가 손을 들어 표시한 숫자를 읽고서, 여급은 활기찬 목소리로 대답했다.

밤의 시작. 주점이 다들 그렇지만 모험가 길드의 주점은 떠들썩함이 달랐다.

모험하러 가서 목숨을 걸고 싸운 자들이 돌아와 한숨을 돌린다.

혹은 멀리 나갔던 사람들이 돌아와서 이제야 좀 쉰다.

반대로 멀리서 이 도시에 찾아온 모험가가 일단 식사부터 하고 싶어서 주문한다.

바쁘게 돌아다니는 수인 여급은 이 분위기가 너무나 좋았다.

누군가에게 도움이 된다는 실감은 급여 이상으로 의욕을 부추겼다.

긴 머리칼을 묶어서 꼬리처럼 흔들며(진짜 꼬리는 스커트 안에 있다) 주방으로 외친다.

“아저씨, 맥주 세 잔에 레몬수 둘, 프리텔라 다섯 접시!”

"오냐. 흥. 수가 많아도 나한테 걸리면 그까짓 거 금방이야."

그리 넓지 않은 주방을 종횡무진으로 움직여 다니는 통통한 중년 레아.

철 냄비와 철판, 식칼, 꼬치에 국자와 밀대. 도구를 들고 불꽃을 마법처럼 휘두르면서 순식간에 요리가 나타난다.

기름으로 튀겨서 금색으로 빛나는 새고기와 생선 위에 은은하게 달콤한 소스가 걸쭉하게 흐른다.

튀김옷은 바삭하고 뜨끈하다. 깨물면 입이 녹을 듯한 육즙이 주르륵 흐른다.

고소한 냄새가 그윽하게 풍겨오면 수인이 아니라도 코를 벌름거릴 게 틀림없다.

"옛다. 얼른 가져가!"

"네에!"

요리에 있어서 레아보다 뛰어난 종족은 없다고 해도 좋다.

—하지만 나도 준비는 도왔거든!

자신이 준비한 재료에 요리장의 기술이 합쳐지면 그건 뭐, 어딜 내놔도 무적인 용사나 마찬가지.

술통에서 맥주를 따르고, 우물물에 레몬을 짰다. 이것도 주문 그대로.

트레이에 올린 요리를 바쁘게 날라다 주면 탁자에는 이미 파티가 앉아서 대기하고 있었다.

돌아와서까지 무장한 채로 있기는 싫었는지 제각각 철컥철컥 무구를 풀어놓고 있었다.

그래도 전위가 언제든지 검을 뽑을 수 있도록 대비하고 있는 것은 숙련자의 관록이었다.

"네, 기다리셨죠! 맥주 셋, 레몬수 둘, 그리고 프리텔라 5인분이요!"

이 파티의 회계를 담당하는 하프 엘프 경장 전사가 은화를 좌르륵 건넸다.

"감사합니다. 아아, 그리고 저는 포도주요."

"네, 알고 있어요!"

말랑한 손바닥으로 받아서 여급복의 주머니에 넣었다.

대금은 약간 많다. 팁을 포함한 배려였다. 이 파티가 이름을 떨치는 것도 납득이 간다.

"야야, 술집에 왔으면 일단은 맥주를 마셔야지."

넌 무슨 말을 하는 거냐는 어조로 여기사가 턱을 괴었다.

"질서이며 선인 기사님이, 참 못난 말씀을 하시네."

"당연하지. 지고신의 법전에도 쓰여 있다."

다시 무슨 말을 하는 거냐는 어조로 여기사가 가슴을 펴자, 경장 전사는 두통을 억누르듯 미간을 짓누르며 깊은 한숨을 쉬었다.

"이런 어른이 되면 안 됩니다."

"네~."

"가만 있을 때는 멋있는데……."

소년 척후는 적당히 손을 들며 대답하고, 레아 소녀 무술사가 난처한 기색으로 한숨을 쉬었다.

그것을 본 여기사가 납득이 안 되는 표정으로 볼을 부풀렸다.

"무슨 소리야? 나는 언제나 멋지다."

"으아. 너는 술 마시기도 전부터 취하지 좀 마라."

중장 전사가 갓난아기를 달래듯 손바닥을 흔들더니 얼른 맥주잔을 들었다.

"자, 건배다. 건배. 모험에서 돌아왔잖아. 꼬맹이들, 마음껏 먹고 마셔라."

"으랏차, 고기다 고기다!"

와아. 환성을 지르면서 요리와 술에 달려드는 소년 척후와 여기사.

그것을 못 말리겠다는 기색으로 바라보면서도 다른 동료들이 식사를 시작했다.

"간~신히 돌아왔네……."

"그러, 네. ……수고, 했어?"

"그래, 너도 수고."

문의 벨을 울리며 들어온 것은 창을 짊어진 미장부와 육감적인 미녀였다.

창잡이와 마녀 두 사람은 한 탕 끝낸 뒤의 충실한 표정으로 미끄러지듯 자리에 앉았다.

"여기, 언니야! 주문 부탁해!"

"네에, 지금 가요!"

손을 가볍게 들어올리자 수인 여급이 바쁘게 그 탁자로 달려갔다.

"그래서, 어쩔래?"

"나, 는…… 그렇, 네. 포도주랑, 오리 고기, 소테. 줄, 래?"

"나는…… 소고기 다릿살. 뼈에 붙은 채 바싹 구워줘. 그리고 사과주."

"아, 사과……."

마녀가 문득 중얼거리고 눈을 가늘게 떴다. 입술을 약간 먹고 싶은 것처럼 열었다가 금세 닫는다.

창잡이가 별로 신경 쓰는 기색도 없이 어깨를 으쓱거렸다.

"먹고 싶어?"

"그런, 건 아닌데……."

"그럼, 구운 사과 둘. 나도 먹고 싶으니까 같이 먹자고."

"……정말."

"네에, 알겠습니다."

겉보기와 다르게 귀여운 구석도 있구나.

마녀가 어린 소녀처럼 입술을 삐죽거리자 수인 여급은 그런 인상을 품었다.

—아니지, 이 사람 앞이라 그런가?

"있잖아, 언니야."

"네?"

"접수원 아가씨, 아직 있어?"

그랬더니 곧장 이런다.

수인 여급은 무심코 힘이 빠지는 것을 견뎌내면서 진지한 표정으로 창잡이를 돌아보았다.

관자놀이를 가볍게 누르며 한숨. 분명히 그 접수원은 아직 근무 중일 것이다.

가끔씩 그렇게 늦게까지 남아 있는 것을 수인 여급은 알고 있었다.

"……네, 아직 있는 것 같아요."

"아자!"

주먹을 꾹 쥐면서 기합을 넣는 창잡이. 마녀와 수인 여급이 그를 미지근하게 지켜보았다.

정말이지, 옆에 이런 미인이 있으면서…… 이 말은 안 하느니만 못하겠다.

누가 누구를 좋아하는 것도 다들 제멋대로다.

그렇지만 창을 휘두르면 수도의 기사보다 뛰어나다는 변경 최강의 모험가가 이런 녀석이라니.

—입 다물고 있으면 멋있는데.

실태를 알면 모험가 지망생들이 환멸하는 게 아닐까? 조금 불안해지기도 했다.

—음, 친근하다고 할 수도 있나?

괜히 고고한 것보다는 훨씬 나을까? 그렇게 생각을 고치면서 잰걸음으로 뛰어 주방에 간다.

"포도주, 오리 고기 소테, 소의 뼈가 붙은 고기 바싹 구워서, 사과주. 그리고 구운 사과 둘!"

"오냐아! 술부터 먼저 가져가라!"

"네에!"

레아 요리사가 겉보기와 다른 커다란 소리로 외치자, 수인 여급도 지지 않고 대답했다.

"고마워."

술을 날라주자 두 사람은 생긋 웃으며 말하고 대금을 건넸다.

"그럼, 모험(데이트)의 성공에."

"그래. 건, 배. 할까?"
치잉. 우아하게 잔을 부딪치는 타이밍에 맞춘 것처럼, 또 다시 문의 벨이 딸랑딸랑 울렸다.
"지, 지쳤어……."
"에이, 좀, 똑바로 걸어!"
녹초를 그림으로 그린 것 같은, 아직 젊은 새내기 모험가 2인조.
신참 전사를 끌어다 내던지듯 의자에 앉힌 수습 성녀가 후우, 이마의 땀을 닦았다.
"뭐 먹을 기분 안 들어……."
"안 돼. 먹어야지!"
당장이라도 잠들 것 같은 소년을 질타한 소녀가 문득 고개를 들었다.
수인 여급과 눈이 마주치자 수습 성녀의 얼굴이 확 붉어졌다.
"아, 죄, 죄송해요. 그러니까……. 오트밀 한 접시하고, 빵 2인분이요……."
"네에!"
"아, 그리고 물!"
"네에에!"
바쁘게 가게 안을 달려 주방으로 주문을 전달하자 레아 요리사가 한쪽 눈썹을 슬쩍 올렸다.
"옛다! 아까 소 구이 주문받은 것도 같이 갔다 줘라! 어, 허어, 식초가 어딨더라?"
"알아요. 아, 식초는 뒤쪽 선반이요."

요리장이 씨익 웃으며 등을 돌리자 수인 여급이 식재료 선반에 손을 뻗었다.

자그마한 치즈 한 조각을 슬쩍 빵 접시에 곁들이고서 이제 됐다며 고개를 끄덕였다.

"그럼 갖다 줄게요!"

"오냐. 부탁한다!"

창잡이의 탁자에 뜨끈뜨끈 지글지글 기름이 떨어지는 요리를 놓고, 그들에게 인사 한 번.

그리고 바쁘게 뛰어가서 소년소녀 2인조 탁자에 갔더니 수습 성녀가 눈을 크게 껌뻑였다.

"아, 어라? 이거 안 시켰는데……."

"아아, 괜찮아. 먹어 버려."

수인 여급이 훌훌 손을 흔들면서 털에 싸인 손가락으로 치즈를 가리켰다.

"어차피 이제 곧 잔뜩 먹는 사람이 와버리니까 새로 꺼내야 돼. 재고 처분!"

"죄, 죄송해요."

"아니, 오히려 도와주는 거니까 괜찮아."

그리고 급사를 한차례 끝내고서— 그녀는 벽에 기대어 후우 숨을 내쉬었다.

술집은 모험가들이 가득하여 귀가 울릴 정도로 떠들썩했다.

즐겁게 웃으며, 외치고, 노래하고, 식사를 하고, 술을 마시며, 또 떠든다.

으흠. 수인 여급은 팔짱을 끼고서 그걸 보고 있기만 해도 만족해 버린다.

그리고…….

"아~ 우~ 지쳤어어~ 밥 먹고 자고 싶어어!"

"고블린, 많았으니까요."

딸랑 벨을 울리며 새롭게 다섯 명이 들어선다.

선두에 서서 활짝 문을 연 것은 하이 엘프 탐색자(레인저)였다. 이어서 지모신을 섬기는 여신관. 그 뒤로…….

"전투가 끝난 뒤에는 언제나 연회를 여는 법. 먹고 마시고 소란을 피우고 잠들면, 적수에 대한 추모가 되는 법일세."

"그~야 그렇다만, 카미키리마루는 내일도 고블린 퇴치를 하러 간다지 않는고? 참으로 수고로운 일이로다."

쿵쿵 묵직한 발걸음의 리자드맨(도마뱀 수인), 그 뒤에 덩치가 좋은 드워프 술사.

그리고 마지막 한 사람.

"그래."

짧게 대답하면서 들어온 모험가에게 술집 모든 사람의 시선이 슬쩍 향했다.

지저분한 가죽 갑옷, 싸구려 철 투구, 팔에는 작은 원형 방패를 고정했고, 허리에는 어중간한 길이의 장검.

"돈이 필요한 일이 있다."

고블린 슬레이어가 낮은 목소리로 말했다.

"죄송해요. 제가 좀 더, 체력이 있으면……."

기운이 빠져서 시무룩하게 고개를 숙인 여신관을 엘프 궁수가 감싸며 손가락질을 했다.

"잠깐, 그러면 다른 모험도 하면 되잖아."

"고블린이 없으면 생각해 보지."

이렇다니까. 그녀는 길쭉한 귀를 흔들며 못 말리겠다는 기색으로 하늘을 올려다보았다.

"어서 오세요~!"

수인 여급은 종종걸음으로 바삐 입구로 뛰어가 생긋 웃으며 모험가를 맞이했다.

모험가는 난폭자, 무법자들이 모여 있지만, 그래도 은 등급쯤 되는 사람들의 태도는 부드럽다.

그렇다면 당연히 서비스로 미소 정도는 지어주고 싶어지는 법이다.

"오오."

일행들을 아우르는 역할의 리자드맨 승려가 눈을 빙글 돌리면서 말했다.

"이거 여급 선생 아니신가. 어디, 소승은 우선…… 치즈를 소망하고 싶네만……."

괜히 뜸들이며 묵직한 어조로 말했지만 수인 여급은 내심 키득 웃음을 흘렸다.

이 리자드맨이 치즈 종류를 대단히 좋아하는 건 이미 잘 알고 있었다.

"다들 어찌하겠는가?"

"아~ 나는 그거, 뭐였지? 가느다란 거. 파스타? 그거 줘."

"아, 저, 저는, 뭔가 가벼운 걸로……."

"이거야 원. 든든히 먹는 건 나쁜이더냐? 고기다, 고기. 그리고 센 술을 듬뿍."

"네에, 고기 요리요!"

빙글 돌아 스커트 자락을 휘날린 수인 여급이 마지막 모험가에게 날카로운 시선을 향했다.

"손님. 오늘 추천은 민물꼬치고기! 물의 도시에서 잡은, 신선한 걸 구운 거예요!"

재료도 일품, 손질도 완벽, 요리장의 솜씨는 말할 것도 없다.

어때요? 자신만만하게 평균 수준의 가슴을 내밀며 도전하듯 말했다.

"자 그럼, 주문은 어떻게?"

손님을 대하는 태도라고 보기 어렵지만, 그녀는 이 시간쯤에 오는 이 남자를 손님으로 보지 않았다.

놓치지 않으리라고 눈매를 치켜 올리고 노려보자 투구 속의 붉은 눈이 보이는 것 같았다.

"아니."

고블린 슬레이어는 말했다.

"오늘은 됐다."

§

"그게 뭐야, 이상하잖아?!"

"아니, 이상한지 아닌지야 모르……."

공방의 도제가 반론하려고 했지만 수인 여급은 카운터를 타앙 두드려서 봉해 버렸다.

“모험가라는 건 말야. 드래곤 쳐죽이고 술 마시면서 으하하하하 가 일이잖아?”

“일부 그런 사람이 있는 건 부정 안 하겠는데…….”

도제는 연상의 소녀가 주장하는 걸 쓴웃음을 지으며 수긍하고, 접시 위의 생선에 포크를 꽂았다.

느긋하게 구운 민물꼬치고기는 조금 식기는 했지만 기름기가 자르르 흘러서 맛있다.

레몬 같은 걸 뿌린 것 같다. 희미한 산미가 입 속에서 어우러져 뭐라 말하기 어려울 정도다.

“어쨌든, 음식 고마워. 응, 맛있다. 생선은 오랜만에 먹어 보네.”

“아, 딱히 챙겨준 게 아니라 식어서 남아 버린 게 아까웠을 뿐이야. 착각하지 마!”

“그게 전혀 쑥스러워서 그러는 게 아니란 것이 너의 장점이라고 생각할게.”

이렇게 음식—이 아니라 잔반을 가져오는 게 어느샌가 수인 여급의 일과가 되어 있었다.

밤도 깊어지고, 모험가들도 숙소로 돌아간 뒤. 주점을 정리하고 여급복을 벗었다.

돌아갈 준비를 하고 흘끔 엿본 공방에서 도제 소년이 홀로 불을 지키고 있었다.

뭐 하는 거야? 라고 물었더니 가마의 불을 꺼뜨릴 수가 없다고 했다.

물론 그건 구실이었다. 눈썰미 좋은 그녀는 그가 단검을 단조하고 있는 걸 알아챘다.

낮에는 일이 있으니까 당연하지만, 자기가 연습할 시간은 자기가 만드는 수밖에 없었다.

그렇다면 마침 잘됐다면서 잔반을 떠넘긴다. 수인 여급으로서는 당연한 이치였다.

"음식은 먹을 수 있는 사람이 먹으면 되는 거야."

"주장이 모순되는 것 같은데……."

"그렇다고 눈길조차 안 주면 짜증나잖아!"

수인 여급이 꼬리를 붕붕 흔들면서 자신의 노여움을 표현했다.

수인 특유의 움직임인지라 도제에게 과연 얼마나 전해졌는지는 알 수 없다.

"여급의 체면이란 게 걸린 거야. 이해해? 못하겠어? 이 논리를 이해할 수 있을까!"

"그거야……."

도제 소년은 난처한 기색으로 볼을 손가락으로 긁적였다.

"……내가 만든 무기를 적당히 내던지는 건 나도 싫어."

"그렇지?"

그 사람은 거침없이 검을 던져버리거든. 도제 소년은 깊은 한숨과 함께 불평을 토했다.

그것도 그가 만든 것 — 아직 가게에 내놓을 허가를 못 받았다 — 도 아니고, 어르신이 만든 검을 말이다.

"어르신 말로는 『자기 일에 만족할 수 있는 건 자기뿐』이라는 것 같은데."

“어쨌거나 나는 그 좀 이상한 녀석한테 주점의 밥을 먹이고 싶은 거야.”

“하지만 딱히 안 먹는 건 아니잖아?”

“그거란 말야!”

철푸덕. 수인 여급은 반짝반짝하게 닦인 공방의 카운터에 엎드렸다.

나름대로 크기가 있는 가슴이 말랑하게 짓눌려 일그러지자, 도제 소년은 자연스럽게 눈길을 돌렸다.

“모험한 다음에는 거의 안 먹어.”

“가, 가기 전에 안 먹는 사람은…… 가끔 있는 것 같은데.”

“아~ 정말. 메뉴가 안 좋은 건가……?”

“그건 그렇고, 갑자기 그 사람을 신경 쓰기 시작하네…….”

도제는 자기도 모르게 시선을 그쪽으로 돌렸다가, 황급히 다시 돌렸다. 볼이 붉었다.

“왜 신경 쓰는 거야?”

“그거야, 지금까지 그 녀석 주점에 안 왔잖아.”

수인 여급은 도제의 시선을 깨달은 기색도 없이 천연덕스레 말했다.

“애당초 그 사람 대체 언제부터 있었지?”

“5년쯤 전부터일걸?”

“기억이 안 나…….”

어느 모험가가 언제쯤 나타났는지는 수인 여급에게 사소한 일이다.

그것을 신경 쓴다는 것은, 다시 말해서 언제부터 안 보이는가도 기억한다는 것이다.

요즘 안 보이는 누군가의 행방은 신경 써봤자 소용이 없다.

그럴 바에야 지금 있는 사람을 환대하는데 전력을 기울여야 한다. 첫 해에 배운 것이었다.

—아, 하지만 5년쯤 전이면 접수원 아가씨가 어쩐지 들뜨기 시작한 무렵이네?

우우음. 수인 여급은 가슴을 계속 눌러대면서 카운터 위에서 꼼지락거렸다.

도제 소년은 눈길을 피하면서도 흘끔흘끔 그녀에게 시선이 움직여 버린다.

오른쪽 왼쪽으로 몇 번씩 왕복하던 그의 눈동자가 얼마 안 가 멈추고 한 점을 보았다.

"아."

"왜?"

벌떡 일어선 수인 여급의 귀가 움찔거렸다.

"정말인지 아닌지는 모르는데……."

도제 소년이 고개를 끄덕이더니 말을 이었다.

"그러고 보니까 스튜 좋아한다는 얘기를 들은 적 있어. 소고기."

§

"그래서, 비프스튜냐?"

"그래!"

보록보록 소리를 내면서 끓는 커다란 냄비 앞에 진을 치고서, 수인 여급은 그럭저럭 솟아오른 가슴을 폈다.

받침대에 올라 냄비를 들여다본 요리장이 흐흠, 팔짱을 끼고 있었다.

"미안, 아저씨. 일부러 가르쳐줘서."

"그야 네가 요리를 할 수 있으면 나도 맘 편히 쉴 수 있을 것 아니냐?"

"아저씨, 노인네 같은 소리하지 마."

"내가 노인네가 아니면 뭐냐? 얄팍~하게 펴 바른 버터 같은 게다."

"무슨 뜻인데?"

"억지로 당겨서 늘려놨다는 게야."

어디 보자. 스튜를 작은 접시에 떠서 살짝 맛을 본다.

"음, 나쁘지 않다. 조금만 더 졸여라."

"좋~았어!"

이걸로 이길 수 있다.

이얍! 혼자서 기합을 넣는 수인 여급을 한 번 보더니 요리장이 조용히 중얼거렸다.

"그러나, 모험가를 상대로는…… 어떨지……."

"어?"

순간 수인 여급의 움직임이 얼어붙은 것처럼 굳어버렸다.

"뭐 잘못 됐어?"

"아니, 그건 아니다만."

아니 뭐 말을 꺼내면 줄줄이 나오긴 한다만. 레아 요리장이 자신의 주먹코를 긁적거렸다.

"뭐, 스스로 생각해봐라."

"……젠장. 나한테 생각할 시간을 준 걸 후회하게 만들어주겠어!"

"오냐. 곰곰이 생각해 봐라."

수인 여급은 손을 훌훌 흔드는 상사를 게슴츠레한 눈으로 노려보고는 그대로 시선을 냄비로 돌렸다.

으으음. 노려본다고 해서 뭘 알 수 있을 리는 없었지만…….

"어머, 맛있어 보이는 냄새가 나더라니……."

갑자기 귀에 익은 목소리와 발소리가 둘. 문의 벨은 안 울렸다. 안쪽에서 온 거다.

주방에서 빼꼼 얼굴을 내민 수인 여급은 동료들 두 사람에게 생긋 웃으며 손을 들었다.

"네에, 한창 요리 중! 오늘 추천은 비프스튜!"

"아, 스튜. 좋네요."

"오오, 비프스튜!"

동료— 정확하게 말하자면 같은 길드에서 일해도 저 두 사람은 관리, 그녀는 허드렛일이지만.

그런 사소한 건 신경 쓰지 않는 수인 여급은 접수원 아가씨와 감독관에게 주눅들지 않았다.

"수고했어~. 어라, 두 사람 지금 점심?"

창밖을 슬쩍 보니 태양이 꼭대기를 지나서 기울어가고 있었다. 저녁 전이라고 할 수 있었다.

"이미 꽤 늦었는데."

"일 때문에 자주 못 먹어요."

"그러면 안 돼. 몸이 못 버텨."

—그런데 못 먹는 게 저 정도란 말이야?

한 순간 날카로운 시선을 한 곳으로 보내고 마는 것은 결코 탓할 일이 아니리라.

"그렇다니까요. 배고파 죽겠어요."

접수원이 누르는 배는 그것대로 원망스럽다.

—어떻게든 살찌게 만들어버리겠어.

"있잖아. 그러면 좀 먹어봐 줄래? 밤에 모험가들한테 내놓을 건데."

"네. 먹을 수 있다면 물론이죠."

접수원은 생긋 웃으며 고개를 끄덕였지만…….

"아, 하지만……."

약간 말을 흐렸다.

"응?"

수인 여급이 고개를 갸웃거리자 그녀는 난처한 어조로 말했다.

"……모험가분들께는 어떨지 모르겠어요."

"그러게. 좀 피 같으니까."

"아……."

감독관이 고개를 끄덕였다. 과연, 듣고 보니 맞는 말이다.

토마토를 사용한 검붉은 국물, 둥둥 떠오른 고기와 건더기.

으음. 무심코 신음하는 수인 여급의 허리 — 에 가까운 엉덩이 —를 작은 손이 찰싹 때렸다.

"히양?!"

"어허, 이 아가씨들아. 수업 방해하지 말라구."

말할 것도 없이 요리장이었다.

옆에서 얼굴을 내민 중년 남자는 통통한 배를 짜증스레 두드리며 엄격한 표정을 지었다.

"요 아가씨가 스스로 깨달을 수 있는지 시험하고 있었구만."

"어머. 미안해요."

접수원이 키득 웃음을 흘렸다.

"그러면 사과하는 의미로……."

손가락으로 냄비를 가리켰다.

"점심, 여기서 먹도록 할게요."

"그럼 좋아. 듬뿍 먹고 가라구! 스튜만 먹어서 괜찮겠나?"

"그러네요. 그러면, 빵이랑…… 그리고 홍차도 주실래요?"

"아, 홍차는 잼도 듬뿍 넣어줘!"

"알았어!"

접수원과 감독관의 주문을 받고서 기세등등하게 대답한 레아 요리사가 앞치마를 단단히 졸라맸다.

"자, 가만 서 있지 말고 움직여라."

"으그그그, 네에!"

이렇게 되면 하는 수 없다. 만들어버린 요리는 먹고 싶은 사람이 먹어야 하는 법이다.

수인 여급은 바쁘게 달려 급사를 하고, 그러는 동안 밤이 되었다.

해가 지자 평소처럼 모험가가 속속 술집에 모였다.

혹시나가 역시나. 비프스튜는 처음 생각과 달리 별로 나가지 않았다.

『모험한 다음』이라는 게 안 좋은 걸까? 그렇지만 아침부터 비프스튜를 먹는 것도…….

"……아니, 아침 메뉴로 내놓으면 잘 나갈지도?"

그러면서 어떻게 할까 궁리하는데 이윽고 성큼성큼 모험가 한 사람이 걸어왔다.

한 순간 주점 손님들의 시선이 그쪽으로 향하고, 조용해졌다가, 다시 소란이 되살아난다.

지저분한 가죽 갑옷, 싸구려 철 투구, 팔에는 자그마한 원형 방패를 고정했고, 허리에는 어중간한 장검.

길드 안을 지나, 밖으로. 주점에는 눈길도 주지 않는다.

—놓칠까 보냐!

그 앞으로 바쁘게 달려간 수인 여급은 손가락을 세워 척 가리켰다.

"손님, 오늘 추천 메뉴는 비프스튜야!"

"그런가."

"그럼 주문은?!"

"아니."

고블린 슬레이어는 말했다.

"오늘은 됐다."

§

"쇠고기 스튜 좋아한다고 말했잖아!"

"그거야, 나도 이야기만 들었는걸."

그리고 한밤.

희미한 램프의 불빛 아래, 도제 소녀이 대접에 담긴 비프스튜를 만끽하고 있었다.

수인 여급은 그것이 또 마음에 안 드는지 입술을 삐죽거리며 노려보았다.

"오, 감자가 크다. 이런 거 좋네."

"……너 그냥 네가 비프스튜를 먹고 싶었던 거 아냐?"

"아니거든?"

먹고 싶지 않았던 건 아니지만 도제 소년은 씨익 웃었다.

오래 끓인 소고기는 스푼으로 누르면 잘릴 정도로 부드러웠다.

그러나 결코 물컹물컹한 게 아니라 씹으면 확실하게 씹는 맛이 있었다.

그때마다 스며 나오는 지방과 스튜의 감칠맛은 식어도 맛있었다.

야채 종류도 역시 커다랗고 동그란 것이 좋았다.

"그래서, 뭘 하고 있어?"

수인 여급이 흥미진진하게 살피며 묻자 도제 소년이 대접을 돌려주면서 말했다.

"응. 칼 갈고 떨어진 찌꺼기를 모으고 있어."

대장장이 공방 구석에 있는 빗자루와 쓰레받기. 분명히 어울리지 않는 물건이라고 생각하면서.

"아아, 식칼 갈 때도 꽤 많이 나오지."

검을 두고 고기 베는 식칼이라고 하는 사람도 있다는 것을 도제 소년은 말하지 않았다.

차륜 모양 숫돌을 회전시켜서 깎아내는 거니까 당연히 금속 가루가 잔뜩 나온다.

그것을 정성스레 쓸어서 모으는 것도 도제의 중요한 일이었다.
이런저런 금속이 뒤섞이면 질긴 금속이 된다……는 이유도 있다.
혹은 급한 일을 할 때 소재가 부족하면 사용할 때도 있다.
―사실은 얼른 단조도 해보고 싶지만.
도제라지만 아직 수습이다. 당연히 무구 단조의 중요한 부분은 맡겨주지 않는다.
그렇다면 자기가 할 수 있는 부분은 있는 힘껏 해야 한다. 그는 그렇게 생각했다.
―그러니까, 이해를 못하는 건 아닌데…….
그 있는 힘껏 노력한다는 것을 넘어서버리는 마음.
만약 자신이 벼린 무기를 ― 아직 한참 멀었지만 ― 진열했는데, 그것을 무시한다면?
"……하다못해 이유 정도는 알고 싶겠지."
"그거야, 그거. 납득이 안 돼, 납득이. 납득이라는 거 중요하잖아."
"으~음……."
팔짱을 낀 도제는 문득 좋은 생각이 떠올라 손뼉을 쳤다.
"아, 맞다."
"어, 뭔데? 뭔데? 미래의 검장(劍匠) 님이 뭔가 생각난 거야?! 들려줘!"
불쑥 몸을 내민 수인 여급의 머리칼에서 무슨 향기가 사르르 풍겼다.
주방 요리 냄새. 수인 특유의 초원 냄새. 비누와, 그것이 아닌 달콤한 무언가.

도제 소년은 침을 꿀꺽 삼키고 황급히 양손을 흔들었다.
"무, 물어보면 되는 거야. 훨씬 잘 아는 사람한테."
"어, 주방 아저씨?"
그게 아니라. 도제가 말했다.
"목장 사람 말이야."

§

"응? 스튜?"
"그래!"
점심 전, 길드 뒤편 반입 구.
영차. 나무 상자를 내려놓은 소치기 소녀는 수인 여급을 보며 눈을 깜빡였다.
후우. 숨을 내쉬며 이마의 땀을 닦자 풍만한 가슴이 크게 흔들렸다.
수인 여급은 자신이 평균, 아니 평균 이상이지 이하는 아닐 거라고 자부하고 있지만…….
—역시 우유를 마셔서 그런가?
속으로 시시한 생각을 해 버린다.
접수원은 직장에서 잡담하는 걸 들어보면, 체형 유지에 끊임없는 노력을 하고 있으니 뭐 그렇다 치고.
"하지만 요리는 나보다 그쪽이 더 잘하지 않아?"
소치기 소녀가 쑥스러워하면서도, 당황한 기색으로 가슴 앞에 손가락을 깍지 끼었다.

"나는 뭐, 집에서 만드는 것밖에 못 만드는걸."

"요리를 잘하고 못하고가 아니라~."

수인 여급은 고양이가 연상되는 가벼운 몸놀림으로 나무통 위에 걸터앉았다.

손에 든 서류철로 고정한 영수증에 술술 펜을 놀렸다.

돈을 주고받는 건 접수처 직원들 담당이지만, 식재료 확인은 이쪽이 하는 일이다.

"매번 그렇지만 안에 안 봐도 돼?"

"코로 알 수 있으니 괜찮아."

에헴. 수인 여급은 가슴을 쭉 내밀어 앞치마를 밀어 올리며 대항했다.

물론 당해낼 수 있을 리 없으니 금세 화제를 바꾸고자 손을 훌훌 흔들었다.

"그래서, 요리를 잘하고 못하고가 아니라, 안 먹는 녀석이 있는 게 마음에 안 드는 거야."

"그런 모험가가 있어?"

"뭔가 이상한 녀석."

"아아……."

소치기 소녀는 난처한 기색으로 웃고는 볼을 긁적였다.

"……그 사람, 악의는 없어."

"그러니까 문제인 거잖아."

"우우~웅……."

수인 여급의 말에 소치기 소녀는 당황스런 소리를 냈다.

스며 나온 땀을 팔로 쓱쓱 닦고서 그녀도 가까운 나무 상자에 앉았다.

그녀는 의미도 없이 다리를 흔든 다음 수인 여급의 얼굴을 가만히 보았다.

"그것뿐이야?"

다른 흠이 들었다면 평소와 변함없는 톤으로 들렸을 것이다.

그러나 수인 여급은 그렇지 않았다. 민감한 귀가 그 징후를 포착했다.

목소리가, 아주 미약하게 떨리고 있었다.

"뭐가?"

수인 여급은 신경 쓰는 기색 없이 고개를 갸웃거렸다.

"어, 그게, 저기……."

소치기 소녀는 말을 흐리며, 시선을 이리저리 돌렸다. 심호흡을 한 번.

"……좋아하는 사람한테 먹여주고 싶다, 거나?"

"아아, 그런 건 없어."

수인 여급은 깔깔 웃으며, 바보 같은 농담을 들었을 때처럼 손사래를 쳤다.

"손님이 아닌데 손수 만든 요리를 주는 상대는……."

그 움직임이 우뚝 멎었다.

——한 명 있었네.

무심코 찌푸린 표정을 말랑말랑한 손으로 덮고 머리를 감싸 쥐었다.

손수 만든 요리를 먹이는 상대란 의미에서 부정할 수 없는 상대가

한 명 있다.

“……뭐, 공방의 그 녀석한테 갖다 주는 것 정도밖에 없어.”

“…….”

소치기 소녀는 수인 여급의 표정을 가만히 살폈다.

옅은 빨간 눈동자가 똑바로 바라보자 붙박인 것처럼 벗어날 수가 없었다.

“왜, 왜 그러는데?”

수인 여급이 말해도 소치기 소녀는 잠시 동안 아무 말도 하지 않았다.

“……그럼, 좋아.”

잠시 지나 그녀가 순순히 말했을 때 수인 여급은 무심코 숨을 내쉬었을 정도다.

“가르쳐줄게. 적을 거 있어?”

“있어.”

수인 여급이 서류를 빙글 뒤집어 철에 끼웠다.

“됐어.”

펜을 쥐고서 말하자 소치기 소녀는 어쩔 수 없다는 기색으로 쓴웃음 지었다.

“그러니까, 그러면 만드는 법인데…….”

소치기 소녀는 차근차근 레시피에 대해 말하기 시작했다.

스튜라는 건 애당초 「고기를 푹 익히는 요리」를 말하는 것으로 국물 요리가 아니다.

그러나 그녀가 말하는 그것은 우유를 듬뿍 사용하고 있었다.

그렇지만 그 감상을 한 마디로 말해보자면…….

"의외로……가 아니라, 생각보다도, 평범?"

"그래."

소치기 소녀가 웃으며 수긍했다.

"보통 요리야."

"그러니까, 그냥 스튜?"

"맞아."

역시 그녀는 웃고만 있었다.

"그냥 스튜."

뜻밖이라면 뜻밖이었다.

좀 더 별난…… 무슨 특별한 방법을 쓰지 않을까 생각했었다.

수인 여급은 펜 자루로 관자놀이를 긁적였다.

"대대로 이어지는 가정의 맛, 같은 거야? 이거."

"아하하하. 그렇네. 그런 걸지도."

소치기 소녀는 경쾌하게 웃고서 영차, 나무 상자에서 뛰어내렸다.

팡팡 손으로 두드려 먼지를 털어내고 풍만한 가슴을 내밀며 크게 기지개를 켰다.

"엄마한테 배운 건 아니지만."

배워두면 좋았을걸. 희미하게 중얼거리자, 수인 여급은 고개를 갸웃거렸다.

"그러면, 친척?"

"옆집에 살던."

소치기 소녀는 파란 하늘을 올려다보며 눈웃음을 지었다. 바람이 그녀의 붉은 머리칼을 쓰다듬었다.

“옆집에 살던, 언니.”

§

“어서 오세요!”

“그래, 일단 맥주 세 잔, 레몬수 둘!”

“네에!”

“그리고, 아……. 찐 고구마 모듬이면 되겠다. 이건 5인분!”

“알겠습니다~!”

밤이 시작되는 주점. 날아다니는 모험가들의 목소리 사이를 누비며, 수인 여급이 바쁘게 달려 다녔다.

평소처럼 떠들썩하다. 평소에 보이는 사람들. 그것이 얼마나 멋진 일인지.

오늘도 돌아와서 맛있는 밥과 술이 있다. 그것만으로 다들 노력할 수 있다.

“네에! 아저씨, 가져갈게요!”

“오냐오냐. 너무 늦어서 음식이 식거나 넘어지거나 하지 마라!”

이것이 레아 요리장의 지론이었다.

흘끔 들여다본 주방에서는 냄비가 소리를 내고, 프라이팬이 으르렁대고, 식칼과 식재료가 번뜩이고 있었다.

물론 중심에는 요리장이 있다. 작은 체구로 종횡무진 솜씨를 발휘하고 있었다.

—저 작은 몸으로 용케도, 저렇게 할 수 있네.

매일 보는 거지만 정말로 안 질린다.

수인 여급은 주방에서 나온 접시를 양손으로 잡고, 그 안쪽 큰 냄비에 눈길을 주었다.

"저거 괜찮아? 넘치거나 하지 않았어?"

"어이어이. 나한테 말하는 거냐? 너 말이다. 나는 5살 때부터—."

"안다니까~. 그냥 확인한 거야!"

설교의 기척을 기민하게 감지하고 꼬리와 스커트를 펄럭이며 바쁘게 달렸다.

역시 수인 여급은 이 시간의 주점이 제일 좋았다.

돌아오는 모험가를 마중한다. 돌아온 모험가의 안도한 표정을 본다.

그야 돌아오지 못하는 모험가도 있지만, 분명히 어딘가로 여행을 떠났음이 틀림없다고 믿고 있었다.

모험가가 어디서 어떻게 되었는지는 어지간한 용사가 아니면 이야기가 돌지도 않으니—.

"……우냐?"

그때, 문득 수인 여급의 귀가 움찔 움직였다.

성큼성큼 난잡하고 거침없는 발소리가 다가오는 것을 그녀의 귀가 포착했다.

지저분한 가죽 갑옷, 싸구려 철 투구, 팔에는 작은 원형 방패를 고정했고, 허리에는 어중간한 길이의 장검.

고블린 슬레이어의 모습이 나타나자 한 순간 주점이 조용해졌다.

"손님?!"

"……접수원이. 주점에 가보라고 하더군."

수인 여급이 놀란 목소리를 내자 그는 미약하게 철 투구를 기울였다.

"뭐지? 고블린이라도 나왔나?"

"아, 아뇨! 손님, 거기서 잠깐 기다려요!"

"그래."

고개를 끄덕인 뭔가 이상한 녀석을 남겨두고, 수인 여급은 바쁘게 주방으로 달려갔다.

"오, 오오?! 뭐냐뭐냐?!"

"아저씨, 작은 접시 줘요, 접시!"

"그건 씻어서 넣어둔 녀석한테 물어봐야지!"

"그거 나잖아!"

우갸우갸 소리치며 식기 선반에서 접시를 꺼냈다.

그곳에 스튜를 살짝 떠서 식기 전에 허둥지둥 달려 주점으로 돌아왔다.

"맛보세요!"

"……."

수인 여급이 불쑥 내민 접시를 고블린 슬레이어가 의심스레 보았다.

"스튜인가."

"그래요!"

"내가 맛을 보나."

"그래요!"

"……그런가."

마지못한 기색으로 접시를 받은 그가 재주 좋게 투구 틈으로 단숨에 들이켰다.

투구를 벗지 않을까 했던 수인 여급의 소소한 기대는 배신당했지만…….

"음."

고블린 슬레이어는 약간 놀란 기색으로 소리를 냈다.

수인 여급의 귀는 엘프 정도는 아니었지만 그것을 놓치지는 않았다.

한 방 먹였다. 벙긋이 심술궂은 웃음을 지으며 승리를 뽐내는 것처럼 그녀는 말했다.

"어때요? 맛있죠?"

"그래."

고블린 슬레이어가 수긍했다.

"나쁘지 않다."

"아자아아아!!"

무심코 움켜쥔 주먹을 들어 올리며 환성을 질렀다.

모험가들이 무슨 일인가 싶어서 쳐다보는 것도 전혀 신경 쓰지 않았다.

"좋~아, 좋~아. 해냈다!"

스커트 자락을 휘날리며 빙글빙글 돌고 돈 수인 여급은 신이 나서 물었다.

"그럼 손님도 먹고 갈 거죠? 스튜 주문 받으면 되죠?"

"아니."

고블린 슬레이어 말했다.

"오늘은 됐다."

"어째서?!"

실망감에 접시를 떨어뜨릴 뻔했다. 황급히 접시를 고쳐 쥔 수인 여급에게 고블린 슬레이어가 말했다.

"기다리는 사람이 있다."

단적인, 담담하며 무기질적이고, 차가우며, 낮은 목소리.

그러나 그 한 마디에 수인 여급은 눈을 깜빡였다. 가만히 그의 철투구를 들여다보았다.

똑바로 앞을 바라보는 투구 안쪽의 붉은 눈동자가, 옅은 붉은색 눈동자와 스윽 겹치는 것 같았다.

—아.

뭐야. 그런 거구나.

"왜 그러지?"

갑자기 표정이 풀린 수인 여급을 보고 고블린 슬레이어가 의문스레 고개를 갸웃거렸다.

과연. 이렇게 보니 분명히, 그랬다.

"아니, 손님한테 악의는 없구나 싶어서요."

"그런가."

고블린 슬레이어는 고개를 끄덕이고는 말을 이었다.

"용건은 끝났나?"

"끝났나 봐요."

"그런가."

수인 여급이 대답하자 그는 평소처럼 대답하고 돌아섰다.

"그러면 나는 간다."

"네에~. 아주 잘 먹었습니다."

"의미를 모르겠군."

고블린 슬레이어는 고개를 젓고는 성큼성큼 빠른 걸음으로 주점을 지나쳤다.

"어이, 고블린 슬레이어. 또 고블린만 잔뜩 죽이고 왔냐?"

"다른 것도 상대해 보면 어때? 나처럼 거물을 처리해봐야지, 나처럼."

"뭐야? 오늘은 단독이네? 평소의 신관이랑 엘프는 없냐?"

주위에서 말을 걸자 「그래」라든가 「그런가」라고 대답하며 그는 문을 열었다.

그리고 딸랑 벨이 울리는 소리를 등 뒤에 남기고 밤거리로 사라졌다.

아니, 조금 다르구나.

그는 돌아가는 것이다. 모험을 끝내고. 집으로.

"정말. 손님도 그러면 그렇다고 말해주면 될 것을……."

수인 여급은 자기가 멋대로 대항심을 불태운 것을 제쳐두고 깔깔 웃었다.

"좋았어!"

그리고 힘찬 외침과 함께 말랑말랑한 손바닥으로 볼을 짝 때렸다.

기합을 넣으며 마음을 고쳐먹고, 앞치마를 허리 뒤에서 다시 한 번 동여매고는 일이다 일.

"오늘 추천은 이 몸이 혼신을 다해 만든 스튜야! 먹을 사람!"

손이 올라온다. 목소리가 들린다. 차례차례 주문이 들어오자 수인 여급이 「네에!」 웃으며 적는다.

그렇지만 스튜가 들어 있는 냄비는 상당히 큰 걸 골라 버렸다.

너무 잔뜩 만들었으니까, 혹시나가 아니라 역시나 분명히 남을 것이다.

그러면—.

"그 녀석한테 떠넘겨버리면 되겠지!"

식사는 좋을 대로 만들고, 좋을 대로 좋아하는 사람과 먹으면 그러면 되는 거다.

수인 여급은 기분 좋게, 주점의 소란 속을 바쁘게 달려 다녔다.

제4장 『흔해빠진 고블린 소굴의 이야기』

Goblin Slayer
He does not let anyone roll the dice.

그 고블린은 세상만사가 지긋지긋하고 지긋지긋하며 지긋지긋해서 견딜 수가 없었다.

도저히 마음 편하다고는 말할 수 없는 비좁은 소굴 깊숙한 곳.

비릿한 공기가 침전되어 충만한 문 앞이 그가 맡은 장소였다.

"싫엇! 싫어, 그만둬……윽! 그만…… 그만, 둬엇?!"

대강 붙어 있는 나무 문 틈으로 안을 들여다보니 동료가 한창 볼일을 보는 중이었다.

고블린의 지저분한 엉덩이 따위 보고 싶지도 않지만, 짓눌린 채 버둥버둥 허공을 차는 암컷의 엉덩이는 볼만했다.

"……? GROB! GBROOB!"

그러나, 시선을 눈치챈 동료가 꽥꽥 소리치자 그는 황급히 시선을 돌렸다.

언제나 이렇다. 너는 문지기니까 망을 보라고 하면서 뒷전으로 밀린다.

하다못해 찬찬히 살펴보는 것 정도는 용납해줘도 될 것을.

그렇게 생각하면서 그는 손에 든 창을 찬찬히 살폈다.

그 창은 금속 창날에 감나무 자루를 달았다. 그러나 자루는 중간쯤에서 무참하게 부러져 있었다.

부러뜨린 것은 고블린이었다. 너무 길면 무거워서 쓰지도 못하는 데다가, 부러뜨리면 수가 둘로 늘어난다.

처음 받았을 때는 반짝반짝 빛나던 창도 창날부터 자루까지 검붉게 얼룩져 버렸다.

문지기 역할을 맡으면서 여자에게 빼앗은 창을 받았을 때는 기뻤지만…….

“GBBORB…….”

그는 어떡하면 이 얼룩을 지울 수 있는지 전혀 알지 못했다.

이제 와서 생각해 보면 다른 고블린이 받은 반짝반짝한 허리띠가 좋았을지도 모른다.

그 녀석은 그렇게 좋은 허리띠를 가진 주제에 이 창을 흘끔거리며 쳐다본다.

정말이지 참을 수가 없었다. 그 녀석보다 내가 더 허리띠가 어울릴 것이다.

아니, 그 녀석에게 허리띠 따위가 어울릴 리 없었다.

—그 녀석은 내 가족이니까, 그 녀석이 죽으면 내가 받아도 되는 거지?

무리 전체가 거의 혈연이라고 할 수 있지만 그는 그것을 전혀 생각지 않았다.

자기 사정만 챙기도록 만들어진 그의 뇌는 가지지 못한 것을 생각하며 짜증을 내기 시작했다.

“윽, 으기이이이익?!”

예를 들어, 암컷이 그렇다.

이렇게 동료가 제멋대로 노는 것을 볼 때마다, 그의 마음속에는 질시가 솟아올랐다.

문지기라는 이유로 소굴에 남겨진 그는 암컷을 독점해본 적이 없었다.

다 함께 달려들어서라면 몇 번 있었지만, 그렇다고 혼자서만 즐기는 것은 또 다른 법이다.

이런 식으로 버둥버둥 끝도 없이 포기하지 못하고 저항하는 자는 흔했다.

물론 건방지니까 이런 식으로 괴롭혀서 마음을 부숴버리는 것이 늘 있는 일이다.

개중에는 포기한 것처럼 몸을 웅크리고 폭풍이 지나가기를 기다리려는 자도 있었다.

언제쯤 되면 비명을 지를까 기대하면서 이것저것 시험하는 사이에 죽어 버리고 말았다.

반대로 고블린에게 끝없이 사죄하며 땅바닥에 머리를 박으면서, 엉덩이를 드러내고 엎드려 비는 자도 있었다.

뭐든지 하겠다고 하기에 팔다리를 하나씩 잘라 냄비에 끓여 잡아먹었다.

—그건 꽤 맛있었지.

그것이 과연 언제 어디서 겪은 일의 기억인지도 분명치 않지만, 그는 혀로 입술을 핥았다.

결국 고블린에게 다른 종족이란 것은 그런 것이다.

무서울 정도로 강한 상위자에게는 겁을 먹고 움찔거리며 따르는 수밖에 없는 나약한 생물.

그러나 혹시나 만약에, 눈앞에 죽어가는 오우거나 데몬이 있다면?

달려들어서 온갖 의미로 맛보는 것이 고블린이었다.

"GOBRBOB……."

"GBORB?!"

용건을 마친 동료가 문을 열고 나왔다.

쓸데없이 기가 살았는지 지나치면서 비웃는 것처럼 웃었다.

이 녀석은 소굴 안을 돌아다니기만 하는 경비 주제에 문지기인 그를 깔본다.

그것이 견딜 수 없이 역정이 나서 그는 창 자루로 놈의 엉덩이를 찔렀다.

"GOBORB?!"

뛰어오른 그 놈의 동작에 켈켈거리며 웃자, 녀석이 주먹을 치켜들기에 창날을 겨누었다.

"GROB! GBOOROBO!!"

여기는 내가 맡은 장소니까 용건이 끝났으면 얼른 사라져라.

임무라는 권위를 내세우면 고블린 따위가 제대로 된 반론이 가능할 리 없었다.

구시렁거리면서 물러가는 놈을 보면서 당연한 일이라고 내뱉으며 씨익 얼굴을 일그러뜨렸다.

자, 그러면 즐겨보자.

아무도 안 보는 것을 두리번거리며 확인하고서, 썩어가는 문을 열고 안으로 들어갔다.

"GBOB……?"

멍하니 허공을 올려다보던 암컷은 걷어차도 「아」라든가 「으」라고 밖에 안 했다.

이래서는 죽었는지 살았는지도 알 수가 없지 않은가?

"꺄아아!"

고블린이 창으로 가볍게 찌르자, 견디지 못하고 비명을 질렀다.

"히익!"

더더욱 두 번 세 번 푹푹 창으로 찌르자 재미있을 정도로 소리를 쳤다.

정말이지, 이런 이득이 없으면 도저히 문지기 같은 험한 일은 할 수가 없다.

다만, 죽지 않도록 주의해야 하는 게 좀 귀찮았다.

아직 더 즐길 수 있는데 죽여 버리면 그가 혼난다.

이런 녀석 탓에 혼나다니 정말이지 민폐가 따로 없다.

"돌려줘…… 돌려줘어……엇."

"GRRORB!"

이윽고 훌쩍훌쩍 울먹이기 시작한 여자 앞에서 고블린은 무슨 말인가 하고 고개를 갸웃거렸다.

—그러고 보니 이 창은 이 암컷에게 뺏은 거였지?

창도 그렇고 암컷도 그렇고, 오래가지 못하는 건 뭐든지 다 오래 못 간다.

그 생각을 하자 점점 우스워져서 그는 큭큭 웃음소리를 흘렸다.

암컷이 축 늘어져서 목소리도 못 낼 때까지 논 다음에 그는 어슬렁거리며 둥지 안을 돌아다녔다.

아직 움찔거리며 경련하고 있으니 살아있는 건 확인했다. 문지기의 일도 제대로 했다.

그리고 이제 곧 **아침**이다. 모험가 놈들은 **밤**에만 온다.

—불평을 들을 일은 없어.

고블린은 모든 것을 자기 사정에 맞춰서 생각하는 법이다.

"GOROB! GOOBORROB!!"

"GBBROBOG!!"

한동안 둥지 안을 돌아다니자 켈켈거리며 신이 나서 웃는 소리가 들렸다.

정찰대 놈들이다.

두 마리나 세 마리쯤 되는 정찰대가 둘러앉아 깨진 그릇을 들고 술을 마시고 있었다.

마을 변두리나 가도를 혼자나 둘이서 서성거리는 얼빠진 먹잇감을 찾는 놈들이다.

그래서 놈들은 득 보는 게 많다.

고블린이 안전하다고 생각하는 장소까지 끌고 가서 곧장 즐기는 일도 적지 않았다.

습격한 놈들에게 빼앗은 물건을 빼돌려서 이런 식으로 즐기는 것도 늘 있는 일이다.

그저 한꺼번에 덤벼들기만 하면 되는 편한 일을 하는 주제에…….

문지기인 나는 언제나 고생하고 있는데, 이놈들은 뭐냐?

그런데 그 문지기 일은 잘 하고 있는 걸까? 그는 자신에 대한 것은 무시하고서 분개했다.

분에 차서 창 자루로 발을 걸어주려고 했지만 놈들이 찌릿 노려본다.

"GOBOR……?"

"GOROBOR!"

아무 것도 아니라고 말을 해 봤자 창을 휘두르던 참이었으니 얼버무릴 수가 없다.

정찰대가 팔을 들어 치려는 것을 피하고는 바닥을 기듯이 도망쳤다.

정말이지, 기겁할 정도로 난폭한 놈들이다. 죽어 버리면 좋을 텐데.

씁쓸하게 독설을 퍼부은 그는 입구 근처에서 뻗어 있는 샛길에 도착했다.

흙에 익숙한 고블린이 파낸 기습용 통로다.

대부분의 모험가란 놈들은 자신들이 등 뒤에서 습격 받으리라고 생각하지 못한다.

당연히 몸을 숨길 수 있도록 바위 같은 것들이 있었다. 그 중 하나에 기대앉았다.

—이놈이고 저놈이고.

모든 것이 지긋지긋하고 지긋지긋해서 견딜 수가 없었다.

문지기 같은 일도 지긋지긋하다.

창밖에 못 받는 것도 지긋지긋하다.

정찰대 놈들이 잘난체하는 것도 지긋지긋하다.

덩치만 크고 느려 터진 두목도 지긋지긋하다.

그 얼빠진 놈보다 내가 더 좋은 두목이 될 수 있을 거다.

모험가나 마을의 암컷들을 혼자 독점하여 마음껏 즐길 수 있다.

싫은 일이나 귀찮은 일은 전부, 그 정찰대나 경비 놈들한테 떠넘겨 버리면 된다.

그는 소굴 안쪽에 들어앉아서 명령을 하고, 먹을 것과 암컷을 즐기기만 하면 된다.

정말이지, 두목이란 건 참 편한 일이다.

그는 그의 입장에서 현실적인 구상, 객관적으로는 단순한 망상을 진지하게 고려했다.

무리를 통솔하는 두목을 어떻게 암살하여 하극상을 일으킬 것인가?

성공할 것이라고 믿어 의심치 않는 계획을 가슴에 품고, 그는 느릿느릿 바위 뒤에서 몸을 일으켰다.

그런데—.

"GORB……?"

문득 그의 별로 민감하지도 않은 귀에 저벅저벅, 발소리가 들렸다.

점점 가까워진다. 그는 황급히 머리를 숨기고 눈만 슬쩍 내밀었다.

—모험가다!

틀림없다. 그들의 소굴에 횃불을 들고 돌아다니는 놈은 모험가밖에 없다.

그것도 혼자다. 냄새는 잘 알 수 없었다. 암컷이라면 좋다. 수컷이라도 먹기는 좋겠지.

뭉클뭉클 솟아오르는 욕망을 숨기지 않고, 그는 혀를 질척거리면서 징그럽게 입술을 핥았다.

덮치고, 넘어뜨리고, 갈기갈기 베어서, 마음껏 유린하자. 모험가

놈. 모험가 놈!

그러나 창을 손에 쥐고서 뛰쳐나가려던 그는 아직 약간 분별력이 있었다.

먹잇감은 하나다. 그렇지만 고블린은 약하다. 모험가는 얼간이지만 강하다.

지금 여기서 뛰쳐나가 기습을 한다고 해도 자신이 당해서야 의미가 없다.

소리를 지르며 동료를 부르면 좋겠지만, 역시 그가 맨 처음 죽을 것이다.

몰래 돌아가서 전하면 되지만 중간에는 정찰대 놈들이 기다리고 있다. 놈들이 공을 차지하게 되어 버린다.

—어떡한다.

고블린은 창을 쥐고서 그 자리에 선 채 필사적으로 생각했다.

죽고 싶지 않다. 이득을 보고 싶다. 어떡한다. 어떡하면 되지?

—도망쳐 버릴까?

아니, 안 된다. 그는 금세 고개를 흔들었다. 도망쳤다가 들키면 멍석말이를 당한다.

그리고 만약 동료가 이기면 도망친 그는 아무 것도 얻지 못한다.

임신 주머니든 식량이든. 게다가 자기 앞에서 즐기는 놈들을 손가락이나 빨면서 보기만 해야 한다.

그런 건 절대 못 참는다.

그래서 그는 때를 기다리기로 했다.

숨을 죽이고, 발소리가 나지 않도록 조심하면서, 슬금슬금, 조용히, 뒤를 밟는다.

이윽고 그 때가 왔다.

"GOROBOR!!"

"GROB! GROBORB!!"

정찰대 놈들이 술을 마셔대는 곳에 그 모험가가 도착했다.

그리고 곧장 왼손의 횃불을 술자리 한가운데 던져버렸다.

"GORB?!"

"GRBBBROG?! GROBOOBR!"

술이 튀어 오르고 불꽃이 솟았다. 횃불에 술이 쏟아져 하얀 연기를 피워 올렸다.

아무리 고블린이 어둠 속을 꿰뚫어볼 수 있다지만, 연기로 시야가 막히면 어쩔 수가 없다.

매도를 하는 놈, 당황하는 놈, 무슨 일이 일어났는지 모르는 놈.

반응은 셋 다 달랐지만, 모두 상황을 채 파악하지 못한 틈에 모험가가 움직였다.

"GROB?!"

작은 방패를 내밀고 몸통 박치기.

불행하게도 등을 돌리고 있던 고블린은 앞으로 엎어져서 불꽃 속에 안면을 박아버렸다.

얼굴이 직접 그을리는 격통에 몸부림치는 고블린을 짓밟고서, 그 모험가는 조용히 중얼거렸다.

"넷."

"GRBBBR……."

"GROBROB!!"

나머지 두 마리는 숨을 삼켰다. 그렇지만 이 난입자를 때려눕히기 위해 어떻게든 무기를 잡는다.

그러나, 늦었다.

모험가의 오른손이 번뜩이며 검을 던지자 그것이 정찰대의 이빨을 부러뜨리며 입 안으로 날아갔다.

"GOOBR?!"

"다섯."

뒤통수에서부터 뇌간이 꿰뚫리고 경련하면서 무릎을 꿇은 고블린에게, 그 모험가는 눈길도 주지 않았다.

모험가는 유린한 고블린의 경추를 발로 짓밟아 부수고 앞으로 나서더니 마지막 한 마리에게 왼팔을 휘둘렀다.

"GBBOORB?!"

날카로운 방패의 가장자리가 안면에 박혀 움푹 패였다. 피보라가 암벽에 튀었다.

고블린은 잘려나간 코와 눈알을 밀어 넣고자 무기를 내던지고 안면을 감쌌지만…….

"여섯이다."

모험가는 발치에 굴러다니던 정찰대의 창을 줍더니 심장을 한 번 찔러 꿰뚫어 버렸다.

마지막 정찰대는 얼마 안 가서 움직임을 멈추고 경련하기만 하는, 내용물을 줄줄 흘리는 피 주머니로 변해 버렸다.

모험가는 쓰레기를 버리는 것처럼 창을 놓고서 숨을 내쉬었다.

그리고 거침없는 발걸음으로 시체에 다가가 짓밟더니 고블린의 목에서 돋아난 검을 손으로 집었다.

—바보 같은 놈들이다.

실제로 이렇게 뒤에서 기회를 엿보지 않았다면 이 고블린도 알 수 없었을 터이다.

1대 3. 그렇지만 정찰대 놈들은 취해있었다. 결과는 뻔했다.

그렇기 때문에, 이거면 된다.

정찰대가 피를 토해 흩뿌리고, 단말마를 지르며 버둥거리는 꼴을 보고 그는 내심 쾌재를 올리고 있었다.

—꼴좋다. 얼빠진 자식들.

머릿속에서는 멋대로 정찰대 놈들을 죽어 마땅한 폭거의 화신으로 삼으며, 녀석들에 대한 동정은 한 조각도 없었다.

그러나 그건 그렇다 치고, 자신들의 둥지에서 자신들을 죽이는 놈들에 대한 역정이 솟아올랐다.

그렇기에 전투로 피폐해진 모험가가 이쪽에 등을 돌린 지금이 호기였다.

—지금이다.

방금 전 소동을 들은 동료들이 이제 곧 달려올 것이다.

그때 먹잇감을 뒤에서 덮쳐 넘어뜨린 자신을 보면 공적을 주장할 수 있다.

동료가 살해당하는 와중에 싸웠다고 하며 잘난 체 할 수 있다.

타산과 욕망을 가슴에 품고서, 그는 커다랗게 도약해서 덤벼들었다. 손에 든 창을 역수로 휘둘렀다.

받을 수 있다면 배든 가슴이든 상관없지만, 되도록 팔이나 다리가 좋다. 남자라면 잡아먹는 것밖에 쓸 데가 없다.

"————킥?!"

그런데 그때였다.

그는 무슨 일이 일어났는지 알 수 없었다.

다만 등 뒤에서 기습을 했는데 모험가의 양손이 그의 창을 붙잡고 있었다.

갑옷을 입은 모험가가 눈에 보이지도 않는 빠른 기술을 사용한 것이다.

그리고 창을 놓을까 말까 망설인 순간, 창과 함께 그의 몸이 땅바닥에 호되게 부딪혔다.

"GROB?!"

이런 것은 생각도 못했다.

머리가 새하얘져서 어떡해야 좋을지 알 수 없게 되었다.

"GBBOROBO?!"

그리고 혼란 속에서 제대로 된 대처가 가능할 리 없었다.

등을 강타 당한 격통, 육체와 뼈가 삐걱거리는 격통, 무엇보다도 숨을 제대로 쉴 수 없었다.

입을 뻐끔거리며 손에서 창이 떨어졌다.

이제 이렇게 되면 어쩔 수 없다. 모험가가 검을 뽑고 있었다.

비틀거리면서 일어서서, 곧장 도망치려고 동굴 입구를 향해 달렸—.

"이걸로 일곱."

무자비한 말과 함께 등 뒤에서 가슴에 충격이 흐르더니, 그의 의식이 어둠 속으로 가라앉았다.

그리고, 두 번 다시 떠오르지 않았다.

§

"흠."

일곱 마리의 고블린을 처리한 고블린 슬레이어는 그제야 한숨을 내쉬었다.

등 뒤에서 타박타박 발소리 하나가 더 들려오면 미행을 눈치채는 법이다.

뽑아낸 검의 피와 기름을 고블린의 누더기로 닦아내고, 칼날을 점검한 다음 칼집에 넣었다. 아직 쓸 수 있다.

고블린에게서 빼앗은 창의 창날을 손가락으로 훑어보고, 부러진 자루를 살폈다.

고블린 슬레이어는 짧게 혀를 차고서 그것을 허리띠에 끼웠다.

그리고 정찰대 놈들의 손가락을 부러뜨려서 시체가 쥐고 있던 검을 챙겼다.

도합 3자루. 가장 질이 좋은 것을 골라 허리띠에 끼웠다. 이걸로 됐다.

그는 가방을 뒤져서 물주머니를 꺼내, 뚜껑을 열고 벌컥벌컥 내용물을 들이켰다.

양의 위를 뒤집어 건조시킨 물주머니에는 우물물과 포도주를 섞은 음료가 들어 있었다.

차가운 액체가 고블린 슬레이어의 투구 틈으로 입술을 적시고, 목을 지나 위장으로 흘러들었다.

술에 취해서 몽롱해지면 안 되지만, 다소 몸이 데워지고 정신도 든다.

뚜껑을 닫고 물주머니를 가방에 넣으면서 고블린 슬레이어는 혼잣말을 했다.

"……토템은 없었군."

그리고 대답이 없는 것을 깨닫고 고개를 천천히 옆으로 저었다.

여신관도, 다른 동료 — 라고 생각한 것을 깨닫고서 이번에도 고개를 저었다 — 도 지금은 없었다.

다른 예정도 있다. 몸 상태도 있다. 언제나 모두 함께 다닐 수는 없는 법이다.

고블린 슬레이어는 벽에 등을 기대고 철 투구를 딱 붙였다. 숨을 죽인다. 발소리는 안 들린다.

그 대신 콱콱 뭔가 갉아대는 소리. 등 뒤에서 느껴지는 진동. 상황은 명백했다.

불빛은— 술판을 벌이던 자리에 굴러다니는 횃불이 아직 약간 타고 있었다. 문제없다.

고블린 슬레이어는 재빨리 가방에서 작은 병을 꺼내더니 대강 목표를 정해서 던졌다.

도자기 병이 깨지는 것과 벽이 무너지는 것은 거의 동시였다.

"GBRROBORRBBBG!!"

고블린이었다.

노호처럼 나타난 고블린의 무리.

그러나 의기양양하게 뛰쳐나온 선두 몇 마리가 갑자기 그 자리에서 넘어졌다.

땅에 뿌린 기름에 발이 미끄러진 것이다. 재주를 넘으며 넘어진 것이 불행이었다.

"GOROB?!"

"GOB?! GBOTOOBOGOBG?!"

그들은 속속 뒤에서 나타난 동포들에게 차이고, 짓밟혀 비명을 질렀다.

게다가 넘어지는 바람에 횃불의 불티에 닿았는지 화르륵 불꽃에 휩싸였다.

"GOROOOBOGOROOBO?!?!"

"여덟, 아홉…… 열."

불덩이의 수는 둘. 짓밟혀 움직이지 못하는 놈이 하나.

"나머지 일곱. 창 하나, 검 하나, 도끼 하나, 곤봉 넷. 좋다."

동료가 타 죽었음에도 고블린 놈들은 분노와 욕망으로 눈빛을 태우며 덤벼들었다.

적의 구성을 살핀 고블린 슬레이어는 검을 들고서 정면으로 대응했다.

"GBBRBGGB!!"

선두에서 덤벼든 놈은 창을 든 고블린이었다.

"열하나."

고블린 슬레이어는 놈에게 거침없이 검을 투척했다.

동굴의 탁한 공기를 휘잉 가른 검은 고블린의 이마에 콱 파묻히며 뇌를 꿰뚫었다.

"GGBGGO?!"

충격 탓에 뒤로 뒤집어지며 쓰러지는 고블린의 손에서, 고블린 슬레이어는 창을 빼앗았다.

긴 자루 무기는 나쁘지 않다. 둘러싸이지 않을 것. 최대 화력으로 해치우는 것이 선결이었다.

거물이 있다면 수를 줄이는 것을 우선해야 하겠지만, 지금은 일격으로 행동불능이 되는 것을 피하고 싶었다.

그래서 그의 두 번째 수는 정해져 있었다.

고블린 슬레이어는 창을 붙잡은 채 주저 없이 동굴 안쪽으로 달렸다.

"GOROOB! GOROOBORG!!"

"GROOB!!"

허겁지겁 꼴사나운 걸음으로 뒤쫓아 오는 고블린의 수는 여섯.

고블린 슬레이어는 돌아보면서 고블린 놈들을 노리고 창을 들었다.

"열둘이다."

창은 활처럼 호를 그리며 날아갔다.

그것은 전위로 밀려나온 다른 고블린들 위를 지나 도끼를 가진 고블린을 공격했다.

"GOOROBOG?!"

배가 꿰뚫렸는지 탁한 비명이 동굴에 메아리 쳤다.

나머지 다섯. 고블린 슬레이어는 정찰대의 검을 허리띠에서 뽑았다.

벌써 거리는 가깝다. 더 이상 안쪽으로 가는 것도 위험하다. 접촉한다.

"GOROBB!!"

"GBOR!"

검을 든 고블린이 잘난 듯이 지휘를 하고, 곤봉 고블린 네 마리가 덤볐다.

물론 용감함의 발로 따위는 아니었고, 복수에 불타는 것도 아니었다.

제 동료가 죽는 것을 보는 건 불쾌한 일이고, 우쭐한 놈을 쳐 죽이고 싶다.

무엇보다 모험가를 흠씬 때리고 장비를 빼앗는 것은 더할 나위 없이 즐거운 일이다.

"흥."

고블린 슬레이어는 한 걸음 물러나 맨 먼저 고블린이 휘두른 곤봉을 짓밟았다.

"GBOROB?!"

무기가 봉해진 고블린이 곤봉을 잡아당기는 사이, 덤벼드는 오른쪽 한 마리에게 검을 휘둘렀다.

턱 아래쪽에서 들어간 칼날이 대각선으로 머리를 꿰뚫은 다음, 고블린의 중량을 견디지 못하고 부러졌다.

"GOOROBOOBO?!"

"나머지 넷."

검 자루를 고쳐 쥐는 것과 동시에 정면의 한 마리가 휘두른 곤봉을 방패로 받아냈다. 왼팔이 찌릿찌릿 저리다.

그대로 쓸어버리듯 방패를 휘둘러 왼쪽 고블린과 함께 후려쳤다.

"GBOR?!"

"GOROBO?!"

"다음이다."

두 마리 고블린이 충격에 몸부림치는 동안, 정면의 한 마리를 노리고 칼자루를 들었다.

당황한 고블린이 곤봉을 놓고 도망치려 했지만 이미 늦었다.

"GOBOOROGOBOGOB?!"

한 방. 칼자루와 부러진 칼날이 파고들어 함몰된 머리를 감싸며 고블린이 비명을 질렀다.

치명상은 아니지만 그런 건 아무래도 좋다. 죽을 때까지 때리면 된다.

고블린 슬레이어는 칼날 뿌리밖에 안 남은 검을 망치처럼 잇따라 내리쳤다.

"GOROB?! GOROOG?! GOOROBOG?!"

콰직콰직. 둔탁한 소리가 울리며, 이윽고 부서진 두개골에서 피와 뇌수가 솟았다.

고블린 슬레이어는 혀를 차고서 검을 놓고, 발을 치워 짓밟고 있던 곤봉을 집었다.

"이걸로 열 하고 넷. 나머지 셋……!"

우물쭈물 일어선 고블린 두 마리가 공격해왔다.

고블린 슬레이어는 원형 방패로 한쪽을 비껴내고, 또 하나의 곤봉이 닿기 전에 그 머리를 부수었다.

"나머지 둘."

체격이 다른 이상, 어느 정도의 간격 차이가 있다.

그리고 1대 1이면 고블린에게 질 리 없었다.

얼마 안 가 또 한 마리의 단말마가 동굴에 메아리 쳤다.

"GOROOBOROB?!"

"GOROBOGR!!"

남은 한 마리, 검을 가진 고블린은 견디지 못하고 비명을 지르며 도망쳤다.

다행히 적 모험가는 동굴 안쪽으로 가고 있었다. 바깥으로 도망친다면 추적하지 않으리라.

역겨운 바깥의 빛도 그 고블린에게는 구원과도 같았다.

동료를 버리는 것에 죄책감 따위 있을 리 없었다. 놈들 탓에 그가 위험해졌으니까.

연기를 피워 올리는 동료의 시체를 걷어차면서, 달린다, 달린다, 달린다—.

"흠."

고블린 슬레이어는 뇌수 투성이 곤봉을 거침없이 버리고, 창에 꿰뚫린 시체로 다가갔다.

그 손에 쥐고 있던 손도끼를 집어 가볍게 휘둘러보더니 던졌다.

도망친 고블린은 마지막 순간까지 자신만큼은 살아남을 거라고 믿으며, 죽었다.

뒤통수에 꽂힌 도끼가 뇌를 파괴하고, 발이 걸려 쓰러지며 굴렀다.

“열일곱.”

고블린 슬레이어는 새로운 횃불을 가방에서 꺼내고 술판에 남아 있던 불을 옮겨 붙였다.

그리고 일단 성큼성큼 물러가서 도끼가 박힌 채 널브러진 고블린의 시체를 뒤졌다.

목적은 검이었다. 고블린 슬레이어는 빼앗은 검을 칼집에 넣었다.

“정찰 셋, 조우 하나, 파수꾼 셋, 기습에 열. 합계 열일곱. 포로 있음. 토템 없음. 독 없음.”

어찌 봐야 할 것인가? 역시 혼잣말에 대답은 없었다. 고블린 슬레이어는 생각했다.

소굴의 규모는 작다. 아마도 나머지 고블린은 적다. 통솔도 되지 않고 있었다.

“우두머리는 홉(Hob)인가?”

그럼에도 홉 고블린이 이쪽으로 나설 기색이 없었다.

그것이 무엇을 의미하는가? 고블린 슬레이어는 금세 결론을 내렸다.

“고블린 놈들이 생각할 법한 일이다.”

고블린 슬레이어는 재빨리 온몸의 장비를 점검했다. 투구, 갑옷, 방패, 무기, 좋다.

횃불을 왼손에 쥐고 성큼성큼 거침없는 발걸음으로 동굴 안을 걸었다.

십수 마리 정도가 사는 규모의 소굴이었다. 샛길을 판다고 해도 한도가 있다.

그리고 무엇보다 코를 찌르는 불길한 냄새가 고블린 슬레이어에게 목적지를 가르쳐 주었다.

꺾어진 길을 몇 번 나아가자 얼마 안 가서 썩어가는 널빤지 문 앞에 도착했다.

"이, 으윽?! 아, 파악! 아파, 아아……?!"

"GGGOROOOBB!!"

그리고 그곳에서 여자의 머리칼을 붙잡아 끌면서 거구의 고블린이 나왔다.

머리채를 붙잡힌 여자는 고통에 소리를 질렀지만, 몸을 살펴보니 저항할 힘이 남아 있지 않았다.

두피와 함께 머리칼 몇 가닥이 뚝뚝 뽑혔지만 소리칠 힘밖에 남지 않은 기색이었다.

그 모습에 매도를 퍼부은 홉 고블린은 자신이 가는 길을 막는 자를 눈치 채고 고개를 들었다.

"GOROBB……."

뭐라고 지껄인 홉 고블린이 여자의 몸을 쓱 들어 올려 자기 몸 앞에 내밀었다.

그녀는 온몸에서 역겨운 냄새가 풍기는 것은 물론, 피와 오물이 뒤섞여 뚝뚝 떨어지고 있었다.

유리알 같은 눈동자를 앞으로 내세우는 것은 고기 방패로 쓰기 위함이었다.

"멍청한 놈."

고블린 슬레이어는 내뱉었다.

"결과는 변하지 않는다."

홉 고블린의 사고는 명백했다. 아니, 모든 고블린이 같은 상황에서 이렇게 생각할 것이다.

자기만 살아남으면 된다고.

동료를 희생양으로 삼고서 자신은 암컷을 짊어지고 도망치려는 것이다.

참으로 고블린이 생각할 법한 일이었다.

“GROBO! GOBOOROGB!!”

“…….”

무기를 버리라든가, 추적하지 말라든가, 그런 말을 지껄이고 있을 것이다.

홉 고블린은 오른손에 쥔 도끼칼을 휘두르며 징그러운 표정으로 웃고 있었다.

고블린 슬레이어는 방패가 된 여자를 보았다. 여자의 눈을 보았다. 그리고 한 번, 작게 고개를 끄덕였다.

“좋다.”

그는 허리의 검을 뽑아서 내던졌다. 홉 고블린의 눈이 검을 좇아 움직였다.

즉시 앞으로 뛰어든 고블린 슬레이어는 놈의 사타구니를 가차 없이 차올렸다.

“GGROOOOROOBOROOB?!?!?!”

사타구니가 파괴된 홉 고블린의, 차마 들어주기 어려운 절규.

분명히 고블린 슬레이어의 발끝에 무언가를 터뜨려 버리는 감촉이 느껴졌다.

고블린은 언제나 우쭐해진다. 가만히 살해당해줄 생각 따위 터럭만큼도 없건만.

“으, 아……악?!”

“GBBRGO?! GOROOBOGOROGOB?!?!”

홉 고블린이 여자를 내던지고 몸부림치는 꼴을 철 투구가 무표정하게 내려다보았다.

그리고 그는 검을 주워 역수로 쥐고, 발로 그 고블린의 어깨를 고정하고는 칼날을 내리쳤다.

“GOOBOR?!”

탁한 비명은 딱 한 번. 뒤통수에 박아 넣은 검을 고블린 슬레이어가 힘껏 틀었다.

으직 소리가 나며 연수가 절단되자, 홉 고블린은 움찔 한 번 크게 떨더니 움직임이 멎었다.

“열여덟. ……살아있나?”

내버려진 여자가 움찔 떨었다.

떨리는 입술로, 시익시익 갈라진 숨소리가 섞인 목소리로 「에」 소리를 냈다.

“그런가.”

고블린 슬레이어는 가방을 뒤져서 둥글게 접어놓은 외투를 꺼냈다.

그것을 여자에게 덮어주고, 오물로 젖은 몸을 감싼 뒤에 짐짝처럼 둘러맸다.

여자가 뭐라고 힘없는 말을 웅얼거리자 고블린 슬레이어가 「그런가」라고 수긍했다.

"창은 주워뒀다."

그가 말했다.

"자루는 부러졌다만, 창날은 남아 있다."

고블린 슬레이어는 묵묵히 동굴을 걸었다.

가녀린 흐느낌이, 그의 등에 묵직하게 파고들었다.

제5장 『그가 없는 날의 이야기』

"응……으, ……흐, 아……앗."

동이 튼 직후 청량한 공기가 피부를 찌르자 그녀는 소리를 내며 이불 속에서 몸을 꿈틀거렸다.

평소에는 이제 곧 들려올 텐데 오늘은 도무지 발소리가 다가올 기척이 없었다.

"……으……?"

결코 아침에 못 일어나는 편은 아니지만 평소 들리던 소리가 없으니 눈 뜨기 어려웠다.

비실비실 지푸라기 침대에서 기어 나온 그녀는 졸리고 무거운 눈꺼풀을 비비며 크게 하품을 했다.

아직 낮에는 따뜻하지만 밤과 아침은 쌀쌀해지고 있었다.

몸을 부르르 떨고서, 여느 때처럼 건강하게 살집이 붙은 몸에 속옷을 입었다.

"응, 으응……. 조금, 작은, 가?"

살이 쪘는지, 아니면 성장했는지……. 어느 쪽이든 별로 환영할 수 없었다.

속옷이나 옷을 너무 자주 새로 사거나 하면 백부한테 미안하니까.

—몸에 안 맞는 걸 쓰면 안 좋다고, 하긴 하는데…….

차라리 지금 쓰는 걸 고쳐볼까?

그렇게 생각하면서 창문을 열자 상쾌한 아침 바람이 방 안까지 솔솔 들어왔다.

편안함에 미소를 지으면서, 그녀는 풍만한 가슴을 창턱에 올리며 몸을 내밀었다.

익숙한 풍경이었다.

탁 트인 목초지. 멀리서 들리는 소 울음소리. 닭 울음소리. 저 멀리 도시에서 올라가는 연기. 세상.

"……아, 그렇구나."

금색 아침 해에 아낌없이 피부를 드러내면서, 소치기 소녀는 맥 빠진 기색으로 중얼거렸다.

"오늘은, 그가 없었지."

§

"도시에, 놀러 가는 건 어떠냐?"

"어?"

아침 식사 뒤, 식기를 쌓아 개수대로 나르던 소치기 소녀는 백부의 말에 고개만 슥 돌렸다.

그가 없으면 설거지 거리가 적다. 편해서 좋다고 하면 좋기는 하다.

"도시에 놀러 가는 게 어떻겠냔 말이다."

새삼 바라본 백부의 얼굴은 거칠고 우직했다. 성실한 눈빛으로 똑바로 그녀를 보았다.

"응?"

소치기 소녀는 그 표정을 보고 고개를 갸웃하면서, 물에 담근 접시를 빼내어 닦았다.

"딱히 그런 거 안 해도 괜찮아. 가봤자 할 일도 없는걸."

"그런 게 아니고 말이다."

백부는 어디까지나 진지하기 짝이 없었다. 흔들림 없이 딱 잘라서 계속 주장했다.

"친구도 있을 것 아니냐."

"친구, 말이지……."

소치기 소녀는 애매하게 웃었다.

옆에 둔 통에서 모래를 집어다 접시 표면에 쓱쓱 문질렀다.

—그 사람은 친구…… 라고 하면 친구긴 한데.

"굳이 따지자면, 같은 뜻을 가진 동료 같은 사람…… 이려나."

"가끔은 놀러 가는 게 좋다."

"응……."

소치기 소녀는 찬성인지 부정인지 모를 목소리를 흘렸다.

모래가 접시의 얼룩을 지운 것을 확인하고 다시 한 번 물로 씻었다.

마지막으로 정성스레 닦아 물기를 없애고 식기 선반에 접시를 넣어두었다.

"하지만 가축들도 봐줘야 되고, 수확이나, 돌담 상태랑 울타리도 봐야지, 배달이랑, 내일 준비……."

손가락을 꼽아가며 세어 보니, 역시 할 일이 많다. 해야 할 일들이 잔뜩 있었다.

오늘 꼭 해야 할 일. 오늘 해두면 좋은 일.

괜히 미루지 말고 정리할 수 있는 일도 이것저것 있었다.

응. 소치기 소녀는 가슴을 흔들며 고개를 끄덕였다.

"이래선 놀고 있을 수가 없어. 일이 있는 건 좋은 거야!"

"놀러 가라, 라고 말했다."

반론하지 말라는 어조였다.

칼 같은 목소리를 들은 그녀는 당황하며 눈길을 돌렸다.

백부의 모습은 흔들림이 없었다. 이렇게 되면 백부는 바위마냥 생각을 바꾸지 않는다.

10년이나 백부 손에 컸으니 말을 안 해도 알 수 있는 법이다.

"어, 그치만…… 그게……."

"너도 말이다. 한창 나이 아니냐? 지금 몇 살인지 말해 봐라."

"그게, 응, 열여덟."

그녀가 고개를 끄덕였다.

"……이제 곧, 열아홉이지만."

"그러면 아침부터 밤까지 계속 일만 할 것 없지 않냐."

뭐라고 항변해야 할까? 소치기 소녀는 열심히 머리를 굴려봤다.

—어라? 왜 외출하기 싫어하는 거지?

그런 생각이 슬쩍 뇌리를 스치고 사라졌다. 그런 생각 할 때가 아니다.

"도, 돈도 그렇고……."

"다행히, 우리는 농노 같은 처지와 달리 생활에 여유가 없지는 않다."

"그거야, 그렇지만……."

실패했다.

덧없는 저항은 순식간에 제압되었고, 소치기 소녀는 말을 잃었다.

그럼 어쩐다. 식기는 정리가 끝나 버렸다. 그밖에 뭔가 얼버무릴 수 있는 것도 없었다.

잠시 부엌에서 어슬렁거리며 우왕좌왕한 그녀는 이윽고 마지못해 백부 앞에 앉았다.

"이쪽은 신경 안 써도 된다."

백부는 어디까지나 다정하게, 어린 아이를 달래듯 말했다.

그런 어조로 말하지 않아도 되지 않을까? 소치기 소녀는 약간 입술을 삐죽거렸지만 반론하지 않았다.

그래서는, 그거야말로 어린애 같잖아.

"놀다 오너라."

그녀의 모습을 살핀 백부가 바위 같았던 표정을 살짝 풀고서 힘을 뺐다.

"젊은 아가씨가 아침부터 밤까지 목장에서 일만 해서야 되겠냐. 아가씨다운 일 하나 둘쯤은 너도 하고 싶지?"

"그런가……."

소치기 소녀는 잘 알지 못했다.

—아가씨다운 일?

그게 뭘까? 몸치장일까? 과자를 먹는 걸까?

두둥실 애매한 생각들만 떠올랐다.

이런 것들보다는 내일 날씨가 더 분명할 것 같은데…….

"……알았어."

잠시 지나, 소치기 소녀는 뭐가 뭔지 잘 모르는 채 짧게 말했다.

"그러면, 잠깐 나갔다 올게."

"그래, 그러려무나."

"……응."

백부의 안도한 표정을 보고, 소치기 소녀는 수긍하는 수밖에 없었다.

§

짐수레도 없고, 그도 없고, 홀로 몸 하나.

익숙한 길을 지나 도시로 가는 것뿐인데 발걸음이 도무지 안정되지 못했다.

평소에 어떤 속도로 걸었더라? 스스로 고개를 갸웃거릴 지경이었다.

그리고 왕래하는 모험가나 상인들 사이를 누비며, 정문을 통과해 도시로 들어왔다.

평소에 맨 먼저 가는 모험가 길드로 발이 움직이자, 소치기 소녀는 쓴웃음을 지었다.

무의식을 의식으로 덧씌우고, 똑바로 도시 안쪽 광장으로 향했다.

웅성거림, 상인이 외치는 소리, 아이들의 들뜬 소리, 엄마를 부르는 소리, 모험가의 잡담.

소치기 소녀는 소란 속에 몸을 담그고 적당한 자리에 멍하니 앉아 있었다.

눈앞을 달려가는 남자애와 여자애, 10살쯤 됐을까? 그 모습을 눈으로 좇다가, 한숨을 내쉰다.

―생각해 보니…….

"친구, 있었나?"

어렸을 때부터 알던 사람들은 이제 없었다.

10년 전에 여기로 오고서 5년은 눈앞의 일에만 매달렸다.

―이제 와서 생각해 보면, 참.

그 무렵의 내가 용케, 성큼성큼 걷고 있던 그에게 말을 걸었구나.

아직 그의 철 투구에 뿔이 달려 있었고, 그녀의 머리칼도 꽤 길었을 무렵의 이야기였다.

그 뒤로 5년은 그에 대한 걸로 머리가 한 가득. 도저히 놀러 다닐 수 없었다.

"아, 하지만……."

머리를 절레절레 흔들고, 매일 같이 얼굴을 보는 길드의 접수원과 여급을 생각했다.

친구라고 해도 괜찮을 법하지만― 두 명뿐이구나. 아니, 두 명 있으면 충분한가?

이제는 친구를 만들 수 없는 사람들도 잔뜩 있었다.

"……사치스럽네."

그걸 생각하면 별 것 아니다.

힘없이 웃은 그녀는 그대로 멍하니 광장을 지나다니는 사람들을 바라보았다.

다들 표정은 천차만별이다. 즐거워 보이는 사람, 슬퍼 보이는 사람, 쓸쓸해 보이는 사람, 기뻐 보이는 사람도 있다.

그러나 모두 제각각, 뭔가 목적을 가지고 망설임 없이 걷고 있었다.

일하러? 식사하러? 집으로 돌아가는 걸까? 놀러 나가는 걸까? 아니면, 아니면…….

그녀하고는 달랐다.

소치기 소녀는 앉은 자세 그대로 가슴을 짓누르듯이 무릎을 끌어안았다.

—이건, 중증이네.

결국 나는 목장을 통해 이어진 사람 말고는 무엇 하나 가지지 못했어…….

"—어머? 어쩐 일이세요?"

귀에 익은 목소리가 위에서 내려왔다.

돌아보니 금발 소녀 한 사람이 고개를 갸우뚱거리며 이쪽을 보고 있었다.

가녀리고 가는 몸에 검소하다는 말도 저어 될 정도로 수수한, 마로 지은 옷을 입었다.

소치기 소녀는 누구인가 하면서 눈을 깜빡였다가, 깨닫고는 손뼉을 쳤다.

"어라, 당신, 지모신의—."

"아, 네. 목장 분이시죠?"

"응, 그렇긴 한데……."

소치기 소녀는 고개를 끄덕이고 일어서서 동그란 엉덩이를 탁탁 두드려 먼지를 털어냈다.

"그 차림새, 어쩐 일이야?"

여신관은 평소 입는 신관복이 아니라 평상복, 그것도 농촌에서 올라온 아가씨 같은 차림새였다.

"오늘 저는 쉬는 날이라, 가끔은 외출을 해볼까…… 생각했는데요."

그녀는 수줍은 태도를 보이며 가느다란 손가락으로 당황스레 볼을 긁었다.

"뭘 하면 좋을지, 전혀 모르겠어서……."

"아아, 나도 그래. 이해되네. 평소에는 목장에서 할 일만 하면 되니까."

뭐야, 똑같잖아.

스스로도 참 멋대로 연대감을 느낀다고 생각하면서, 소치기 소녀는 어쩐지 안도하여 힘이 빠졌다.

본래 사람들 잘 따르는 성격이고, 괜히 사양할 것도 없었다. 그리고 그의 파티니까.

조금 마음속으로 생각하는 게 없는 건 아니지만, 소치기 소녀는 의도적으로 스스럼없는 태도를 유지하기로 했다.

"그런데 쉬는 날이야? 어째서?"

"아아, 저기, 그게……."

문득 여신관이 말을 흐리며 시선을 이리저리 돌려댔다.

볼에 열이 오른 것처럼 빨갛게 물들었고, 눈동자도 아래로 깔리며 고개를 숙였다.

어머나? 소치기 소녀가 의문을 품자 금세 대답이 돌아왔다.

"오늘은…… 조금, 힘들어서……."

"아아."

소치기 소녀는 쓴웃음을 지으며 수긍했다. 여자라면 누구든지 품고 있는 문제였다.

그것을 억지로 캐물어 버리면 이 부끄럼 타는 연하의 소녀에게는 힘든 일이리라.

"평소에는 뭐 하는데? 그게, 모험에 안 나갈 때 말이야."

"기도를 해요."

약간 노골적인 화제 전환인가 싶었지만 그녀의 대답은 단호하고 곧았다.

거리를 두고서 보며 생각했던 여신관의 이미지와 거의 같았다.

"아하……."

소치기 소녀가 감탄하자, 여신관이 가늘고 하얀 손가락 끝을 입술에 대고 조금 생각에 잠겼다.

"그리고 성전을 읽거나, 몬스터 매뉴얼을 읽거나, 단련을……."

"우와, 성실하구나."

"아직 공부할 게 한참 많으니까요."

소치기 소녀가 놀라자 칭찬에 익숙하지 않아서 부끄러운지 여신관이 볼을 붉혔다.

—아하.

이건 그에게 꼭 말해서 나중에 칭찬해 주라고 해야겠다.

그래 보여도 그는 그 나름대로 신경을 쓰고 있으니까 괜한 참견일지도 모르지만…….

"……있지."

"네?"

"돌아다녀 보자."

소치기 소녀가 웃으며 말했다.

"모처럼, 만났으니까."

"……그렇네요."

여신관도 볼을 풀었다. 작은 꽃이 피는 것 같은 미소였다.

"네, 같이 다녀요."

§

"그러고 보니까 말이야. 아직 좀 남았지만, 여름이 지나면 수확제가 있잖아."

"아, 네. 신전에서도 슬슬 봉납 연무 준비를 시작하려고 해요."

"올해는 누가 연무를 하는 걸까? 후보로 안 나서?"

"아뇨, 그건. 책임이 중대한 일이라서, 저는 아직 한참……."

"그래? 우리도 무슨 가게라도 내볼까……? 먹을 것만 봉납하지 말고 말이야."

"벌써 제법 더워진데다, 가을까지는 또 순식간이니까요."

둘이서 목적지도 없이 걸으면서 딱히 아무 의미도 없는 내용으로 이야기꽃을 피웠다.

변경 도시는 개척 최전선 중 하나다. 당연히 방문하는 사람도 많고 오고 가는 사람도 많다.

그렇지만 아무래도 물의 도시나 수도 정도는 아니니까 아는 얼굴들도 종종 지나다닌다.

"아, 안녕하세요."

"안녕하세요?"

얼굴을 아는 모험가와 지나치면서 소치기 소녀는 가볍게 눈인사를, 여신관은 꾸벅 고개를 숙였다.

지난번 고블린 로드가 이 도시로 공격해온 때 이후로 아는 사람이 꽤 많이 늘어 버렸다.

—이상한 느낌이야.

소치기 소녀가 무심코 키득 웃자 여신관이 의문스레 고개를 갸우뚱거렸다.

"아무 것도 아냐."

소치기 소녀는 손을 흔들었지만 떠오른 웃음은 사라지지 않았다.

그는 이래저래 말은 많아도 많은 사람들과 이어져 있었다.

—나하고는 다르구나.

"……있지. 그 사람, 평소에는, 어때?"

"어떻냐고, 하시는 건……?"

"뭔가 폐를 끼치고 있는 건 아닐까~ 싶어서."

"당치도 않아요."

소치기 소녀가 손을 뒤로 돌리고 빙글 돌아보자 여신관이 손을 흔들었다.

"언제나 도움을 받고 있는걸요. 오히려 폐를 끼치는 건 제가……."

여신관의 말과 표정을 보니 거짓말은 아닌 것 같다.

소치기 소녀는 안도하며 풍만한 가슴을 쓸어 내렸다.

그가 폐를 끼치지 않는 것. 그가 미움 받지 않는 것. 어느 쪽에 안

도했는지는 모르겠다.

"……하지만."

여신관이 목소리를 낮추고 장난스럽게 눈을 감았다.

"아주 약간은, 폐가 되기도 해요."

"그렇구나."

두 사람은 얼굴을 마주보며 키득키득 웃었다.

공통의 화제가 그에 대한 것이라는 게 좀 그렇지만, 그래서인지 이야기하기도 쉬웠다.

괴팍하고 진지하고 좀 빠져 있어서 가만 내버려둘 수 없는 사람.

이야깃거리는 부족함이 없었다.

"신세를 지고 있는 건 정말이에요."

여신관이 그렇게 말하며 알려주는 그의 모습은 소치기 소녀가 모르는 그였다.

처음 만났을 때는 언뜻 무슨 괴물인가 생각해 버렸다는 것.

은 등급 모험가답게 행동하고자 한다는 것.

파티 동료와 둘러앉아 술을 마시고 금세 취해 버린 것.

주문술사가 많은 파티니까 불침번을 자진해서 맡아준 것…….

참으로 그답다. 소치기 소녀는 생각했다. 한편으로는 다 함께 술도 마셨구나 하는 생각도 했다.

"그 밖에도, 모험에 대해서 이것저것 배웠어요."

"예를 들면?"

"음, 그게……."

여신관이 입술에 손가락을 대었다.

"사슬 갑옷, 같은 거?"

"사슬 갑옷이구나……."

소치기 소녀는 멍하니 뇌리에서, 그가 헛간에서 손질하는 수많은 무구들을 그려보았다.

사슬 갑옷은 그가 애용하는 장비 중 하나다. 정성스레 기름을 치고 연마하는 모습이 기억났다.

헤진 부분을 철사로 응급 처치하는 것을, 소치기 소녀도 구경한 적이 있었다.

"그치만."

문득 오랜 의문이 떠올랐다.

"그거, 무겁지 않아?"

"허리나 배에서 띠로 묶으면 온몸으로 무게가 분산되니까, 그 정도는 아니지만요. 그래도 어깨가 결려요."

여신관이 말하자 소치기 소녀는 다 이해하는 표정으로 수긍했다.

"모험가는 참 힘들겠다……."

"저는 사슬 갑옷은 입지만, 마법사들은 보통 입기 싫어하는 것 같아요."

드워프는 신경 쓰지 않는 것 같지만요.

여신관의 말에 소치기 소녀가 애매하게 고개를 끄덕였다.

금속은 마법을 방해한다—. 그렇게 전해지는 말이 얼마나 진실인지 소치기 소녀는 알 수 없었다.

미신이 아닐까 생각하는 반면, 가끔씩 부적 삼아서 말발굽을 가지고 싶어 하는 사람도 있다.

마법이나, 요술이나, 신의 기적이나, 그런 건 소치기 소녀는 전혀 알지 못했다.

오히려 그것보다 신경 쓰이는 것은…….

"사슬 갑옷, 이라."

"네?"

"……있지, 사슬 갑옷이나, 갑옷이나 투구 같은 거 길드에서도 취급하지?"

"어, 아, 네."

여신관이 당황하며 고개를 끄덕였다.

"저도, 그곳에서 샀으니까요."

"그럼 말야."

소치기 소녀는 부모님 몰래 놀러 가는 아이처럼 벙긋 웃었다.

"잠깐 구경하러 가자."

§

"우, 와아……."

그리고 지금, 소치기 소녀 앞에는 속옷이 있었다.

아니, 올바르게 말하면 속옷 같은 갑옷이었다.

가슴 받이와 각반밖에 없는 한 세트의 갑옷. 종류를 따지면 경장이었다.

움직이기 쉽다는 의미에서는 판금 갑옷과 비교가 안 된다.

장갑 자체는 우아한 곡선을 그리며, 참으로 공을 들여 견고했다.

그 점에 관해서는 과연, 흠잡을 데가 없었다.

그러나 문제는 장갑 부위가 너무 적다는 데 있었다.

애당초 가슴 부분— 올바르게는 유방과, 하복부밖에 장갑이 없었다.

어깨 보호구 있기는 하지만 이건 문제가 못 된다.

"어, 이거 안쪽에 뭔가 입는 거야?"

"아니, 그건 그 상태로 완성된 갑옷이에요."

카운터 안쪽에서 회전 숫돌에 검을 갈고 있던 도제 소년이 슬쩍 한 번 눈길을 주었다.

여성이 그것을 들고 있는 게 신경 쓰이는지 아까부터 계속 이런 상태였다.

"이거…… 사는 사람이, 있나요?"

그의 볼이 빨간 것을 깨달았는지 아닌지, 여신관이 믿기지 않는다는 어조로 물었다.

"실제로, 움직이기는 쉬우니까요. 그리고 최소한은 몸을 지킬 수 있다……는 게 겉치레고."

제가 말해도 되는지는 모르겠지만요. 도제 소년은 변명하듯 중얼거렸다.

"그게, 저기, 뭐냐. 남성에게 어필하고 싶다, 는 사람들이, 말이죠."

"어필을 한다기보다, 굉장히 질색할 것 같은데……."

소치기 소녀가 「우와아」 볼을 붉히면서 그 비키니 아머를 집었다.

앞에서 보고, 뒤집어서 뒤에서 보고, 날카로운 각도의 아랫부분 장갑에 손가락을 걸어서 벌려 보았다.

"아니, 이거, 다 보이는 거 아냐?"

"……나름대로 수요가 있으니까 두고 있는 거예요."

도제 소년이 주섬주섬 말하고서 슬그머니 눈길을 돌렸다. 우웅. 소치기 소녀가 신음했다.

"이런 위험한, 수영복 같은 걸 입을 수 있으면 그야말로 용사겠다."

"그러네요……."

여신관이 애매한 표정으로 고개를 끄덕였다. 그리고 선반 위의 무구를 신기한 기색으로 바라보며 나아갔다.

후위라서 별로 무기와 방어구를 만져본 적이 없기 때문일까? 신기하기는 소치기 소녀도 마찬가지였지만.

"아, 이거……."

문득 여신관이 발걸음을 멈춘 곳은 방어구를 진열해둔 장소였다.

그녀가 흐뭇하게 눈꼬리를 내리며 투구를 집었다.

"오, 낯익은 녀석이네."

소치기 소녀가 웃으면서 「낯익다」고 하는 것도 당연했다.

여신관이 집은 것은 반짝반짝 싸구려 광택을 뿜는 철 투구였다.

양 옆에 뿔이 돋아 있는 것과 새것이라는 걸 제외하면, 그의 철 투구와 같은 모양이었다.

텅 빈 안쪽을 들여다보듯 시선을 주던 소치기 소녀가 손뼉을 쳤다.

"있지, 써보지 않을래?"

"어, 괜찮을까요?"

갑작스런 말에 여신관이 당황하면서 고개를 갸웃거렸다.

"시험 착용 가능이라고 종이에 쓰여 있어."

"그러면, 저기, 실례할게요……?"

조심조심 투구를 끌어안은 여신관은 일단 시착용이라고 쓰여 있는 면을 넣어 만든 모자를 집었다.

긴 머리칼을 신경 쓰면서 그것을 쓰고, 더욱이 그 위에 철 투구를 쓴다. 그러자—.

"우와, 와, 와……."

역시 무게가 있는지 가녀린 몸이 휘청 기울어졌다.

소치기 소녀가 황급히 손을 내밀어 지탱해주자 가녀린 몸은 놀랄 정도로 가벼웠다.

"아이쿠, 괜찮아?"

"앗, 네. 잠깐 비틀거린 것뿐이에요……."

투구 안쪽에 아직 앳된 풍모의 여신관의 눈이 보였다.

볼이 살짝 붉게 물든 것을 보니 그녀도 조금 쑥스러운 모양이다.

"에헤헤……. 꽤, 꽤 무겁네요. 그리고 숨이 막힐 것 같아요……."

"그야 뭐, 전체방어형이니까요. 면갑도 딱 맞아 드는 거니까 당연해요."

도제 소년의 말에 여신관이 손을 더듬어 철컥철컥 고정구를 풀고서 면갑을 올렸다.

"후아."

무심코 맥 빠진 목소리를 흘리자 소치기 소녀가 키득키득 웃었다. 여신관은 볼이 새빨개졌다.

"우, 웃을 건 없잖아요……!"

"아하하하하, 미안해, 미안. 그럼, 다음은 내 차례네."

여신관이 투구를 벗고 모자를 벗었다. 그것을 받아쓰자 희미하게 달콤한 땀 냄새가 난다.

—응?

향수가 아니라, 그녀의 태생적인 향일까? 부럽다. 그렇게 생각하면서 투구를 썼다.

"……우, 와. 이거, 꽤 좁다."

"그렇죠?"

가는 격자형 면갑을 통해서 보이는 시야는 어둡고, 좁고, 갑갑했다.

흔들리는 시야를 지탱하며 움직여보고, 숨을 들이쉬고, 내쉬었다.

—이게 그가 보는 세상이구나.

그는 자신과, 여신관과, 다른 동료들을 어떤 식으로 보고 있을까?

어떤 표정을 짓고 있을까?

"대강 상상은 되지만 말이야."

"네?"

"응. 이쪽만 얼굴 보이는 건 좀 치사한 것 같아서."

"아아."

여신관이 납득하면서 키득 웃었다.

"그렇네요."

"감추려는 것도 아니겠지만 말이야…… 영차."

"제자리에 돌려놔 주세요."

도제 소년이 하는 말에 고개를 끄덕이면서 투구와 모자를 선반에 돌려놓았다.

후우, 숨을 내쉬고 가슴을 펼친 소치기 소녀는 고개를 한 바퀴 돌렸다.

단련하지 않은 것도 아닌 것 같지만, 역시 무구를 장착하니까 어깨가 결린다.

—으흠.

“있지.”

“네?”

“기왕 왔으니까.”

소치기 소녀는 장난을 떠올린 어린애처럼 웃었다.

“저 갑옷, 한 번 입어 볼까?”

가리킨 곳을 본 여신관의 얼굴이 새빨개지며 고개를 숙였다.

§

“아~ 정말, 나라가 멸망했어~.”

“어머나……. 아니, 웃을 일은 아니네요.”

“애당초 그 용이 너무 강하잖아. 장비도 기량도 부족해.”

“그걸 어떻게든 해야 백금 등급이란 거죠.”

공방 구경을 마치고 주점으로 나선 두 사람은 어째 기묘한 광경을 보게 되었다.

늦은 오후, 저녁놀 전의 길드 안 주점은 사람들이 별로 많지 않았다.

아예 준비 중이란 분위기로 테이블 위에 의자를 올려두고 여급이 바닥을 닦고 있는 한 구석.

감독관, 접수원, 그리고 엘프 궁수 세 사람이 탁자에 앉아 무슨 카드를 펼치고 있었다.

기묘한 조합이라고 하면 그렇기도 하다.

“뭘 하고 계시는 건가요……?”

여신관이 눈을 깜빡이며 테이블을 들여다보고 조심조심 물었다.

아직 진정이 안 됐는지 볼이 약간 상기되었고, 약간 흐트러진 옷매무새를 가다듬고 있었다.

“아아, 탁상(테이블 게임) 연습이랍니다.”

어깨너머로 그녀를 올려다보며 대답한 접수원도 오늘은 제복이 아니라 사복. 말쑥하고 세련됐다.

소치기 소녀는 내심 「좋겠다」라고 생각하면서 탁자 위에 눈길을 주었다.

과연, 분명히 판 하나에 몇 개의 게임 말, 카드와 주사위가 흩어져 있었다.

“어제 오래된 자료를 정리하다가 나왔어요. 시험 삼아서 한 번……해볼까 해서.”

“그게 말야~. 드래곤이 너무 강해, 드래곤이.”

“강하지 않으면 용이 아닌 거지. 납득은 되지만 좀 봐주면 좋겠어.”

엘프 궁수가 얄팍한 가슴을 탁자에 딱 붙이면서 불평을 토하고, 역시 사복 차림의 감독관은 쓴웃음을 짓는다.

짐작하건대, 게임판 중앙에 떡하니 자리 잡은 붉은 용의 게임 말이 그 드래곤 아닐까?

그리고 주위에 흩어져서 쓰러진 말들은 그것에 도전했다가 쓰러진 모험가들의 시산혈해.

“그래서, 몸은 괜찮아?”

엘프 궁수가 머리만 뒹굴 돌려서 여신관을 보았다.
“아, 네.”
여신관이 쑥스러운 듯 수긍했다.
“이제, 거의 다 진정됐어요.”
“그래.”
엘프 궁수가 대답하고서 손을 흔들어 불렀다.
“그럼 말야, 좀 도와줘. 이거 모험가가 너무너무 부족해.”
“탁상 연습에…… 모험가?”
소치기 소녀가 고개를 갸웃거렸다. 대강은 알 것 같지만, 정확하게는 잘 모르겠다.
“간단히 말하면요.”
접수원이 설명해 주었다.
“모험가 놀이예요. 룰 같은 것도 세세하게 다 정해져 있지만요.”
“모험가 놀이…….”
소치기 소녀는 곱씹듯이 중얼거렸다.
“그러면, 고블린 퇴치, 같은?”
“네. 시점을 더 낮춘, 그야말로 모험가들이 동굴을 탐색하는 것도 있어요.”
접수원이 게임판 위에 놓인 금속 말, 조금 볼품없는 경장 전사인지 도적인지를 손가락으로 찌르며 웃었다.
소치기 소녀가 보니 그 말은 투구를 쓰지 않았다. 그게 조금 아쉽다.
“이건 조금 시점이 높아서, 세상의 위기를 어떻게 막을 것인가가 주제랍니다.”

"용이 깨어나기 전까지 전설의 무기랑 방어구를 모으거나, 기량을 높여야 하는데 말야."

엘프 궁수가 고개를 들고서 길쭉한 귀를 축 늘어뜨리며 불평했다.

"사람도 시간도 너무 부족해."

"마을에서 의뢰를 받는다. 장비도 모은다. 드래곤을 해치운다."

감독관이 손가락을 꼽으면서 조건을 세어보고 뭔가 혼자서 고개를 끄덕끄덕했다.

패전했는데도 자신감이 가득한 모습이라 괜히 듬직해 보였다.

"전부 해내야 하는 모험가 길드의 능력이 시험 받는 거지."

"이런 것도, 있네요."

소치기 소녀는 흥미진진하게 손을 뻗어 투구와 갑옷을 껴입은 기사 모습의 말을 손에 집었다.

그는 이것보다는 너덜너덜하달까, 싸구려 장비를 쓰지만— 어엿한 기사님. 나쁘지 않다.

"전혀 몰랐어요."

그녀가 아는 놀이는 그야말로 카드로 패를 만드는 종류 정도밖에 없었다.

그리고 노래를 듣거나, 주사위 놀이, 축제가 열리면 여러 가지 경기 같은 것도 있지만.

말을 가만히 살피고 판을 바라보는 모습을 보며 접수원이 후훗 웃었다.

"해보실래요?"

"어, 괜찮아요?"

소치기 소녀의 얼굴이 확 밝아졌다.

"네."

접수원이 눈웃음을 지으며 수긍했다.

"아무 것도 안하고 기다리는 건, 괴롭잖아요?"

으. 소치기 소녀는 약간 말문이 막혔다. 정말이지 당해낼 수가 없다.

—이런 걸 성숙한 여성, 이라고 하는 건가?

그런 마음을 아는지 모르는지, 접수원은 웃음을 풀지 않았다.

"자, 모험가가 늘어나는 건 대환영이니까요. 앉으세요."

"그럼, 사양 않고……. 기왕이니까, 같이 하자."

"아, 네."

소치기 소녀는 여신관의 소매를 잡고서 반쯤 끌어당기듯 자리에 앉혔다.

원탁에 둘러앉은 여성이 다섯 명.

이 광경을 알게 되면 꽤 많은 모험가들이 얼른 주점에 안 온 것을 한탄할 것임이 틀림없다.

"그러면, 우선 말을 선택해 주세요."

평소에 카운터에서 대응할 때보다 부드러운 접수원의 목소리와 미소.

"응……."

소치기 소녀는 가슴 앞에 손을 깍지 끼고 가만히 판 위에 놓인 모험가들에게 눈길을 주었다.

—응, 역시, 이거네.

그녀가 망설이면서도 고른 것은 방금 전 손에 집었던 기사였다.

철 투구 탓에 얼굴은 알 수 없지만 방패와 검을 들고 앞을 똑바로 보고 있었다.

"나는, 이 사람 할래."

"아, 저기, 저는……."

여신관은 하얀 손가락을 입술에 대고 생각하면서 당황하여 말을 바라보았다.

그리고 「아」 소리를 흘리더니 흘끔흘끔 주위를 둘러보며 말 하나를 골랐다.

"이, 이 사람으로, 부탁 드려요!"

그것은 풍만한 몸을 로브로 감싼 엘프 마술사였다.

"괜찮은데?"

엘프 궁수가 알겠다는 표정으로 웃자 여신관이 몸을 꼼지락대며 꼬았다.

"그러면, 나는 말이지……."

엘프 궁수가 먹잇감을 노리는 사냥꾼의 표정으로 기다란 귀를 쫑긋쫑긋 흔들었다.

"좋아, 이번엔 이거! 드워프 전사로 할래!"

"어머, 괜찮으세요?"

접수원이 물었다.

"당연하지."

엘프 궁수가 빈약한 가슴을 폈다.

"내가 훨씬 더 잘할 수 있다는 걸 드워프한테 증명해 주겠어."

"그럼 저는 이대로 척후를 쓰겠어요."

“으으음. 그러면 승려가 없네. 그럼, 내가 할게.”

접수원이 생글생글 웃으며 조잡한 장비의 경장 전사를 반상에 놓고, 감독관이 성인(聖印)을 쥔 노인을 골랐다.

그리하여 모험가가 다 모였다.

철 투구의 기사, 엘프 마녀, 드워프 전사, 몸이 가벼운 척후, 그리고 노련한 승려.

이 파티가 세상을 구하기 위해 거대한 용에게 맞서는 것이다.

접수원이 간단한 룰을 설명해주고, 소치기 소녀가 주사위를 꾸욱 쥐었다.

—좋아.

“이 모험가들은 마을을 지키고, 공주님도 구하고, 용도 해치우는 용사가 될 거야!”

소치기 소녀는 결의를 표명하며, 첫 주사위를 반상에 던졌다.

§

“아~ 졌다, 졌어.”

해가 지면서 군청색으로 물들어가는 하늘과 도시.

하늘 너머에 반짝이는 별들을 올려다보며, 소치기 소녀는 천연덕스레 말했다.

손을 뒤로 돌리고 설렁설렁 걷는 옆에 여신관이 종종 걸음으로 작은 새처럼 걷고 있었다.

“드래곤 슬레이어의 마검을 못 얻었으니까요.”

"비늘이 베이질 않는걸."

결국 고블린 퇴치만으로도 벅찼다.

그녀들은 용에게 패하고, 또 다시 세상을 구하지는 못했지만…….

"그래도, 재미있었어요."

"맞아."

여신관의 감상에 소치기 소녀도 동의했다.

아직은 좀 멀었지만 가을을 향해서 시원해져 가는 바람이 불었다.

그가 보는 세상.

그가 살아가는 세상.

아주 약간이지만 엿본 그것.

놀이로 덥혀진 피부를 바람에 드러내면서 소치기 소녀는「그래도」라며 웃었다.

"무기상을 구경하고 주점에서 놀다니, 여자애로서는 괜찮을까?"

"아하하하……."

여신관이 얼버무리며 쓴웃음을 짓는다.

서너 살 나이가 어린 소녀는 마치 여동생같이 느껴졌다.

—그는 어떻게 생각하는 걸까?

문득, 희미한 한숨이 흘러나온 것을 깨달았는지 아닌지.

여신관이 구김살 없는 표정으로 소치기 소녀를 올려다보았다.

"또, 놀고 싶어요."

"……응. 또, 놀고 싶네."

"그러면……."

다다다. 가볍게 달려 앞으로 나선 여신관이 소치기 소녀를 빙글 돌아보았다.

나부끼며 퍼진 금발이, 저물어가는 저녁 해의 마지막 빛을 받아 반짝반짝 빛났다.

"또, 놀러 가요."

—뭐야.

소치기 소녀는 무심코 숨을 내쉬었다.

—이어진 사람이, 있잖아.

그와 목장뿐이라고 생각했었는데.

그가 이어준 인연에, 또 이렇게 그녀도 이어져 있었다.

"……응."

소치기 소녀는 눈꼬리를 쓱쓱 닦고서 웃었다.

"또, 놀러 가자."

제6장 『악마에게 매료된 마궁(魔宮)이 멸망하는 이야기』

Goblin Slayer
He does not let anyone roll the dice.

샤랑. 석장을 울리면서, 그녀는 기분 좋게 눈웃음을 지었다.

여름의 끝을 고하는 첫 바람이 볼을 가볍게 쓰다듬고 지나쳤다.

마차가 덜컹덜컹 나아가고, 그 옆에 서서 가도를 걷는 것이 얼마나 마음 편한지 모른다.

긴장을 풀면 이것이 호위 의뢰라는 것을 잊어버릴 것만 같았다.

신관인 그녀는 문득 이럴 때 신의 기척을 느끼는 경우가 있었다.

구름이 듬성듬성 떠 있는 하늘에는 저 멀리 검은 그림자가 홀로 날고 있었다.

매일까? 독수리일까? 새매?

“저 새, 꽤 높이 날고 있네요.”

“그러네—.”

말을 건 상대는 마차 지붕 위에 앉아있었다.

석궁을 장비한 탐색자는, 물론 경치를 즐기는 것이 아니라 주변을 살피는 역할이었다.

동료들의 신뢰를 받으며 주변을 경계하는 모습에서 방심한 기색은 엿볼 수 없었다.

“응?”

그래서 의문스런 목소리를 듣고 그녀는 곧장 석장을 고쳐 쥐었다.

다른 동료들도 차례차례 장비를 준비하며 보이지 않는 무언가에 대비하기 시작했다.

눈치 못 챈 것은 마차의 주인인 행상인뿐이었다.

“뭐야, 왜 그래?”

그가 어리둥절해하는 것을 무시하고 탐색자가 낮은 목소리로 말했다.

“저 새, 좀 너무 크지 않아?”

“……듣고 보니—.”

그녀가 말하며 눈에 힘을 주었을 때.

순식간에 거리를 좁힌 그것이 어두운 회색 피부와 갈고리 발톱, 부리, 날개를 가진—.

“데몬(악마)!”

탐색자 동료의 목소리에 반응한 것은 좋았지만, 주도권을 장악하는 것이 늦었다.

그녀는 치명적일 정도로 늦었고, 그리고 악마— 돌의 악마는 치명적일 정도로 빨랐다.

숙명도 우연도 아니고, 무자비할 정도의 능력 차이가 그녀를 덮쳤다.

“앗?!”

깨달았을 때는 이미 다리가 땅에서 떠올라 있었다.

버둥버둥 다리를 흔들었지만 의미가 없었다. 그녀는 단숨에 공중으로 끌려 올라갔다.

지상이, 마차가, 동료가, 순식간에 멀어졌다.

"으, 아…… 아파…… 히익?!"

필사적으로 저항하려고 석장으로 악마를 때리자마자 갈고리 발톱이 어깨에 파고들더니 흔들어댔다.

아래를 본 그녀는 너무나 높은 곳이라 비명을 질렀다. 하반신이 축축해지는 걸 느꼈다.

"히크읏?! 으, 이익?!"

재난은 그뿐이 아니었다.

허벅지에도 달군 부지깽이를 들이댄 것이 아닌가 싶은 격통이 느껴진다.

탐색자가 어떻게든 해보려고 석궁을 쏜 것이다. 그리고 이 악마가 그녀를 방패로 삼았다.

눈물이 번지는 시야로 아래쪽을 보니 마술사가 무언가 외고 있는 것도 보였다.

그만둬그만둬그만둬그만둬. 그녀는 필사적으로 석장을 움직여 고개를 옆으로 흔들었다.

—아니야, 이건 악마가 아냐. 악마가 아니…….

"아아아아아악?!"

악마가 흐르는 뇌전을 회피하자 그녀가 커다랗게 흔들렸다.

허벅지에 박힌 화살이 더욱 살을 파고들었다. 그녀는 비명을 지르며 몸을 떨었다.

하지만 그것이 좋지 않은 행동이었다.

양 어깨의 발톱이 살과 거죽을 찢으면서 피에 미끄러졌다.

"힉."

목에서 비명이 흘러나왔다. 부유감. 바람. 바람. 바람. 바람.

아파무서워무서워구해줘, 지식신 님, 신이여, 신이여……!

아쉽게도 그녀의 마음속 외침은 바람이기는 했지만 기도가 아니었다.

따라서 신에게는 닿지 않았다.

그녀에게 그나마 행운이었던 것은 고통을 전혀 느끼지 못했다는 점이었다.

하지만 불운했던 것은 땅에 떨어지는 순간까지 의식을 잃지 못했던 점이다.

경련하는 짓이겨진 고깃덩이가 되어버린 지금, 그녀에게는 이제 상관없는 일이었다.

§

"그래서, 어쩔 거야?"

휘이이. 바람이 지나가는 황야에 거친 남자의 목소리가 울렸다.

창을 어깨에 올리고 갑옷을 입은 모습은 그야말로 용맹한 미장부라 할 수 있었다.

창잡이의 눈앞에는 한낮의 햇살을 받아 반짝거리며 빛나는 순백의 탑이 우뚝 서 있었다.

외벽은 반질거리는 광택을 가진 하얀 돌인데, 이음매 하나 없이 하늘로 이어지는 걸 보니 상아 같은 것일까?

그러나 이 정도로 거대한 코끼리가 없다는 것을 생각하면, 무슨 마술의 산물이란 것은 의심할 여지가 없었다.

“언뜻 보기에도 60층쯤 되는 거 아냐?”

“정면으로 돌파하는 건, 좀 수고롭겠군.”

대답하는 자. 이 또한 창잡이에 전혀 뒤지지 않는 사나이였다.

울끈불끈한 근육질 몸에 갑옷. 등에는 자신의 키만 한 **폭이 넓은 대검**.

변경 도시에서 이름 높은 중장 전사는 손바닥으로 햇살을 가리며 하늘을 우러러 보고, 눈을 가늘게 떠서 탑 정상을 살폈다.

“십중팔구 이런 탑을 만드는 놈은 안에 괴물과 함정을 갖추는 성격 더러운 놈일 게 뻔하지.”

그의 발치에는 갈기갈기 찢어진데다가 높은 곳에서 내던진 것으로 추정되는 주검이 있었다.

목에 건 인식표는 이미 회수했다. 이름, 성별, 등급, 직업.

젊은 아가씨였던 것 같은데, 죽은 다음에 떨어졌는지 떨어져서 죽었는지도 모를 꼴이었다.

광야에 노출된 탓에, 들개나 까마귀 같은 것들이 실컷 먹어 치웠다. 물리거나 쪼인 자국투성이였다.

그 밖에도 검붉은 얼룩이 점점이 탑 주위에 있는 것을 보니, 대체 몇 명이나 시체가 되었는지 모르겠다.

“괴팍한 마술의 달인이 은둔하려고 세웠다 쳐도, 이래서는 안 되겠지.”

Non-Prayer
중장 전사는 시체를 부츠로 슬쩍 건드렸다. 탑의 주인은 기도를 잊고 있었다.

그렇다면 사양할 것 없다. 괴물을 상대로 강도질(핵 앤 슬래시) 하는 것이 모험가의 일이었다.

"정면으로 상대할 필요는 없겠지."

마지막 한 사람이 낮은 목소리로 담담하게 말했다.

지저분한 가죽 갑옷, 싸구려 철 투구, 팔에는 작은 원형 방패, 허리에는 어중간한 장검을 찬 남자.

그는 허리에 매단 가방에 손을 넣어 장비를 뒤졌다.

"벽을 오른다."

"어이어봐, 로프라도 걸자는 거냐? 중간에 갈고리가 빠져서 떨어지는 거 아냐?"

"쐐기를 양손에 쥐고 박아 넣은 뒤에 몸을 끌어 올린다."

질색하며 어깨를 으쓱거린 창잡이는 고블린 슬레이어가 꺼낸 쐐기를 보고 눈을 뒤집었다.

"등반 경험은 있나?"

"산을 오르는 정도라면 있지. 절벽도."

중장 전사가 팔짱을 끼고 생각에 잠겼다. 탑을 향해 손가락을 뻗어 높이를 재어 보고 혀를 한 번 찼다.

"중간에 적에게 공격을 받았을 때 전투가 문제다. 데몬이 아니라도 가고일은 무서워."

"가고일?"

"돌 석상이야."

중장 전사가 대강의 크기를 손으로 나타냈다.

"날개가 돋았고, 움직이고, 하늘을 난다."

"음."

고블린 슬레이어가 한 번 신음했다.

"그런 놈도 있나."

"그래. 나는 타격 무기가 좋기는 하지만……. 마법사가 있으면 편하지."

"야, 정말로 할 생각이냐?"

상당히 진지하게 작전을 짜기 시작하는 중장 전사에게, 창잡이가 믿을 수 없다는 표정으로 말했다.

"그럼 정면으로 돌파해서 베고, 때려 부수고, 함정 감지해서 해제하고 탐색할래? 나는 사양하겠어."

중장 전사는 깊고 깊은 숨을 내쉬고 등 뒤의 대검 위치를 조정해 견갑골 사이로 바꾸었다.

"지금 우리는 마술사도 승려도 도적도 없잖아."

그렇게 말하면 창잡이도 입을 다무는 수밖에 없었다.

§

세상에 모험의 무대가 끊어진 것은 없었다.

온 세계에 신화시대의 전장 터와 유적은 수없이 많고, 변경이라면 더욱 많다.

질서든 혼돈이든 나라가 번영하고는 난세가 찾아와 멸망하며, 또한 나라가 흥하는 것을 반복해 왔다.

그 탓에, 딱히 새로운 유적이 한둘 발견되는 정도는 크게 소동이

나는 일도 없었다.

그러나 어제까지 아무 것도 없던 장소에 유적이 생겼다면 이야기가 달라진다.

광야에 우뚝 선 상아탑을 처음 발견한 것은 지나가던 상단이라고 한다.

본래 그곳에 있었어야 할 숲이 사라지고, 대신 하얀 첨탑이 일행을 내려다보고 있었다.

상인들이 얼마나 놀랐는지는 짐작하고도 남았지만, 그들도 넋 놓고 있을 여유는 없었다.

머리 위에서 박쥐같은 날개를 가진 사람 모양의 괴이가 공격해 왔으니까.

데몬! 꺼림칙한 혼돈의 권속! 기도하지 않는 자!

간신히 도망쳐온 상인들의 보고는 모험가 길드를 통해 왕에게 도착했다.

군을 보내 섬멸하면 한 건 해결— 이 되면 좋겠지만, 일은 그리 간단하지 않았다.

애당초 군을 움직이려면 일손과 돈이 들어간다.

이 경우 일손은 백성이며, 돈이란 세금이다.

내년의 세금이 늘어날지도 모른다. 군역으로 복무 중인 가족친지가 죽을지도 모른다.

백성으로서는 견딜 수 없는 일이다. 불만도 쌓일 수 있다.

그리고 화산에 사는 용의 감시나, 아직 주위를 위협하는 마신왕의 잔당 따위 등 여러 가지 문제도 있다.

군을 움직인다는 것은 다른 곳이 미흡해진다는 것이기도 했다.

이번 일이 미끼나 양동이라면 어찌할 것인가?

악마가 모여들었다지만 그저 황야에 탑이 솟은 것뿐이다.

괴팍한 마술사가 세웠을지도 모른다. 아직 세상이나 국가 존망의 위기라고는 할 수 없었다.

군을 움직일 도리가 없었다.

그러면 무엇을 위해 군이 있는가? 혼돈의 세력이 침공할 때를 대비한 것이다.

지난번 싸움, 새로운 백금 등급의 용사와 마신왕의 결전에서는 전열을 가다듬어 전투를 벌였다.

병력의 소모가 격렬했다. 많은 수가 죽고, 많은 수가 상처를 입었다.

이렇게 되었으니 금방 다음 싸움, 다음 전투를 할 수는 없다.

무엇보다 유적이나 동굴 따위에 대군을 투입하면 전멸하는 것이 빤하다.

군대는 야외에서 적군과 싸우기 위해 있는 것이지, 말도 들어가지 못하는 좁은 곳을 위한 집단이 아니다.

유적이나 동굴에는 괴물이 있다. 괴물이 개척 마을을 위협한다.

그 모든 것에 군을 보내는 일 따위는 도저히 할 수 없었다.

좋은 왕후귀족이기에 그리 간단히 자신의 군을 움직이라고 말하지 못한다.

"그러나, 간과해도 될 일은 아니겠지."

오랜만에 벗을 방문한 젊은 왕이 깊은 한숨을 내쉬었다.

나뭇잎 사이로 부드럽게 햇살이 내리쬐는 그곳은, 온화하고 청량한 정적이 가득했다.

잔디는 정성스레 손질을 했고, 꽃향기도 풍부하다. 나무들 사이에 늘어선 하얀 기둥은 거목 같았다.

어디선가 흘러드는 물소리가 긴장된 신경을 편안하게 해주었다.

"어찌하면 좋겠나?"

"어머나."

신전 가장 안쪽에서 숨 쉬는 정원. 그곳의 주인인 성녀가 요염한 미소를 지으며 고개를 갸웃거렸다.

아름다운 금발이 벌꿀처럼 흘러내려 그녀의 풍만한 가슴 위로 떨어졌다.

"고블린 때는 못 본 척하셨으면서, 참으로 편하게 말씀하시고……."

"개인으로서는 비극일지언정, 전체적으로 보면 사소한 일인 것은, 알고 있지 않나?"

왕은 짧게 말하고 말을 떨쳐내듯 손을 흔들었다.

준비된 의자에 앉는 동작은 거침없으면서도 우아했다.

왕의 기운이란 것일까? 기품이라고도 할 수 있었다. 나면서부터 그것을 타고난 자의 움직임이었다.

"그리고 모험가들이 고블린을 쓰러뜨리지 못할 도리가 없지."

"……그렇네요."

그것은 엄연한 사실이었다.

고블린은 위험하며, 패배하면 한 마디로 비참한 운명이 기다리고 있었다.

그러나 고블린은 역시 가장 약한 괴물이며, 패배한 뒤의 운명이 무참한 것은 고블린뿐은 아니었다.

용에게 깨물리든, 슬라임에게 당해 녹아내리든, 골렘에게 짓밟혀 뭉개지든…….

마지막에 기다리는 것은 고블린의 노리개가 되는 것과 마찬가지, 평등하게 같은 죽음이다.

체력이든, 기량이든, 행운이든, 고블린을 쓰러뜨리지 못하면 결국 앞날을 기대할 수 없었다.

"폐하는 상냥하시니……."

희미하게 열린 여자의 입술에서, 장난스런 노래가 흘러나왔다.

참으로 상냥하신 영주님
민초에게는 세금을 거두지 않고
거친 강에서 물을 길어 내리고
시정에 빠짐없이 도움을 내리고
관리들을 침대에 재우고
굶주린 사람에게 식사를 베풀고
병사들에게는 인내를 내리고
고블린의 소굴에 용사를 보내고
수도를 트롤의 진수성찬으로 바꾸었다네

선량한 귀족이란 것을 비웃는 노래를 들은 왕은 표정을 찌푸리고, 여자는 키득키득 어린아이처럼 재잘거렸다.

"이럴 때야말로 모험가가 나설 때가 아닌가요? 폐하."

"역시 그리 되겠지……."

왕은 미간에 손을 대고 그곳을 문질러 풀어주며 수긍했다. 그렇게 되리라 생각은 하고 있었다.

군대를 괴물 퇴치하는 일에까지 보낼 수가 없다.

그렇기에 무뢰한들에게 신분을 내리고, 보수를 내리고, 모험가로서 보내는 것이다.

그렇게 세상은 돌아가고 있었다. 이번에도 그리 하면 되는 것이다.

모험가가 괴물 퇴치 일만 하는 것은 아니지만—.

"상단은 악마라고 했지만. 실제로는 어떤지 알 수 없는 일이다."

왕은 하는 수 없단 기색으로 고개를 젓고, 의자에 깊숙하게 체중을 실었다.

옥좌에서는 이럴 수 없다. 그는 눈을 감고서 폐에 한 가득 정원의 상쾌한 공기를 들이쉬었다.

"상인이 악마와 가고일의 구분이 될 리 없을 거다."

"그러면, 나쁜 마법사의 탑이군요."

신전의 주인인 여자가 키득키득 웃음소리를 흘렸다.

"어머, 무서워라."

남 일처럼 중얼거렸다.

왕은 고개만 들어서 게슴츠레한 눈으로 그녀를 노려봤지만 그 이상 뭐라 말하지 않았다.

고블린에 관한 안건을 뒷전으로 돌렸더니 이런 식으로 콕콕 찌르며 놀리는 것이다.

자신의 시정에 대한 불평불만을 감수하는 것이 왕의 그릇이란 것

이다.

무능하다고 부를 거면 불러라.

“고블린보다는 훨씬 위험하다. 그러나 마신놈들과 비교할 바는 못 되지.”

“그렇네요.”

“남방에서는 또 어느 사령술사(네크로맨서)가 고분을 파냈다고 하더군.”

왕은 한심스럽다고 할 수 있을 정도로 깊숙이 등받이에 몸을 기댔다. 의자가 끼익 삐걱거렸다.

“망자의 군세다. 이래서는 도저히, 고블린이나 탑 하나 같은 것에 시간을 들일 여유가 없다.”

“후후, 참 수고하시어요.”

말하면서, 여자는 여보란 듯 옷자락 사이로 허벅지를 드러냈다.

“입장이란 것은 골치 아픈 것이다.”

왕이 중얼거렸다.

“벗을 만나는 데도, 명분이 필요하지.”

“입장이란, 그런 것이죠.”

그녀가 속삭였다.

“보이는 것, 보이지 않는 것, 모두 변한답니다.”

“옛날처럼, 검을 들어 동료들과 함께 도전하면 된다, 라고 말할 수 없게 되어 버렸다.”

한숨을 쉰 왕은 과거를 애절하게 곱씹는 기색으로 중얼거렸다.

“미궁에 도전하는 한 사람의 군주(로드)였던 때가, 훨씬 마음 편했던 것 같군.”

“어머나, 노상강도(부쉬워커)에게 엉망으로 당하고 도망쳤던 분이, 어엿해지시었네요.”

“이상하게 슬라임에게만 당해서 지독한 꼴을 당했던 파티도 있지 않았던가?”

야유하는 말에 똑같이 비꼬는 말이 돌아왔다. 검의 처녀는 살짝 숨을 내쉬었다.

“저 또한, 때때로 이 입장을 벗어 던지고 한 사람의 소녀로 돌아가고 싶어진답니다.”

“지고신의 대주교씩이나 되는 인물이라도, 그러한가?”

“그럼요.”

눈이 먼 성녀는 볼을 희미하게 장밋빛으로 물들이고 입술을 요염하게 비틀었다.

그녀는 고동을 억누르듯 풍만한 가슴에 손을 대고, 사랑을 속삭이듯 녹아내리는 목소리를 흘렸다.

“요즘에는, 더욱이…….”

“서로서로 이토록이나, 생각대로 하지 못하는 법이군.”

그렇기에 재미있다. 그렇게 말하며, 왕은 당당한 동작으로 의자에서 일어섰다.

“그러면, 이제 그만 실례하도록 하지. 일단, 이래 봬도 몇인가 전투 사제를 빌리러 온 것뿐이다.”

“네, 폐하. 이야기를 할 수 있어 기뻤사옵니다.”

“과연 그런지 모르겠군.”

왕은 친근함을 담은 신랄한 표정으로 경쾌하게 웃었다.

"나보다는 다른 누군가를 생각하는 말투였잖나?"

§

"아니, 무리겠어."

국왕의 서명이 들어간 의뢰에 대해서, 중장 전사는 딱 잘라 고개를 저었다.

"어려운가요……."

"그게 말이지. 지금 우리 쪽 녀석이 몸이 안 좋단 말이야. 안 그랬으면 받았어."

"난처하네요."

카운터에서 중장 전사가 떫은 표정을 짓자 접수원 또한 눈썹을 찌푸렸다.

그녀가 손에 든 것은 「악마의 탑」이라고 잠정적인 이름이 붙은 유적의 탐색 의뢰였다.

갑작스레 나타난 유적이나 미궁 같은 것들은 요즘 들어서 그리 드문 것도 아니었다.

지난번 마신왕이 토벌된 이후로 각지에서 잔당이 암약하고 있었다.

군이 손실을 회복하는 동안 사악한 마술사 같은 것들이 사람들의 눈길을 꺼리지 않게 되었다.

접수원— 연장선상으로 길드로서는 의뢰를 떠넘기는데 생각하는 바가 없다고 하면 거짓말이었으나…….

한 건당 금화 수십 닢의 보수라지만 그것이 100건이고 200건이고 있는 것이다.

국고가 유한하다는 것을 생각하면 그 이상의 사치스런 말은 할 수 없었다.

"상대가 데몬이라며?"

내심 한숨을 내쉰 그녀의 모양이 예쁜 가슴 속을 아는지 모르는지, 중장 전사가 의뢰서를 검토했다.

거친 장갑을 낀 손가락이 종이 위를 춤추는 문자를 차근차근 따르더니 찰싹 두드렸다.

"하다못해 주문술사랑 척후가 있어야지. ……그것도 은 등급으로."

"세 사람인가요……."

"그건 최소인원이야. 가능하다면 주문술사는 마술사와 신관직, 그리고 전위는 나를 포함해서 세 명으로, 전부해서 여섯 명은 있어야겠는데……."

으으음. 접수원은 진지한 표정으로 생각에 잠기더니 손에 든 서류를 의미도 없이 파라락 넘겼다.

모험 기록 용지.

모험가들이 각자 헤쳐 나온 수많은 모험, 그에 따라 성장한 능력이 기록되어 있었다.

어떤 의미로 이 서류 다발이야말로 모험가의 생명 그 자체라고 해도 과언이 아니다.

이 안에는 새내기도 있는가 하면, 마술사도 신관도 척후도 전사도 그야말로 넘쳐난다.

그러나 상급자까지 성장하는 자를 추려 보면 그 수가 뚝 떨어지고

만다.

중견쯤 되는 베테랑이 가장 적은 것도 문제지만…….

—그렇게 딱 맞는 사람은 없단 말이죠.

접수원은 길드를 떠들썩하게 만드는 모험가들을 슬쩍 둘러보았다.

물론 실력이 높은 것도 전제지만, 그러면서도 인격에 문제가 없는 인물이 필요했다.

그도 그럴 것이 이번 의뢰는 국왕이 의뢰인이었다. 힘만 자랑하는 위인들은 제외대상이다.

다소 이기적이거나 야심이 있는 건 괜찮지만, 본질을 호도하지 않는 인물이어야 하는데…….

"그러면서 주문과 전투를 양립할 수 있는 사람이 있다면, 좋겠지만……?"

"여기에 있어요—!!"

꿈만 같은 일이겠죠. 생각하면서 흘러나온 혼잣말에 활기차게 반응하는 자가 있었다.

창을 들고서 의기양양, 이것이 바로 내 진가라고 말하듯 똑바로 카운터로 달려온 그.

그 모습을 본 접수원이「아아」하며 얼굴에 억지 미소를 지었다.

"그러고 보니, 주문도 익히고 계셨죠."

"온갖 상황에 대응할 수 있어야 모험가라 할 수 있으니까요!"

자신만만하고 힘차게 고개를 끄덕인 창잡이는 전혀 눈치를 못 채고 있었다.

"어이쿠."

한편으로 중장 전사가 자기 이마를 두드리는 걸 보면 알기 쉽게 대응한다고 생각하는데…….

그렇지만, 창잡이가 마녀와 함께 행동하는 것을 접수원이 모를 리 없었다.

"그러니까, 그쪽 파티는 괜찮으신가요?"

"아아, 괜찮아요. 지금은 모험(데이트)을 한 다음이니까, 잠깐 쉬라고 할 겁니다."

—괜찮을까요……?

접수원이 그의 어깨너머로 등 뒤를 슬쩍 바라보자 마녀의 모습이 보였다.

그녀는 종잡을 수 없는 미소를 지은 채 긴 의자에 앉아 쉬고 있었다.

그러다가 한 손을 들어 이쪽을 향해 흔들었다. 「마음대로 해」라는 뜻일까?

—그런 태도가 가장 곤란한데 말이에요…….

접수원이 한 손으로 머리채 끝을 만지작거리며 희미하게 탄식했다.

그녀 입장에서 이쪽은 연적일 텐데— 일에 관해서는 별개란 걸까?

—아니, 저도 공사를 혼동하면 안 되는 거겠죠.

"그러면, 우선 두 사람……으로 괜찮을까요?"

"그래, 나는 상관없어. 이 녀석이라면 신뢰하…… 신용은 할 수 있으니까."

중장 전사가 미묘하게 말을 흐리며 수긍했다. 하지만…….

"그래도 아직 부족하군."

이어지는 조용한 불평에 창잡이가 반응했다.

"나도 보여줘."

중장 전사에게서 의뢰서를 가로채면서 창잡이가 고개를 갸웃거렸다.

"뭐가 부족한데?"

"하다못해 척후라도 있어야해."

"실력 좋은 척후는 몇 안 돼. 너네 꼬맹이는 어쩌고?"

"악마들을 상대로 혼자만 끌고 갈 생각은 없어."

중장 전사가 씁쓸한 표정으로 「책임져줄 수가 없다」라고 말하며 창잡이를 찌릿 노려보았다.

"성향이 선일 것까지는 바라지 않는다만, 하다못해 중립이 좋겠는데."

성향이 선이냐 악이냐 하는 것은 문자 그대로의 의미가 아니라 이타적인가 이기적인가, 호전적인가 아닌가였다.

척후나 도적 같은 사람들은 아무래도 이기적이며 적극적인 경향이 강했다.

여차할 때 성격의 불일치 때문에 다툼이 일어날 가능성을 줄이고 싶다면 고려할 여지가 있는 요소였다.

"그러니까 필요한 건……."

척후이며, 전위이기도 할 것.

실력에 문제가 없고, 인격도 양호할 것.

공사혼동을 하지 않는 성질. 경향은 선이나 중립.

그리고 이런 의뢰를 받아 줄 법한—.

"아, 한 사람 있어요!"

짝. 접수원이 손뼉을 치며 자리에서 일어서자 창잡이가 의문스런 표정으로 올려다보았다.

한 순간 그의 시선이 가슴에 머물렀던 것을 접수원은 눈치 챘지만 지금은 일단 신경 쓰지 않는다.

"어라? 그런 녀석 있었나요?"

"실력이 좋은 건 보증한답니다?"

생긋 웃으면서 한쪽 눈을 감는 서비스까지 해준 뒤, 그녀는 얼른 걷기 시작했다.

서류를 가슴팍에 꼭 끌어안고, 또각또각 구두 소리를 내면서 멋지게 걷는다.

목적지는 길드 대합실 구석의 긴 의자. 그가 항상 앉는 자리다.

다가오는 자신의 모습을 깨닫고서 철 투구를 돌려주는 것만 봐도 약간 기뻤다.

그리고 그는 낮은 목소리로 담담하게 말했다.

"……고블린인가?"

§

"거 참, 설마 네가 받아들일 줄은 몰랐다."

"고블린 퇴치 일이 없었으니까."

그리하여 탑 앞에 모인 세 명의 모험가. 중장 전사를 리더로, 창잡이와 고블린 슬레이어.

흄 전사 남성, 흄 전사 남성, 흄 전사 남성라는, 보는 사람에 따라 쓴웃음을 지을 수밖에 없는 파티.

하는 수 없이 이러한 파티를 짜는 것은 종종 흔히 있는 일이기는 하지만 말이다.

"그리고, 돈이 필요했다."

"뭐 대충 고블린 퇴치용이겠지?"

창잡이가 웃으며 말했다.

"아니."

고블린 슬레이어는 고개를 옆으로 저었다.

"그렇지는 않지만, 서두르고 있다."

"금액에 따라서 빌려줄 수도 있다."

중장 전사가 눈앞에 우뚝 선 탑을 방심하지 않고 살피며 말했다.

"너라면 죽지도 않을 것 같으니까."

"고맙긴 하지만, 사양하지."

"뭐, 그럼 됐다."

중장 전사가 고개를 끄덕이자 고블린 슬레이어는 가방 안에 손을 집어넣었다. 그리고는 뒤적뒤적 뒤지더니 쐐기 다발과 작은 망치를 꺼냈다.

"그리고, 이미 빚이 있다."

"뭐—가, 빚이란 거냐."

창잡이가 짜증을 내며 혀를 차고는 힘껏 표정을 찌푸렸다.

"우리들은 모험가란 말이다. 의뢰를 수행한 정도로 빚이란 말은 듣고 싶지 않아!"

"그런가."

"그리고 너 그때 정말로 한 잔밖에 안 샀잖아. 빚은 아직 잔뜩 남았어!"

"방금 전하고 말이 달라지지 않았냐?"

기가 막힌 표정으로 중얼거리는 중장 전사의 말을 두 사람은 들었는지 못 들었는지.

고블린 슬레이어는 이어서 꺼낸 로프 한 다발의 고리를 자기 어깨에 걸었다.

"그 때는 한 잔 산다고 약속한 거였잖나."

"뭣……?!"

고블린 슬레이어가 말하자 창잡이가 말을 잃었다.

중장 전사는 두 사람의 대화를 들으며 필사적으로 웃음을 죽여야 했다.

"칫, 칫."

창잡이는 어색한 표정으로 혀를 차면서 외벽을 쿵쿵 두드렸다.

"……그, 그건 그렇고 이 벽은 단단한데. 쐐기 들어가냐?"

얼버무릴 셈이었지만 다른 두 사람도 거기에 태클 걸지는 않았다.

분명히 하룻밤인가 이틀에 걸쳐 갑자기 생긴 탑이다. 제대로 된 자재가 아닐 것이 명백했다.

"어디, 줘 봐라."

"그래."

불쑥 내민 손에 고블린 슬레이어가 쐐기와 망치를 건넸다.

받아 든 중장 전사는 쐐기를 대더니 금속 망치로 쾅쾅 두드려보고 신음했다.

"확실히. 이거 단단하군."

번들거리는 광택의 탑 외벽에는 상처 하나 보이지 않았다.

그러자 중장 전사는 차근차근 자기 양 팔에서 가죽 장갑과 반지를 벗었다.

장비를 배낭에 집어넣고, 대신 붉은 액체가 들어간 약병을 꺼냈다.

뚜껑을 열고 단숨에 들이켠 그것은 스트렝스 포션(근력상승의 물약)이리라.

중장 전사는 들이켠 병을 집어넣은 다음에 한손검, 그리고 홍옥이 빛나는 반지를 꺼냈다.

"헤에, 피지컬 인챈트(신체 강화) 반지구만."

창잡이가 흥미롭다는 목소리로 말했다.

중장 전사가 마검을 든 것에는 놀라지도 않았다.

마법의 무기는 희귀하지만, 은 등급이라면 하나 정도 가지고 있어도 당연한 것이었다.

"평소에는 검술 숙달의 반지하고 마법의 장갑이 있으니까 별로 나설 차례가 없더라."

중장 전사는 한손검을 허리띠에 고정하고, 반지를 끼운 손으로 쐐기를 쥐었다.

"흠!"

그리고 그것을 때리자, 이번에는 쉽사리 외벽에 쐐기가 박히지 않는가?

"봐라, 고블린 슬레이어. 저게 바로 일류 모험가의 장비란 거다."

어째서 네가 자랑하는데? 중장 전사가 뭔가 말하고 싶은 표정이었지만, 창잡이는 무시하고서 콧대를 높이며 말했다.

“너도 마검 한 자루 정도는 가지고 다니면 어때? 멋이 안 나잖아?”

“마검을 가질 생각은 없지만, 반지라면 가지고 있다.”

“엥?”

“수중 호흡이다.”

고블린 슬레이어는 짧게 말했다.

“고블린 놈들에게 빼앗겨도 타격이 없다.”

“뭐에 쓰는데? 그리고…… 빼앗기는 게 전제냐?”

“당연하다.”

창잡이가 미간을 짓누르자 철 투구가 세로로 흔들렸다.

“그건 고블린 놈들 손가락에는 안 맞는다.”

“그 녀석한테 무슨 말을 해도 소용없다는 걸 좀 배워라.”

중장 전사가 웃음을 죽이면서 쐐기를 붙잡고 쑤욱 몸을 올렸다.

그리고 한 팔로 자세를 유지한 채 새로운 쐐기를 박아 넣고, 중장 전사는 탑을 오르기 시작했다.

휙휙 오르지는 못해도 몸놀림은 상당했다.

갑옷에다 대검까지 등에 지고 등반하는 것이다. 어지간한 근력으로는 할 수 없다.

“그렇지. 물약은 경비로 쳐도 되겠지? 물약 값을 빼고 삼등분한다.”

“문제없다.”

“알았어.”

고블린 슬레이어는 즉답했고, 창잡이도 딱히 반론 없이 동의했다.

보수 분배로 다투는 것은 주점에서 하면 충분하다는 것 정도는 어엿한 모험가에게는 상식이다.

그리고 쓰지 않고 가지고만 있다가 죽어 버리면 아무리 귀중한 도구도 의미가 없었다.

중장 전사에 이어 고블린 슬레이어가 쐐기를 붙잡자 등 뒤에서 창잡이가 노골적으로 혀를 찼다.

"칫, 내가 마지막이냐."

우뚝 멈춘 고블린 슬레이어가 쐐기에 손을 댄 채 돌아보았다.

"먼저 오르겠나?"

"방어(탱커)가 첫째, 척후가 둘째. 나도 따라가야 되니까 얼른 올라가."

"그런가."

몸을 쑤욱 끌어당겨 올리고, 다음 쐐기를 잡고, 지난번 쐐기에 발을 디디고, 하나씩 올라간다.

그리고 그것을 하염없이 반복하는 것이다. 위를 보지 않고, 아래도 보지 않는다. 좌우를 경계하면 된다.

눈앞에 닥친 일을 그저 묵묵히 해나가면 언젠가 정상에 도달한다.

각자 걸맞은 경험을 쌓은 모험가에다, 붙잡을 곳도 디딜 곳도 있다.

올라감에 따라 강해지는 바람만 조심하면 외벽 등반 자체는 어려울 것 없었다.

문제는 장해가 되는 것이 바람만은 아니란 것이다.

"어이."

척후로서 계속 좌우를 살피던 고블린 슬레이어가 말했다.

"서쪽이다."

고블린 슬레이어가 말했다.

"수는 셋. 날개가 있다. 고블린이 아니다."

"드디어 납셨군……. 피부색은?"

"회색이다."

"역시나……."

중장 전사가 대답을 듣고 수긍했다.

"그건 틀림없이 가고일이야."

"가고일?"

호오, 고블린 슬레이어가 소리를 흘렸다.

"저게 그건가?"

"스톤 데몬일지도 모르지만, 십중팔구 맞을 거야."

난로 구석에 웅크리고 있는 어두운 재와 같은 색을 한, 날개를 가진 데몬.

언뜻 그렇게 생각해 버릴 법한, 돌로 만들어진 괴물이 가고일이었다.

본래는 신성한 영역을 지키는 존재였던 가고일도 이제는 기도하지 않는 자이다.

용맹하고 흉측한 모습이 문제였는지 기나긴 세월을 거쳐 혼돈에 끌려들어가고 말았다.

본래 석상이었으니 날갯짓 정도로 날 수 있을 리 없지만, 실제로 가고일은 하늘을 난다.

그럼에도 돌의 몸과 팔을 가졌으니 상당히 버거운 상대라고 할 수 있었다.

"정말로 본 적 없냐? 유적 같은데 가끔 있잖아."

"몇 번 정도."

고블린 슬레이어는 천천히 고개를 좌우로 저었다.

"저것이 그것인 줄은 몰랐다."

"하긴, 어차피 곧 죽을 거야."

상어처럼 사나운 웃음을 지은 창잡이의 시야에도 괴물의 모습이 말 그대로 날아들었다.

탑 위에서 나선을 그리듯 빙글빙글 날갯짓하고 있었으니 본래는 정찰병이었을 것이다.

설마 외벽을 올라올 줄은 생각 못했는지 황급히 강하하고 있었다.

적과 마주치기까지 그리 시간이 없지만, 모험가들은 그다지 겁먹은 기색도 없이 대범한 태도를 무너뜨리지 않았다.

"가고일이 햇빛에 약하다는 건 헛소문이었군."

창잡이가 쐐기에 걸친 발을 움직여 자세를 조정하며 노려보았다.

"붙들려고 접근하면 베어 버릴 건가?"

고블린 슬레이어는 방패를 고정한 왼손으로 몸을 지탱하면서 검을 역수로 뽑았다.

"저쪽을 발판 삼으면 떨어져도 죽을 일은 없지. 전선 이탈은 피할 수 없겠지만."

"《제동》 주문을 걸면, 말이겠지. 그런데 그건 일격으로 못 베었을 때 이야기잖아?"

중장 전사가 희미하게 하얀 빛을 두른 한손검을 뽑았다. 마력의 빛이다.

그리고 칼자루에 달아둔 장식끈을 입에 물고서 손목에 빙글 감았다.

"나는 한 손으로도 충분히 할 수 있거든?"

"백병전을 하기 전에 마술전을 해야지. 이 근육뇌 자식들."

창잡이는 눈을 가늘게 뜨고서 한손으로 귀걸이— 마법의 발동체를 만졌다.

발치를 힐끗 보고서 그의 동작을 확인한 고블린 슬레이어가 고개를 좌우로 저었다.

"나는 생각하며 움직인다."

"아래쪽과 마찬가지."

중장 전사가 덧붙였다.

"알았으니까 닥쳐! 집중을 못하겠잖아!"

"GARGLEGARGLEGARGLE!!"

가르르르 양치질 하는 것처럼 탁한 울음소리와 함께 악귀와 같은 모습이 덤벼들었다.

그러나 창잡이는 당황하지도 소란을 피우지도 않고, 세상의 이치를 덧씌우는 진정으로 힘 있는 말을 입에 담았다.

"《호라(시간)…… 세메르(일시)…… 시렌트(정체)》!!"

갑자기 바람이 멎었다.

대기의 흐름이 멎고, 멀리서 들리던 소리가 끊어지고, 정체되더니 움직이지 않게 되었다.

창잡이의 말이 세상에 넘쳐 사물의 도리를 비틀어 지연시킨 것이다.

《슬로우(정체(停滯))》의 주문이었다.

"GARGLEGARG?! GARGLEGARG!!"

"GARGLEGARGLEGAR!!"

날갯짓을 해도 날개가 힘을 발생시키지 못하자 가고일은 하늘에

머무르지 못하게 되었다.

중력의 손에 붙들린 괴물 셋이 몇 초에 걸쳐 수십 층을 낙하했고, 곧 산산이 부서져 재로 돌아갔다.

잔해로 변해버린 이상 이제 두 번 다시 살아있는 석상이 움직이는 일은 없으리라.

"얼씨구, 전멸이냐? 근성이 없구만."

"역시 이 높이에서 떨어지면 대개는 죽는군."

중장 전사가 시시하단 듯 입술을 삐죽거리고, 고블린 슬레이어는 칼집에 검을 집어넣었다.

금세 쐐기를 붙잡으며 등반을 재개한 두 사람에게 창잡이가 노골적으로 얼굴에 불만을 드러냈다.

"너희들, 내 주문을 조금은 칭찬하라고."

"좋은 수였다."

고블린 슬레이어의 무뚝뚝한 말이 돌아왔다.

"언젠가 써먹지."

"고블린 상대로 말이냐?"

"그것 말고는 없겠지."

더욱 이어지는 말에 창잡이는 마음속 깊이 지긋지긋한 기색으로 고개를 좌우로 저었다.

고블린을 하늘 높이 띄운 다음에 떨어뜨린다. 제대로 된 모험가가 할법한 일이 아니었다.

하물며 그것이 자신의 발안이라면— 좀 봐주라. 이 한 마디밖에 할 말이 없다.

"그보다도, 남은 주문은 몇 번이지?"

중장 전사가 말하자 창잡이도 정신을 차렸다.

늦을 수는 없다고 생각하고 쐐기를 붙잡아 몸을 끌어올리며 위를 향해 외쳤다.

"앞으로 한 번이다."

인정하는 것은 석연찮지만 사실은 사실이었다.

"본직이 아니니까."

"좋아, 다음에 또 등반 중에 습격을 받으면 한 번 내려가서, 하룻밤 휴식. 정면 돌파로 전환한다."

중장 전사의 판단은 재빨랐고, 또한 적합했다.

주문을 모두 사용하고서 적진에 도전할 것인가, 회복시킨 다음 적진에 도전할 것인가?

아무리 생각해도 후자가 생존율이 높았다.

그것을 이해하고서 창잡이가 씨익 입가를 비틀었다.

"꼭대기 직전이라도?"

"직전이라면 달라지지."

창잡이가 농담을 하자 중장 전사가 송곳니를 드러내며 웃었다.

"리더는 너다."

고블린 슬레이어는 조용히 고개를 끄덕였다.

"지시에는 따르지."

"좋아, 그럼 간다."

중장 전사가 쐐기를 달라고 손을 내리자 고블린 슬레이어가 가방에서 꺼낸 다발을 건넸다.

편리한 도구라 많이 가지고 다닌 덕분에 등반에 부족할 일은 없을 것 같았다.

"어차피 우리가 온 건 들켰어. 화려한 환영을 기대하자고."

"그래."

짧게 응답한 고블린 슬레이어가 위를 올려다보았다.

중장 전사의 등에는 폭이 넓은 대검이 덜컹덜컹 흔들리고 있었다.

고블린 슬레이어는 대단히 진지하고 심각한 목소리로 말했다.

"검으로 치지 마라."

"시끄러."

창잡이가 아랑곳 않고 깔깔거리며 웃자, 중장 전사는 울컥한 표정으로 근육을 혹사시켰다.

목적지인 정상까지는 얼마 안 남았다.

§

탑의 정상은 무척 그럴 듯한 분위기의 공간이었다.

분화구처럼 움푹 패인 광장이 있고, 가장자리를 빙 둘러 원기둥이 늘어서 있었다.

지붕은 둥그스름한 천개(天蓋), 꼭 거대한 구체모양의 공간 같은 형태였다.

천정에는 천체도가 그려져 있지만, 흉흉하고 기이한 선은 기존의 어느 성좌하고도 일치하지 않았다.

바닥도 기둥도 순백. 기둥 틈으로 파란 하늘도 보였다. 그럼에도 짓눌리는 듯한 압박감.

가장자리에 단단히 손을 걸치고 몸을 끌어올린 중장 전사는 성좌를 올려다보며 역겨운 듯 콧김을 한 번 뿜었다.

"이거, 틀림없이 혼돈의 세력이구만. 뒷맛 신경 쓸 거 없이 싹싹 해치우자."

말하면서 그가 바깥 부분으로 내민 손을 가죽 장갑이 붙들었다.

중장 전사의 도움을 빌어 최상층으로 올라온 고블린 슬레이어가 주위에 눈길을 주었다.

"생각보다 편하게 올라왔군."

"그야, 남자 셋이니까."

중장 전사가 손에서 반지를 빼고 배낭에 넣으며 말했다.

그는 재빨리 원래 사용하던 장갑과 반지를 꺼내 장비하고 등 뒤의 대검을 움켜쥐었다.

"꼬맹이들한테는 이런 등반은 시키고 싶지 않아."

"아, 그건 동감."

눈앞에 내려온 가죽 장갑을 보고 조금 주저하면서 표정을 찌푸리던 창잡이가 답했다.

거칠고 조잡한 가죽 장갑이 창잡이의 손을 쥐고서, 마지막 한 사람도 옥상으로 몸을 끌어 올렸다.

"나도 그 녀석한테 시키고 싶지 않아. 애당초 올라오지도 못할 거야. 그렇잖아도 무거운 게 달렸으니."

저질스런 말투였지만 신기하게도 품위가 없게 들리지 않는다. 그의 인품 덕일까?

양손을 가슴 앞에 두고서 뭔가 들어 올리는 동작을 보고, 중장 전사가 한심스러워하는 눈빛을 보냈다.

"이해 못할 것은 없다."

고블린 슬레이어 또한 고개를 끄덕였다.

"후위의 체력을 낭비시킬 수는 없지. 녀석은 가녀리다."

"그런 방향이냐……."

창잡이가 깊숙한 한숨을 내쉬었다.

"좀 더, 그, 그런 거 없냐? 여자애의 용모는 칭찬을 해줘야지. 가슴이든 허리든 엉덩이든."

"칭찬해서 어쩔 텐가."

"인기가 생기잖아!"

"그런가."

고블린 슬레이어는 그를 더 상대하지 않고 검을 뽑았다.

원형 방패를 고정하는 띠도 점검하고, 검을 든 오른 손목을 빙글 돌렸다. 중장 전사가 그를 힐끔 보았다.

"체력은 소모 안 했지?"

"문제없다."

"좋아."

중장 전사가 가볍게 고블린 슬레이어의 어깨를 두드렸다.

"너는 어때?"

"그렇게 나약하지는 않아."

창잡이가 사나운 웃음을 짓고서 양손으로 가볍게 창을 쥐고 휘둘렀다.

리더가 동료 모두를 파악하고 있다는 걸 드러내는 것, 파티의 긴장을 푸는 중요한 일이다.

하물며 결전에 들어가기 전이라면 더욱 그렇다.

방심하지 않고 대검 끝을 옥상의 한 점에 겨눈 중장 전사는 입술을 가볍게 핥아 적셨다.

"시작한다."

과연, 그곳에 적이 있었다.

옥상의 중심, 푹 패인 바닥 부분에 웅크리고 있는 그림자가 하나.

스르륵. 미끄러지듯 몸을 일으키고자 꿈틀거리는 그림자에, 빨려 들어가듯 어스름이 모여들었다.

이윽고 어둠이 오래된 외투 같은 형태를 이루자 그 자는 신기루처럼 흔들리며 일어섰다.

"이놈들. 어리석은 필멸(모탈)자 놈들……!"

그것은 고목이 바람에 삐걱거리는 것처럼, 사람이 말하는 것이라 생각하기 어려운 목소리였다.

비쩍 마르고, 뒤틀리고, 늪지에 서 있는 그림자 같은 모습.

핏줄이 드러난 손가락이 낡은 지팡이를 움켜쥐고, 외투 아래에서 도깨비불이 타올랐다.

변명할 여지가 없을 정도로 사악한 마술사의 모습을 한 그 남자는 꺼림칙한 모험가에게 저주의 말을 내뱉었다.

"내 사색을 막아서다니, 참으로 역겨……?!"

그러나 그 말은 마지막까지 하지 못하고 간단히 끊어져 버렸다.

검이었다.

어중간한 길이의 조잡한 양산된 검.

공중을 휭 꿰뚫은 그 검이 빗나가지 않고 마술사의 가슴에 박힌 것이다.

"크억!"

한 마디 신음한 마술사가 목을 움켜쥐고서 무너졌다.

"어이어이. 말하는 건 마지막까지 들어줘라. 이번뿐이잖아?"

"제대로 상대할 필요는 없다."

고블린 슬레이어였다.

싱글싱글 웃는 창잡이의 옆에서, 태연하게 검을 던진 그 남자는 철 투구를 좌우로 흔들었다.

"그리고 아무래도, 제대로 된 상대가 아닌 것 같다."

맞는 말이었다.

풀썩 쓰러졌던 마술사, 그의 가슴에 꽂혀 있던 검이 눈앞에서 너덜너덜하게 삭기 시작했다.

순식간에 붉은 녹에 좀 먹혀 잔해로 변해버린 그것을 뼈가 드러난 손이 턱 붙잡아서 부숴버렸다.

"의식은, 이미, 이루어졌다!"

녹슨 칼날을 뽑으면서 포효하며 일어서는 마술사.

이 인물이 이미 기도하지 않는 자인 것은 명백했다.

중장 전사가 대검을 겨눈 채 고블린 슬레이어에게 시선을 힐끔 향했다.

"역시 가슴에 꽂은 게 안 좋았던 거 아니냐?"

"고블린의 머리 높이다."

단검을 뽑아 겨누면서, 고블린 슬레이어가 허리를 깊게 숙였다.

슬금, 슬금. 조금씩 발을 미끄러뜨리며 움직이는 것에 맞추어 마술사의 눈동자에서 타오르는 도깨비불이 화륵화륵 흔들렸다.

"나는 이제, 말을 가진 자의 손에 살해당하지 않는다……!"

"그렇댄다."

창잡이가 하품을 참는 것처럼 말했다.

"어쩔래?"

"살해당하지 않는다고 했지만, 죽지 않는다고는 안 하는군."

중장 전사는 자신이 처음 자이언트 로치를 처리했을 때와 같은 웃음을 지었다.

고블린 슬레이어가 고블린 앞에 나섰을 때와 같은 태도로 고개를 끄덕였다.

"그러면, 할 일은 하나다."

파티는 서로 고개를 끄덕이는 것조차 생략하고서 신속하게 전열을 짜고 임전 태세를 취했다.

마술사가 즉시 새된 목소리로 진정으로 힘 있는 말을 질러대자 공간이 뭉클 비틀어졌다.

두 마디 세 마디의 주문에 응해서 나타난 것은 역시나 회색의 돌 마물이었다.

꺼림칙한 성좌 곁으로 날갯짓하여 오르는 가고일. 수는 얼추 보기에도 열 이상.

충실하게 주인의 등 뒤에 대기하던 놈들은 지팡이를 휘두르자 단숨에 모험가에게 덤벼들었다.

"못난 야만인(바바리안) 놈들……! 내 예지 앞에 굴복하도록 하라!"

그러나 이쪽은 일기당천, 전사 외길로 은 등급까지 올라온 남자였다.

노력과 인내로 뒷받침된 중장 전사의 검기가 어중간한 것일 리 없었다.

"『위대한(그레이트)』이 빠졌다……!"

중장 전사가 으르렁거리며 대검을 휘두르고 괴물들에게 맞서 정면 좌우의 발을 묶었다.

"GARGLEGARGLEGA!!"

"GARGLE!! GARGLEGA!!"

선부른 석상이 간격 안으로 들어오면, 기회를 놓치지 않는 공격이 그들을 파괴한다.

돌멩이를 유린하며 버티고 선 남자는 자신의 육체와 검만 있으면 아무 것도 필요 없으리라.

고작해야 물량으로는 어떻게 못한다. 휘두를 때마다 흩어지는 분진이 군기(軍旗)처럼 흩날렸다.

"그렇다면 야만족다운 죽음을 맞이하도록 하라!"

지팡이를 치켜든 마술사가 가고일 놈들의 등 뒤에 숨은 채 소리를 높였다.

"《토니톨스(뇌전)…… 오레인스(발생)……》!"

진정으로 힘 있는 말에 이끌려, 고조되는 마력이 공간에 휘몰아쳤다.

바람 따위 불지 않는데도 불구하고 폭풍 같은 압력이 모험가들을 덮쳤다.

"《라이트닝(번개)》인가!"

그 정체를 깨달은 창잡이가 방심 없이 기회를 엿보며 소리쳤다.

"《카운터 매직(항마)》…… 아니 효과가 없을 거야! 미안, 무리다!"

그러나 그것은 상대가 자신보다 격이 높은 마술사라는 것을 이해한 외침이기도 했다.

통할지 안 통할지 모르는 일에 한 번밖에 남지 않은 술법을 낭비하다니. 참으로 악수이며, 운 시험이다.

"좋아."

고개를 끄덕인 중장 전사는 또 한 마리 가고일을 해치우며 지시를 내렸다.

"입을 막아버려!"

"입을 막는다."

중장 전사의 지시에 대답한 고블린 슬레이어는 단검을 놓고 이미 가방을 뒤지고 있었다.

손을 꺼내 하얀 달걀을 투척할 때까지 한 동작. 중장 전사가 외투의 깃을 세웠다.

그러나 마술사는 어엿하게 포물선을 그린 달걀을 날벌레처럼 손으로 쳐서 떨어뜨리고 짓밟았다.

"잔재주를……! —윽?!"

그 순간 붉은 안개가 마술사의 발치에서 확 솟아올랐다. 부서진 껍질에 섞여서 분진이 피어오른다.

눈에, 코에, 목에, 마비되는 것처럼 격통이 흘렀다. 숨도 못 쉬고 목소리도 안 나온다. 주문을 영창 못하게 되는 것은 당연했다.

마술사가 견디지 못하고 얼굴을 가리더니 말이 되지 못하는 비명을 지르며 크게 몸을 뒤집었다.

흩어진 붉은 분말— 고춧가루와 그밖에 여러 가지를 봉해둔 최루탄.

아무리 마도를 극한까지 연마했어도 눈코입이 있는 한 벗어나기 어려웠다.

"끝, 이……다앗!!"

창잡이가 즉시 쏘아낸 활처럼 플로어를 질주했다.

중장 전사에게 붙들려 있던 가고일들 따위는 문제가 안 된다.

그 옆을 빠져나가 단숨에 마술사에게 접근하면서, 창잡이가 귀걸이를 한 손으로 만졌다.

"《아라네아(거미줄)…… 파키오(생성)…… 리가툴(속박)》!!"

"……?!"

발사된 《스파이더 웹(거미줄)》이 몸부림치는 마술사를 간단히 속박했다.

그 탓에 마술사의 도깨비불이 확 타오른 순간, 내뻗은 창날이 심장을 꿰뚫었다.

검푸른 피보라가 뿜어져 나오자 창잡이는 황급히 거미줄에 감싸인 몸통을 걷어차 창을 뽑고 물러섰다.

물론 마술사는 아직 숨이 끊어질 기색이 없었다.

입에서 검푸른 핏덩이를 토한 마술사는 여전히 입을 움직여 주문을 외려고 했—.

"다물고 있어."

창잡이가 창날에 《스파이더 웹》 끝부분을 감고 집어넣어서 입막음을 해버렸다.

그래도 아직 포기하지 않고 도깨비불에 살의를 불사르는 마술사를 보며 창잡이가 어깨를 으쓱거렸다.

"아무래도 살해당하지 않는다는 건 정말인가 본데."

"뭐, 말을 못하는 마술사 따위 무섭지 않다만……."

귀찮군. 중장 전사가 중얼거리며 대검을 때려 박아 기어이 마지막 한 마리를 분쇄했다.

이제는 이 탑 어딘가에 있는 마술의 힘의 원천을 찾아내 그것을 파괴하면 될 것이다.

그러나 아마도 이 마술사가 살아있는 한, 함정도 괴물도 사라지지 않으리라.

"흐흠."

생각에 잠긴 중장 전사의 옆에서 고블린 슬레이어가 방심하지 않고 마술사에게 단검을 들이댔다.

그리고 문득 깨달은 것처럼 철 투구가 찬찬히 기울어졌다.

"떨어뜨려 버리면 되지 않나?"

"……."

"……."

중장 전사와 창잡이가 얼굴을 마주보았다. 서로 고개를 끄덕이고, 웃었다. 악동 같은 웃음이었다.

"그거다."

"그걸로 가자."

입이 틀어 막혀서도 웅얼웅얼 소란 피우는 마술사를 탑 끝으로 끌고 가서, 툭 등을 차버렸다.

말 없는 중력의 손에 붙들린 마술사는 얼마 안 가 다른 모험가들과 같은 운명을 맞이했다.

다시 말해서 맥 빠질 정도로 허무하게 죽었다.

푸악 퍼진 검푸른 얼룩을 옥상 가장자리에서 내려다본 창잡이가 고개를 갸웃거렸다.

"근데 이 녀석은 어째서 탑 같은 걸 세운 거지?"

이런 녀석들은 대개 탑의 꼭대기에 진을 치거나 지하 미궁의 깊숙한 곳에 자리를 잡는다. 그렇지만…….

"미궁 최하층이었다면 쓰러뜨리는데 조금 더 수고가 들었을 텐데."

"신에게 계시(핸드아웃)라도 받았던 거 아니겠냐?"

중장 전사가 별 관심 없다는 듯 말하고 대검을 등에 짊어졌다.

그래도 아직 적이나 함정이 남아있을 위험이 있기 때문인지 방심하지 않고 주위를 살핀다.

"자, 얼른 보물을 찾자고. 보스가 죽었잖아. 얼른 안 하면 탑이 사라질지도 몰라."

"아차, 그랬었지. 그랬어! 모험이라고 하면 재보가 있어야지!"

기쁨에 겨워 달려가는 창잡이를, 중장 전사는 말릴 생각도 없었다.

태도와 행동은 별개다. 방심하지 않는 것과 긴장하지 않는 것도 별개다.

"저 녀석은 그런 걸 잘하는군."

"그렇군."

고블린 슬레이어가 녹슬어 부서진 검을 줍고는 혀를 차더니, 자루를 내던지며 고개를 끄덕였다.

"본받을 점이 많다."

"진심인지 농담인지 모르겠군."

웃어야 하는지 망설이면서, 중장 전사가 고블린 슬레이어와 함께 탐색을 시작했다.

목적은 재보, 보물 상자, 돈, 어쨌거나 그런 것들— 모험가에게는 무엇보다 기쁜 일이었다.

얼마 안 가서 발견된, 옥상 구석에 안치되어 있는 참나무 상자가 하나.

"본직은 아니다. 기대는 하지 마라."

고블린 슬레이어가 말하고 상자 앞에 한쪽 무릎을 짚으며 쪼그려 앉았다.

가방을 뒤져서 몇 개의 전용 도구를 꺼냈다.

일단 얇은 칼날처럼 갈아낸 줄을 틈으로 집어넣어 뚜껑과 상자 사이를 한 바퀴 살핀다.

와이어 장치가 없는 것을 확인하고 열쇠 구멍에 손거울을 대어 내부를 확인했다.

그리고 나서야 철사가 나설 차례다. 고블린 슬레이어가 자물쇠 따기를 시작했다.

"그러고 보니, 고블린 슬레이어. 너 오늘은 한 마리도 처리 못했잖아."

어깨너머로 고블린 슬레이어의 작업을 들여다보던 창잡이가 씨익 웃는다.

"그렇다면……."

"뭔가."
"내가 이겼다!"
"그래."
고블린 슬레이어는 부정하지도 않고 그 사실을 인정하며 고개를 끄덕였다.
"그렇군."
"아자아아!"
창잡이가 주먹을 쥐며 쾌재를 올리자 중장 전사는 어쩔 수 없는 녀석이라며 하늘을 올려다보았다.
"고블린이 아니었으니까."
기뻐 날뛰는 창잡이가 흘려들은 말을 중장 전사의 귀는 확실하게 포착했다.
이윽고 철커덕 소리를 내고 자물쇠가 열리자 고블린 슬레이어가 숨을 내쉬었다.
"새삼스럽지만, 돌아가면 한바탕 하겠군."
"응? ……아아, 엘프 아가씨 말인가."
중장 전사는 고블린 슬레이어의 파티에 있는, 통통 튀는 말괄량이 엘프를 떠올렸다.
—과연, 이건 새치기가 되는 건가.
"오히려 내가 혼날 것 같군. 포기해라. 한바탕 하면서 보물을 분배하고 술을 마시는 건 모험가의 전통이다."
"……분명히, 손에 넣은 보물은 경비를 제외하고 3등분한다고 했었나."

"그래. 그럴 셈이야."

"보물이라."

고블린 슬레이어는 여느 때처럼 담담한 목소리로 말했다.

"나쁘지 않군."

중장 전사가 친근함이 담긴 손길로 그의 어깨를 두드렸다.

고블린 슬레이어가 묵묵히 그것을 받아들이고, 보물 상자 뚜껑이 삐걱대는 소리를 내며 열렸다.

제7장 사령술사(네크로맨서)가 두 번쯤 등장해서 쓱싹 된 다음 이야기』

"타아앗!!"

아침 해와 함께 튕겨 오르며 일어난 용사는 숙소의 침대 위에서 만세하고 양손을 들어올렸다.

창밖에는 파란 하늘, 생기발랄, 체력은 한 가득, 기력이 충분한 정도를 넘어섰다.

"좋아, 오늘 하루도 힘내야지!"

양손으로 볼을 짝 두들겨 기합을 넣고는 기세에 몸을 맡기며 파팟 잠옷을 벗어 던졌다.

너무나 따끈하고 기분 좋은 날은 침대 속으로 돌아가고 싶어지니까 기세가 중요하다.

이렇게 날씨가 좋은데 잠자면서 보내는 건 지나치게 사치스런 일이다.

몸매는 소년 같았지만 그래도 소녀다운 곡선을 그리는 몸에 재빨리 의복을 착용한다.

오늘은 이 다음 일도 생각해서 갑옷도 확실하게 입어둔다.

마지막으로 파트너인 성검을 등에 지면 준비 완료. 무기와 방어구는 장비하지 않으면 의미가 없는 법이다.

그리고 문을 콰앙 열고 원형복도로 뛰쳐나가 1층의 홀로 훌쩍.

"다들, 안녀엉!!"

주점은 다행히 아직 이른 아침이라 사람이 적었다.

소리 없이 착지한 그녀를 보고 눈이 동그래진 것은 아침 담당 여급밖에 없었다.

이미 일어나서 이른 아침 식사를 먹고 있던 동료— 검호는 놀라지도 않고 한숨을 한 번 내쉬었다.

"……하룻밤 자고 일어나면 완전 회복이라니. 당신이 무슨 어린애인가요?"

"어~? 다들 그렇지 않아?"

고개를 갸웃거리며 검호의 맞은편에 앉은 용사는 다리를 흔들흔들 움직이더니, 말도 없이 중앙의 바구니에서 빵을 꺼내 버터를 듬뿍 발라 먹는다.

—응, 맛있어!

"아, 나는 어디보자……. 소시지랑 달걀 볶음 먹고 싶어!"

"아, 넷! 알겠습니다!"

"아, 그리고 빵 추가! 버터도 듬뿍!"

그녀의 방약무인한 태도를 넋 놓고 바라보던 여급이 바쁘게 주방으로 달려갔다.

"어라? 저쪽은 아직 자고 있어?"

"어젯밤 늦게 잔 모양이니까요."

검호는 두 번째 빵으로 뻗치는 용사의 손을 쳐내면서 2층의 침실을 올려다보았다.

아직 일어나지 않는 현자가 신경 쓰이는 기색이었다.

"하긴, 괜히 수가 많았으니까."

"우리들 파티는 《디스펠[해주(解呪)]》을 못하니까요."

사령과 망자를 땅으로 돌려보내지 못하는 것이다.

덕분에 사령술사[네크로맨서]의 군세를 말 그대로 모두 나서서 베어 넘겨야 했다.

국왕의 군대가 대부분을 유인해주지 않았다면 얼마나 힘들었을지…….

"한 번 휘둘러서 지평선 너머까지 촤아아악 할 수 있으면 좋을 텐데."

"그만 두세요. 정말로 가능하면 불안해서 못 봐주니까."

"그래?"

그렇구나, 라고 중얼거리면서 다리를 흔들흔들하는 용사는 정말로 어린 소녀 그 자체였다.

검호로서는 도저히 그녀가 용사 같지 않았다. — 좋은 의미로 말이다.

"그러고 보니까, 이상한 꿈 꿨어."

"꿈이요?"

"응. 여신님이 말야~. 저쪽 도시로 가라고 했어."

무기를 휘두르는 것밖에 못하는 그녀는 하다못해 용사에게 도움이 되고 싶다고 생각하고 있었다.

그래서 그녀가 묘한 말을 꺼내자 검호는 무슨 뜻일까 하며 고개를 갸웃거렸다.

그런 마술이나 신비적인 것은 도무지 알 수가 없었다. 저걸 베라 찔러라 그런다면 모를까.

"……그것은 계시."

조용한 목소리는 계단 위에서 들렸다.

졸린 눈을 비비면서 지팡이와 외투를 손에 든 소녀가 계단을 내려오고 있었다.

현자— 전세계에서도 손꼽히는 술사 중 한 명이다.

"안녕!"

용사가 손을 붕붕 휘두르자 현자는 고개를 까딱 숙여 인사했다.

의자를 끌어당긴 현자를 마지막으로, 세 사람이 탁자에 둘러앉았다. 평소와 같은 광경에 용사는 눈웃음을 지었다.

"……어떤 도시?"

"그러니까. 축제를 하고 있었어. 뭔가 이렇게, 둥실둥실 빛이 떠오르는 거."

"그것 뿐?"

"그리고, 이렇게 뭔가, 우왕우와~앙하면서 폭풍 같은 커다란 거. 그거 거인일까?"

"……짐작이 가."

현자는 한 마디 두 마디 무슨 주문을 외더니 허공에서 둘둘 말린 양피지를 뽑았다.

뭘 어떻게 하는 것인지 검호는 알 수 없었지만, 그녀는 종종 이런 식으로 짐을 꺼낸다.

탁상에 펼친 그것은 변경에 관해 그린 지도였다. 현자는 한 점을 지팡이 끝으로 가리켰다.

"……여기."

"좋~았어!"

용사가 주먹을 꾹 쥐자 여급이 「기다리셨습니다」라며 요리를 날라 왔다.

"뭔가 주문하겠나?"

검호가 묻자 현자가 짧게 대답했다.

"오믈렛."

용사는 방금 나온 달걀 볶음에 케첩을 듬뿍 뿌리며 웃었다.

"다음 모험은, 그곳으로 결정이네!"

정말이지, 세상에 모험의 무대는 끊이는 날이 없다.

제8장 『엘프 궁수의 될 대로 되라는 휴일 이야기』

Goblin Slayer

He does not let anyone roll the dice.

"우응……."

꽤 높아진 햇살이 각도를 바꾸자 창을 통과하여 엘프 궁수의 눈꺼풀을 찔렀다.

나신에 모포 한 장을 덮고 침대에 파고들었던 그녀는 얼굴을 베개에 묻고서 덧없는 저항을 꾀했다.

그러나 햇빛이란 녀석은 상당히 강적이다. 베개 정도로 눈부심을 막을 수 없었다.

"끄아앙."

기어이 굴복한 엘프는 고양이처럼 하품을 하면서 유연한 몸을 크게 뻗었다.

"후아, 아아…… 유……. 응……. 아치……임……?"

아침이라기에는 해가 높았다. 벌써 점심 전이다.

눈을 쓱쓱 비비며 창을 본 엘프 궁수는 침대 위에서 다리를 틀고 앉았다.

"우으……."

자느라 뻗친 머리칼을 엉망으로 헝클어뜨렸다. 입에서는 의미를 알 수 없는 소리가 흘러나왔다.

분명히 오늘은 쉬는 날이었다. 적어도 아무도 깨우러 오지 않았으

니까 모험은 없었다.

오르크볼그 녀석은 여전히 혼자서 고블린고블린 하며 나섰다.

아니, 요전 일은 솔직히 어떤가 싶었다. 설마 탑 위에서 사악한 마법사와 싸우다니.

—어쨌거나, 숲하고는 참 다르다니까.

거의 점심까지 자고 있어도 된다는 점 하나만으로도 숲을 뛰쳐나온 보람이 있다고 할 수 있었다.

그녀는 다시 한 번 하품을 하더니 건강하게 단련된 배와 배꼽을 긁적거렸다.

하이 엘프의 동작이 우아하다고 해도 한계는 있는 법이다.

엘프 궁수는 발 디딜 곳이 없을 정도로 잡다하게 물건이 흩어져있는 바닥에 훌쩍 발을 뻗었다.

발가락으로 붙잡은 것은 그녀가 평소부터 애용하는 주목나무 대궁이었다.

느슨히 풀어놓은 현을 다시 걸고 가볍게 당겨서 상태를 확인했다. 이제 슬슬 바꿀 때가 됐낭?

엘프 궁수는 다음으로 침대 위에 엎드려서 읏차, 하고 팔을 바닥으로 뻗었다.

"그러니까, 분명히 이쯤에…… 아아, 있다."

손가락 한 마디쯤 되는 작은 거미를 집었다. 녀석은 벗어 던져놓은 각반 위를 걷고 있었다.

엘프 궁수가 거미의 꽁무니에 가는 손가락을 대고 당기자 은색의 선이 스윽 공중에 흘렀다.

문자 그대로 실을 자아내는 것이다. 그것도 끈적이는 실이 아니라 거미가 걷기 위한 보통 실이다.

그것을 두세 번 반복하여 적당한 길이의 실을 얻은 엘프 궁수는 기다란 귀를 흔들었다.

"이쯤이면 되겠다. 고마워."

거미를 훌쩍 놓아주고는 다음으로 실을 꼬는 작업.

거미줄은 가볍고, 같은 무게의 강철을 웃돌 정도로 강인하다. 현으로 쓰기에는 최적이었다.

이윽고 몇 가닥의 거미줄을 뭉치고서 엘프 궁수는 그것을 끝에서 끝까지 몇 번 정도 꼬았다.

그리고 문제없다고 판단하여 기다란 귀를 쫑긋쫑긋 만족스럽게 흔들었다.

"이거면 되겠다."

그것을 빙글빙글 고리 모양으로 정리해서 휙 던지더니, 엘프 궁수는 훌쩍 바닥에 내려섰다.

빌린 책이나 어디선가 사온 뭔지 모를 장난감을 차지 않도록 조심하면서 방을 이동했다.

훌훌 들어 올린 사냥꾼 복장을 으이쌰, 하고 적당히 입었다.

오늘은 쉬는 날이다. 외투 같은 건 필요 없을 것이다. 작은 칼 정도는 언제나 차고 다니지만…….

가늘고 가녀리며, 하얗고 투명한 피부에 살집도 적다. 거기에 평평한 가슴도 어우러져 조각상처럼 아름다웠다.

미모란 점에서 보면 엘프는 다른 종족이 따를 수 없다.

의복을 껴입어 감추는 것은 엘프가 자신들의 용모를「평범」하다고 생각하기 때문일까?

"~♪"

엘프 궁수는 의미 없는 콧노래를 흥얼거리며 사삭, 머리칼을 정리해 묶어 버렸다.

어깨와 볼에 닿는 머리칼을 가볍게 떨치고 빙글 돌아보자 역시나 엉망인 방의 모습이 보인다.

모험가의 방이라고 한다면야, 뭐 납득 못할 것은 없었다.

그러나 이것이 젊은 아가씨의, 그것도 엘프의 방이라고 하면 아무도 안 믿을 것이다.

장비는 내던져 놨고, 벗어 던진 의복이 널브러져 있고, 빈 식기가 적당히 쌓여 있다.

모험 오락 소설 같은 희곡 책이 펼쳐진 채 엎어져 있고, 축제 때 파는 장난감이 여기저기에 흩어져있다.

어린애 침실이라고 하면 오히려 납득할 것이다.

그다지 넓지도 않은 침실에 어떻게 하면 이렇게나 물건을 집어넣을 수 있을까?

엘프의 예지를 동원해도 이해할 수 없는 위대한 수수께끼였다.

"후음."

엘프 궁수는 심각한 기색으로 팔짱을 끼고 방을 살피더니 기다란 귀를 흔들며 당연하다는 듯 고개를 끄덕였다.

"세탁을 좀 하는 편이 좋으려나?"

§

우물에서 물을 듬뿍 길어온 대야에, 깎아낸 비누 조각과 의복을 집어넣고 맨발을 넣는다.

"우윽, 역시 지하의 물은 차갑네."

엘프 궁수는 몸과 기다란 귀를 부르르 떨고는 자신의 옷을 꾹꾹 밟기 시작했다.

정말이지 고향인 숲에서는 생각할 수 없는 일이었다.

시냇물에 담그고 물의 정령(운디네) 따위에게 부탁하면 되는 일인데.

가사는 집요정(브라우니)들에게 맡기면 됐다. 인간 세상은 불편한 곳이다.

그러나 그건 그렇다 치고, 이렇게 물놀이라도 하는 것처럼 발로 첨벙첨벙 하는 건 좋아했다.

길드 뒤편. 물가, 혹은 세탁장.

점심 전의 따스한 햇살이 따끈따끈하게 내리쬐고, 멀리서 아이들이 달리는 목소리, 부인네들의 수다가 들린다.

엘프 궁수는 이 시간을 좋아했다.

어쩐지 평소의 도시— 아침이나 밤이나 모험을 가는 날하고는 다른 냄새가 난다.

그녀는 그것이 무엇인지 알 수 없었고, 어쩌면 기분 탓일지도 몰랐다.

호기심 왕성한 것은 자타가 공인하지만 확인하지 않아도 되는 것도 있는 법이다.

"끄아앙……."

또 다시 커다랗게 하품을 한 번. 이런 날은 아무리 자도 잠이 부족하다.

그럴 것이 엘프에게 시간은 얼마든지 있었다. 조금 낭비해도 문제는 없었다.

—하지만, 아깝긴 하네.

신경 쓰이는 것, 재미있어 보이는 것은 잠깐 눈을 떼면 금세 사라져 버린다.

눈가를 쓱쓱 비비며 세탁물을 계속 밟아댄 엘프 궁수는 크게 기지개를 켜고 통에서 나왔다.

그리고 잔뜩 밟아서 세탁한 의복을 꾸욱 짜내고 좌우로 팡, 크게 펼쳤다.

"정말로 이것저것 재미있는 걸 생각한다니까."

은은한 비누 냄새 같은 것. 젖은 의복을 통해 느껴지는 바람. 햇살.

그런 모든 것을 즐기면서 엘프 궁수는 세탁장에 있는 밧줄에 옷을 널었다.

전에 적당히 매달아 뒀더니 엉망으로 주름이 졌던 씁쓸한 추억이 있었다. 그래서 되도록 잘 펴서 넌다.

그리고 바람에 날려가서 땅에 떨어지면 묘하게 분하니까 빨래집게로 단단히 고정한다.

"이걸로, 끝—!"

마지막 하나까지 정성스레 널고서 엘프 궁수는 만족스레 긴 귀를 흔들었다.

땀을 흘리지도 않은 이마를 닦고, 허리에 손을 올린 채 세탁물을 보았다.

바람에 휘날리는 방금 세탁한 옷은 함락시킨 요새에서 펄럭이는 깃발 같았다.

“세탁인가요? 열심이시네요.”

그래서 등 뒤에서 목소리가 들리자 엘프 궁수는 후후후 웃으며 자랑스레 돌아보았다.

엘프의 귀를 가졌다면 누가 다가오고 있는지 보지도 않고 알 수 있는 법이다.

다만 그래도 눈을 깜빡이게 될 때가 있다. 무슨 일이든 예상을 벗어난 점이 있는 법이다.

“접수원이네. 안녕, 어쩐 일이야?”

“쉬는 날이라서 적당히 다니고 있어요.”

접수원은 사복이었다.

제복 차림에 익숙하다 보니 놀랐지만 당연히 그녀도 사복이 있는 것이다. 너무나도 당연한 일이다.

여름용 얇은 드레스. 소매는 없고, 어깨에서부터 잘 정돈된 손톱까지 예쁜 곡선을 그리고 있었다.

낙낙한 디자인은 통풍이 좋아 보이고 산뜻했다.

살짝 비쳐 보이는 몸의 그림자는 평소 노력의 결실이리라. 이상적이라고 해도 좋았다.

“어쩐지, 바람의 정령(실프) 비슷하네.”

접수원이 어쩐지 기쁜 기색으로 웃었다.

“수도에서 유행하는 스타일이라고 해서, 사버렸어요.”

과연. 엘프 궁수는 고개를 끄덕였다. 분명히 적당히 돌아다니기 좋아 보이는 옷이었다.

흄의 유행이란 것은 너무나 빠르고 눈이 돌아갈 정도라서 따라가기 어렵지만…….

―어째서 1년 동안 그렇게 차례차례 여러 가지를 떠올릴 수 있는 걸까?

정말이지 인간의 세상은 보고 있으면 질리지 않는다.

"하지만, 왜 길드에?"

쉬는 날이잖아. 엘프 궁수의 소박한 의문에 접수원이 갑자기 눈길을 피했다. 시선이 방황한다.

"……만약을 위해서, 살짝 길드에서 모험가들의 귀환 확인을 할까 해서요."

"흐응……."

엘프 궁수는 딱히 깊이 생각지 않고 생긋 웃었다.

"일 열심이네!"

"네, 그렇죠."

접수원은 애매하게 대답했다.

"그래서, 세탁은 어떤가요?"

"응, 이거 봐."

질문을 받은 엘프 궁수는 「어때」 하면서 얄팍한 가슴을 자랑스레 내밀며 자신의 성과를 선보였다.

무슨 특별한 기술을 쓴 것도 아니다. 그냥 빨래다.

자랑할 일도 아니지만, 접수원은 흐뭇하게 눈웃음을 지으며 살폈다.

“꽤 익숙해지셨네요?”

“그렇지. 나도, 이 정도는 간단히 할 수 있어.”

“어머…… 속옷은?”

“……?”

어머나? 땋은 머리채를 흔들며 고개를 갸웃거린 접수원에게 엘프 궁수가 자연스레 대답했다.

“없는데?”

“아아, 세탁을 벌써 두 번 하신 거군요.”

“그게 아니라.”

엘프 궁수는 고개를 붕붕 좌우로 흔들었다. 정말이지, 왜 못 알아듣는 걸까?

“가진 거 없는데.”

“……전에 다 같이 가서 골랐던 것 같은데요.”

“묻혀 버렸어.”

“…….”

접수원이 미간을 짓누르며 고개를 숙였다.

어라? 엘프 궁수가 의문스런 표정을 짓는 것도 한 순간이었다.

다음으로 그녀가 고개를 들자—.

“사러 가요. 당장. 그렇게 해요.”

만들어 붙인 미소가 떠올라 있었다.

“어, 그래도, 솔직히 좀 귀찮아서…….”

“가실 거죠?”

모험가 따위가 길드의 관리님한테 거스르는 건 도저히 불가능한 일이었다.

§

"으에……. 있지, 정말로 안 입으면 안 돼?"

"안 돼요!"

탈의실에서 빼꼼 고개를 내민 엘프 궁수에게 접수원이 검지를 척 내밀었다.

엘프 궁수의 목덜미를 붙잡은 접수원은 도시에 있는 잡화점으로 데리고 왔다.

변경의 개척지 중 하나라지만, 물론 이 도시에도 옷 가게 정도는 있었다.

"그래도, 수도의 유행을 다루는 건 잡화점이 더 빠르니까요."

물의 도시에는 뒤떨어지지만 상품의 흐름은 이쪽이 좋아요.

접수원이 말하며 모양 좋은 가슴을 내밀었지만, 엘프 궁수는 사실 알 수 없었다.

눈이 돌아가도록 변하는 의상의 유행을 파악하는 것은 흄이 아니라도 가능한 것일까?

"그리고 말이죠."

접수원이 손가락을 흔들었다.

"모험가는 몸가짐도 중요하답니다."

"그런 거야?"

"등급이 높은 모험가는 등급에 걸맞은 차림새를 해주지 않으면 모험가의 품격이 떨어지고 말아요."

애당초 모험가라고 하면 말이야 멋지지만, 실태는 무장한 무뢰배들이다.

나라가 관리하고자 길드를 설립했다지만 세간의 눈길은 상당히 엄하다.

세련되게 꾸밀 필요까지야 없겠지만, 제대로 된 차림새는 중요하다.

……이런 주장은 엘프 궁수도 이해 못할 바는 아니었다. 이해 못할 바는, 아니지만…….

"그치만."

그녀는 불만스레 기다란 귀를 흔들었다.

"그런 이야기는 우선 그 녀석한테 말해야지."

"들을 거라 생각하세요?"

"……생각 안 해."

접수원이 생긋 웃으며 대답하자 엘프 궁수는 토라져서 탈의실로 들어갔다.

얇고 소매가 없는, 마침 배꼽 위까지 뒤덮으며 착 달라붙는 속옷을 손에 들었다.

"그러니까. 당신에게 조금 기대하고 있어요."

"기대?"

"엘프는, 그냥 있어도 피부가 깨끗하고 관리도 필요 없겠지만요."

"그렇지는 않다고 생각하는데……."

우우으. 엘프 궁수는 신음하면서 에라 모르겠다는 것처럼 상반신을 속옷에 집어넣었다.

얄팍한 가슴부터 피부에 착 달라붙는 감각은 아무래도 익숙해지질 않았다.

“그 애도 속옷을 같이 고르자고 약속 했어요.”

접수원이 아주 약간, 얼굴에 씌운 미소의 안쪽을 보여주는 기색이었다.

“다들 여자애잖아요? 그야 모험가니까 꾸미는 것보다는 장비를 챙기겠지만요.”

그래도, 여자애잖아요? 엘프 궁수의 긴 귀는 그 소리를 놓치지 않았다.

그녀의 목소리에는 막거나 탓하는 기색은 없었다.

그럴 수 있는 입장이 아니라고 생각하는 걸까?

엘프 궁수는 잘 이해하지 못했다.

그렇지만, 나름대로 배려해주고 있다는 것은 알 수 있었다.

—좋은 사람이구나, 아마도.

“그치만—.”

—그건 그렇다 치고. 땀을 흡수한다거나 여러모로 하는 역할이 있기는 하겠지만…….

일단 손가락으로 집어 든, 얇은 삼각형의 속옷이 한 장. 색은 상하 맞춤이었다.

—이게 그런 역할을 다 할 수 있는지 모르겠는데.

엘프 궁수는 손가락으로 집은 속옷을 좌우로 펼치고 신중하게 바라보며 말했다.

“이런 걸 입어서 어떡하는 건데?”

"어떡하다뇨?"

"그거야, 딱히 보여주거나 하는 거 아니잖아? 누구한테 보여주는데?"

그렇게 말하자 탈의실의 커튼 너머에서 접수원이 우뚝 굳어지는 기척이 전해졌다.

"응?"

엘프 궁수는 의문스레 고개를 갸웃거렸다. 내가 무슨 묘한 말이라도 물어봤나?

"보, 보여줄 때를 위해서, 대비해두는 거예요."

속옷은 여자애의 마지막 무기니까요. 접수원은 평소처럼 부드럽게 대응했다.

"그런 거야?"

엘프 궁수는 신경 쓰지 않고 물었다.

"그런 거예요."

접수원도 태연하게 대답했다.

—우음…….

그러나 아무래도 이 미덥지 못한 작은 천 조각이 그렇게 듬직할 것 같지는 않았다.

"하는 수 없네요."

엘프 궁수가 고민하는 기척을 감지했는지 접수원이 조용히 중얼거렸다.

"어쨌든. 오늘 무리해서 살 필요는 없지만, 기억은 해두세요."

"응, 그럴게~."

엘프 궁수는 아쉬운 기색 하나 없이 입고 있던 속옷을 훌렁훌렁 벗어서 던져 버렸다.
그리고 벗어 던져둔 자기 옷을 집어서 재빨리 몸을 밀어 넣었다.
"아, 아앗?!"
탈의실 너머에서는 속옷이 날아오자 당황하는 접수원의 목소리가 들렸다.
"이거 위에 옷을 더 입고 움직이면, 어쩐지 복슬복슬간질간질할 것 같단 말이야."
얼른 본래 옷으로 갈아입고 탈의실에서 나오자 접수원과 눈이 마주쳤다.
자기가 내던진 속옷을 줍고 있는 그녀에게, 엘프 궁수는 미안한 기색도 없이 고양이처럼 웃었다.
"그보다 뭔가 재미있는 거 하고 싶어. 있지, 어디 놀러 갈 데 없어?"

§

"탁상 연습?"
"네. 요전에 발견한 건데요."
그리고 오후의 길드 주점.
수인 여급에게 가볍게 눈인사를 하면서 엘프 궁수는 원탁 위에 놓인 의자를 내렸다.
접수원이 꺼내온 것은 적금색 천을 두른 평평한 직사각형 상자였다.
창을 열고서 후우 숨을 불어 먼지를 날리자 뚜껑에 뒤엉킨 뱀 무늬가 나타났다.

"모험가의 말을 움직이고 주사위를 써서, 모험가 같은 행동을 배운다…… 라는 건데요."

"그러니까…… 모험가 놀이란 거구나."

"그렇게 되죠."

상자 뚜껑을 열자 낡은 양피지 책 몇 권과 여러 개의 말, 주사위가 들어 있었다.

엘프 궁수는 그 말 중 하나를 손에 집고서 빤히 바라보았다.

원형 받침대 위에 서 있는 파란 판금 갑옷의 기사였다. 금속으로 만들었는지 묵직하다.

Ω(오메가)의 깃발을 휘날리며, 손에 든 강철검을 휘둘러 혼돈을 토벌하고자 용맹하게 외친다— 성기사(팔라딘)구나.

"꽤 잘 만들었네."

"상황 설정(시나리오)도 여러 가지 있어요. 세상의 위기부터, 기본적인 고블린 퇴치까지."

고블린 퇴치란 말에 엘프 궁수는 키득 웃었다. 길다간 귀가 기분 좋게 흔들렸다.

"오르크볼그한테 시켜보면 난장판이 될 것 같네. ……있지, 물어봐도 돼?"

"네?"

"이거, 무슨 의미가 있어?"

엘프 궁수가 툭 내던진 의문에 접수원이 눈을 깜빡이는 것을 보고, 황급히 손을 저었다.

“아, 이상한 의미가 아니라. 말 그대로야, 말 그대로.”
“아아, 그렇군요. 그러니까…….”
생각에 잠긴 접수원은 사복 드레스인데도 평소와 다름없는 태도로 응했다.
“실제로 모험을 가기 전에 각자의 행동과 역할을 어느 정도 인식시킨다, 라든가.”
그 모습과 행동이 어쩐지 묘한 괴리감이 느껴져서 엘프 궁수는 키득키득 웃었고, 접수원은 볼을 긁적였다.
“하지만 나는 이거 해본 적 없는데?”
“수고와 시간, 일손이 도무지 부족해서요. 그리고 문자를 못 읽는 사람도 많으니까요.”
“흐응…….”
준비는 했지만 사용되는 일은 거의 없다고 한다.
이해 못할 것은 없었다. 그렇게 생각하면서 엘프 궁수는 기사를 상자 속으로 살며시 돌려놓았다.
“하지만, 분명히 그렇게 일이 잘 풀리지는 않을 거야.”
“그렇네요. 현실하고는 전혀 다르다는 것은 옳은 의견이에요.”
말하면서 접수원도 상자 속에 살며시 손을 뻗어 말 하나를 집었다.
그것은 가죽 갑옷에 단검을 장비한 사나운 생김새의 경장 전사. 어쩌면 척후일지도 모른다.
“그래도, 역시…… 괜찮지 않을까요?”
그 얼굴을 살며시 손가락으로 쓰다듬으며, 그녀는 어쩐지 수줍은 기색으로 웃었다.

"세상을 구하는 모험가를, 수고하셨어요! 하고 맞이해 주는 거."

동경이나, 꿈이라고 할만한 것은 아니지만요. 쑥스러움을 숨기려는지 희미한 목소리로 중얼거렸다.

—그렇구나.

엘프 아가씨는 기다란 귀를 느긋하게 흔들며 웃었다. 이해 못할 것은 없었다. 그녀 자신은 마중을 받는 입장이지만.

"저기, 하는 방법 알려줘."

엘프 궁수가 아까 던져 버린 성기사의 말을 집었다.

—응, 꽤 나쁘지 않은 표정이네.

"두고 봐. 세상 한두 개쯤 내가 구해버릴 거니까!"

그리고 엘프 궁수는 불사의 마신은커녕, 마의 궁전과도 같은 분묘에 도달하지도 못한 채 쓰러졌다.

독기를 뿜어내는 미궁의 입구를 발견하는 것조차 어지간한 영웅은 못하는 일이다.

세상을 구하는 것은, 설령 판 위에서도 턱없이 어려운 일이었다.

§

"아아, 정말, 분해—!"

저녁 시간을 맞이한 주점은 떠들썩해서, 엘프 궁수의 외침에 귀를 기울이는 자는 없었다.

모험은 성공하기도 하고 실패하기도 하는 것이다. 때로는 무관심이야말로 최대의 배려였다.

"그거 분~명히 이상해. 어째서 드래곤이 그렇게 자주 날아다니는데?"

"그런 상황 설정이니까 어쩔 수 없어요."

원탁에 엎드려 탕탕 두들기는 엘프 궁수에게 접수원이 난처한 기색으로 미소를 지었다.

결국 그 다음에도 세상은 몇 번이고 멸망했다.

감독관에, 주점을 방문한 여신관, 소치기 소녀도 함께 했지만 세상의 평화는 저 멀리 있었다.

"어쩔 수 없다는 게 납득이 안 가."

2천살의 엘프는 어린애처럼 입술을 삐죽거렸다.

"그런가요?"

"응, 좀 더 이것저것 방법이 있었을 것 같아."

있었을 거야. 포도주가 든 잔을 휘두르며 엘프 궁수가 호소했다.

"그렇네요."

접수원은 탁자로 넘치는 포도주에서 요리를 피난시키며 얌전히 수긍했다.

"그걸 이것저것 생각하도록 하는 게, 탁상 연습의 취지니까요."

그 상황 설정이 다소 가혹하다는 것은 부정하지 않더라도.

그 말을 들은 엘프 궁수는, 탁상에서 고개를 데굴 굴려서 눈을 치뜨며 찌릿 노려보았다.

"……그리고 말이야, 아깝잖아."

"아까워요?"

"오히려 사치야. 당신들 수명은 100년도 안 되잖아?"

가끔 사령술사 같은 게 되면 다르지만.

엘프 궁수는 기다란 귀를 흔들며 검지를 척 세우고는 공중에 빙글 원을 그렸다.

"그런 짧은 시간을 앞날을 걱정하는데 쓰다니, 그거 분명히 낭비야."

"지금만 보고 살면 된다, 라는 건가요?"

접수원이 세 갈래로 엮은 머리채를 늘어뜨리며 고개를 갸웃거리자, 엘프 궁수가 「그래」 하고 웃었다.

"오늘 있었던 일에 웃고, 울고, 화내고, 소란 피우는 게 필멸자의 특권이잖아."

100년 200년 뒤를 걱정하는 것은 오히려 이쪽이 할 일이라고 그녀는 말했다.

"그런, 걸까요?"

"하이 엘프가 하는 말이니까 틀림없어!"

흐흥. 콧방귀를 뀌면서 얄팍한 가슴을 자신만만하게 내미는 엘프 궁수.

흄에게 좀 더 사려 깊게 보이도록 행동하는 고결한 엘프의 이미지와는 낙차가 크다.

게다가 그녀야말로 하루하루 눈앞의 일에 전력으로 달려드는 것 아닌가 싶었다.

접수원은 키득키득— 만들어진 것이 아닌 자연스런 웃음소리를 흘리고 말았다.

그것을 본 엘프 궁수도 한 방 먹였다는 표정으로 고양이처럼 눈웃음을 지었다.

"그러면, 이참에……. 저기요!"

"네에!"

접수원이 웃는 표정 그대로 수인 여급을 불러 새로운 포도주 병을 하나 부탁했다.

순간만을 살아가는 것처럼 변할 생각은 없지만 모처럼 좋은 기회다. 좋은 술을 마셔보자.

코르크 뚜껑을 열어 술의 향취를 즐기고, 그녀와 자신의 잔에 듬뿍 포도주를 따랐다.

엘프 궁수는 처음 보는 것처럼 반짝거리는 눈동자로 잔을 집었고, 접수원도 그녀를 따랐다.

"……그러면, 오늘 모험의 실패에."

"100년 지나도 잊을 수 없는 모험의 실패에."

건배. 두 사람의 잔이 경쾌한 소리를 연주했다.

제9장 『세 사람의 몇 개월 전 이야기』

Goblin Slayer
He does not let anyone roll the dice.

주점, 이라고 한 마디로 말하지만 종류는 무척 다양하다.

딱히 세상에는 모험가 길드에 병설된 주점만 있는 것이 아니다.

도시의 길거리를 걸어보면 여기저기 간판을 내걸고 불빛을 밝힌 주점이 몇 개나 보인다.

주점이란 언제나 숙소도 겸하고 있는 법이라 가끔은 기분을 바꿔 보려는 모험가도 있으리라.

꺼릴 것 없이 들어가, 좋을 대로 먹고 마신 뒤, 또 다시 훌쩍 거리로 나서는 가게.

음유시인이 띠리리링 현을 튕기며 노래를 부르는, 그런 주점 하나가 있었다.

만남과 작별이라 말하오마는
소중한 것은 알맹이라고 멋을 부려 말하오마는
마음에 드는 아이가 없어 드나들기를 반복하며
드디어 발견한 귀여운 그 아이
나면서부터 군주인가 넌자인가
이름 같은 것은 흥미 없네 그대가 「아무개」라도 귀히 여기리
달콤한 말을 걸어보려고 언제나 그렇듯 가게를 나섰네

앗 하는 순간에 한 발 늦어서 그녀는 훌쩍 사라졌구나
만남과 작별이라 말하오마는
만나고 헤어지면 끝이라……

"허허, 거 참. 어찌어찌 안정되고 있구먼, 우리들 파티도 말이야. 안 그런고? 비늘 친구."

"하하하하. 욕심을 부려보자면 전사와 척후가 부족하긴 하네만."

자그마한 주점 안쪽 자리에서 두 모험가가 그렇게 말하며 유쾌하게 웃었다.

하얀 수염을 당기며 통통한 배를 두들기고, 술과 요리에 혀를 내두르는 드워프.

맞은편에는 비늘이 돋은 거구로 술통위에 앉아 손으로 요리를 집어먹는 리자드맨.

두 사람이 주문한 술을 물처럼 벌컥벌컥 마시는 모습은 호쾌함을 넘어 유쾌할 정도였다.

"어쨌거나, 전사, 탐색자, 신관 전사, 신관, 마술사. 제법 괜찮은 조합이 아닌가 싶네."

"그렇긴 하구먼."

리자드맨 승려가 양손으로 집은 멧돼지 다릿살을 깨물고, 드워프 도사는 입가의 수염에 묻은 술을 핥았다.

드워프 도사는 술병에서 잔으로 술을 콸콸 따르더니 넘칠 듯한 그것을 후루룩 빨아들였다.

그리고 단숨에 쭈욱 들이키고는, 거억. 버릇없는 숨을 내쉬었다.

"전위가 부족하다, 후위가 부족하다. 장비에 도구에 일손이 부족하다. 뭐든지 말을 하기 시작하면 끝이 없는 게지."

"그렇군, 그렇지."

리자드맨 승려는 꼬리로 바닥을 때렸다.

"주문술사가 셋이라, 축복 받은 파티가 아니겠나."

"그런데, 쬐끔 뜻밖이구먼."

"무슨 말씀이신가?"

"자네 말이야."

방금 들이킨 잔을 리자드맨 승려 쪽으로 내밀면서, 드워프 도사가 벌게진 얼굴로 말했다.

"나는 분명히 다른 신관과 손을 잡는 건 싫어하는 게 아닐까하고…… 처음엔 그렇게 생각했는데 말이야."

"하하하하하하. 술사 선생씩이나 되는 인물이 무슨 말씀을 하시는가 했다네."

경쾌하게 웃은 리자드맨 승려는 먹어 치운 다리뼈를 우지직 씹어 부수었다.

"우리들은 모두 바다 속 먼지에서 나온 자이거늘, 쥐의 후예가 영장(靈長)이라고 하는 것쯤은 화낼 일도 아니겠지."

거친 행동과 용맹하게 드러낸 송곳니를 보고 술기운이 가셨는지 표정이 핼쑥해진 드워프 도사에게, 리자드맨 승려는 한 방 먹였다는 뜻으로 눈을 빙글 돌렸다.

"농일세, 농."

"못 웃겠네. 못 웃겠어."

리자드맨 승려가 태연하게 말하자 드워프 도사는 휘휘 손을 내저었다.

"믿음이야 사람마다 다른 법. 다르다고 해서 싸움을 걸어서야 어디 몸이 남아나겠는가."

"다만 이단과 혼돈은 별개……로 치는 겐가?"

"그것들은 싸움을 거는 정도가 아니라, 완전히 씨를 말릴 때까지 쳐 죽여야 하는 법이네."

리자드맨 승려는 아주 진지하게 고개를 위아래로 끄덕였지만 대체 어디까지가 진심일지는 모를 일이다.

드워프 도사는 빈 그릇을 밀어내고는 급사를 붙잡아 적당히 고기를 부탁한 뒤 턱을 괴었다.

"그러고 보니 리자드맨은 모두 왼손잡이라거나 오른쪽에 심장이 있다고 들었는데, 실제로는 어떤 게야?"

"어허, 심장이 어디 있는지는 말 못하네만, 손은 굳이 말하자면 양손잡이일 걸세."

신의 왼손이 만들었으니 왼손잡이다. 라는 것은 헛소문인 모양이다.

양손의 손톱을 쥐었다 폈다 해서 보여주는 리자드맨 승려가 문득 생각난 듯 혀로 코끝을 핥았다.

"그런데, 드워프는 물에 뜰 수 있는가?"

"술만 있으면 못할 것도 없지. 그리고 맛있는 것이 있어야하고."

드워프 도사는 몇 개월 전과 같은 말을 하고서 벙긋이 웃었다.

§

"그야, 술만 있으면 못할 것도 없지. 그리고 맛있는 것이 있어야 하고."

수많은 모험가 파티가 그런 것처럼 그들 파티도 주점에서 시작되었다.

그렇지만 처음에는 세 명뿐이었고, 더 나아가면 단순히 한 명에 지나지 않았었다.

수로 위를 지난 바람이 공기를 시원스레 식히며 입구에서 들어온다.

저녁 시간, 물의 도시 주점은 이미 시끌벅적했다. 여기저기서 건배하는 소리가 들렸다.

"그런데, 숙부. 그걸 조카에게 부탁하는 것은 쬐끔 거시기하지 않소?"

드워프 도사는 토라진 것처럼 말하고 팔짱을 단단히 끼며 버티고 앉았다.

맞은편에는 주름과, 수염과, 근육이 더 많은 드워프가 떫은 표정으로 에일을 홀짝이고 있었다.

그의 의자에는 상당히 오래 사용한 전투 망치 말고도 갈고리를 기대어놓았다. 『실드 브레이커』다.

드워프의 베테랑이 술 앞에서 떫은 표정을 짓고 있다니, 사태가 얼마나 심각한지를 대변하는 모습이었다.

"그렇게 말을 해도, 거 참. 지금 내가 연락할 수 있는 동포가 너밖에 없지 않냐."

"숙부의 부탁이라지만, 이것만은 어찌할 수가 없구려."

에일을 벌컥 들이켠 드워프 도사가 노려보듯 눈을 반쯤 감고 숙부를 보았다.

전에 만났을 때보다 얼굴에 주름이 늘었고, 어느샌가 대머리로 변해 버렸다. 나이를 먹었구나 싶었다.

일족의 젊은이가 마도(魔道)에 발을 들인 끝에 무리한 행세를 하고 있으니 무리도 아니었다.

—그렇지만, 이것만큼은 말이야…….

"엘프하고 같이 모험을 가라고—? 뭐 대충, 그 엘프란 것은 족장인지 왕인지가 애지중지 키운 녀석일 거 아니오."

"뭐, 그렇겠지……."

"키가 크고, 얼굴이 길고, 콧대는 높고, 번쩍번쩍하고, 미장부에다, 선이 가느다랗지 않겠소?"

"아마 그렇겠지."

"입만 열면 우아하고 고상하며, 시를 읊으면 일급품, 활 솜씨는 천하일품이라던가."

"만난 적은 없다만……."

"크아~악!"

무리무리무리요. 드워프 도사는 거칠고 단단한 손을 휘휘 내저었다. 농담이 아니다.

"그런 녀석이랑 같이 있으면 숨이 막혀 죽을 거요."

"너 말이다. 그렇게 제멋대로……."

"세상의 위기라 이거 아니오? 그야 나도 돕기 싫은 것은 아니지만, 엘프는 사양할 거요."

그때였다.

포도주를 흩뿌리며 공중에서 빙글 회전한 잔이 숙부의 뒤통수에 맞았다.

"잠깐, 한 번 더 말해봐!"

무심코 머리를 누르며 엎드린 숙부 뒤에서 시원스럽고 청아한 목소리가 울려 퍼졌다.

보아하니 그곳에는 엘프 아가씨가 눈꼬리를 확 치켜 올리고 허리에 손을 대며 버티고 서 있었다.

선이 가늘고 가녀린 소박한 체구를 몸에 딱 맞는 사냥꾼 복장으로 감싸고, 기다란 귀를 위세 좋게 흔들고 있다.

말투로는 도저히 상상하기 어렵지만…… 다른 엘프보다 긴 귀는 고대의 요정, 그 후예의 증거였다.

드워프 도사는 시비라도 거는 것인가 싶어 희희낙락하며 손도끼를 붙잡고는 시비를 받아줄 자세를 보였지만—.

"몇 번이고 말해주겠어!"

어디선가 고함을 치는 목소리가 들리며 개와 같은 얼굴을 갖춘 수인이 일어섰다.

피부가 털에 휩싸여 알기 어렵지만 풍만하게 부푼 가슴을 보니 여성이다.

거칠지만 아직 새된 목소리를 들어보니…… 나이는 아직 흄이 말하는 성인이 막 된 정도일까?

아마 모험가는 아니리라. 하지만 단련된 흔적이 보이고 움직임이

절제되어있다. 정규 훈련의 증거다.

그렇다면 병사일 것이다. 그녀는 머리부터 뒤집어쓴 포도주를 닦으며 흥, 코웃음을 쳤다.

“엘프는 맨날 숲에 틀어박혀서 잘난체하고, 일이 다 끝난 다음에야 트집을 잡는 녀석들이야!”

“그렇다면, 그렇지 않다는 걸 가르쳐주겠어!”

하아악. 고양이처럼 외친 엘프 궁수가 개 얼굴의 병사에게 덤벼들었다.

시끌벅적한 소리를 내면서 원탁이 넘어지고, 술잔이 날아가고, 요리 접시가 뒤집어졌다.

주점에 모인 주정뱅이들은 익숙한 기색으로 피난하더니, 옳지옳지 하며 내기를 시작했다.

엘프가 이긴다. 수인이 이긴다. 하지만 엘프는 몸이 가늘다, 그러나 수인은 얼빠진 녀석이 많다…….

“어찌 저런 말괄량이가 있는지…….”

어이구야. 뒤통수를 누르며 신음하는 숙부에게 드워프 도사가 어깨를 으쓱거렸다.

“엘프치고는 드물구려.”

“……저런 아가씨라면, 동료 삼아도 불평 없느냐?”

“뭐, 그럭저럭. 엘프의 높은 양반이 저런 말썽쟁이를 고를 거라 생각지는 않소만…….”

드워프 도사는 그렇게 중얼거리며 접시에 손을 뻗었다.

포도주 방울이 떨어지긴 했지만 건조한 콩을 한 줌 입에 넣고 오독오독 소리를 내며 깨물어 씹었다.

"분명히 들었다."

그 옆에서 숙부가 깊은 한숨을 쉬었다.

"골랐다더라."

"뭐요?"

"인상착의를 봐라."

숙부는 품에서 접어둔 종이를 꺼내 던졌다.

굵직한 손가락으로 재주 좋게 그것을 펼친 드워프 도사는 그 너머로 난투장을 겹쳐 보았다.

"하아……. 저 모루가 말이오?"

그 고상한 엘프가 굳이 보낸 거니까 기량에는 의심할 여지가 없으리라.

엘프는 드워프를 얕보고 있지만, 동시에 드워프에게 얕보이는 것을 특히 싫어한다.

—다만, 저것은 그냥 꼬마가 아닌고……?

개 얼굴 병사를 상대로 캬악캬악 욕지거리를 하며 머리칼과 모피를 잡아채는 모습.

엘프의 연령은 생각해 봤자 의미가 없지만, 아직 백 년도 못 산 것이 아닐까?

"……헌데."

일단, 열 걸음이든 백 걸음이든 양보하여 저것이 여행 동료가 될 엘프라 치자.

"저 난투에서 끄집어내는 것은 좀 힘들 터인데……."

이를 어쩐다 싶어 하얀 수염을 당기며 생각에 잠긴 드워프 도사의 시선이 문득 주점 입구에서 멎었다.

그곳에 거대한 그림자가 있었다.

커다랗다. 바위인가 싶을 정도로 크다. 움직임도 크고, 치켜든 턱도 커다랗다.

저것은 그 어느 지방이었던가? 그렇지, 밀림이 펼쳐지는 남방의 의상이리라.

그 리자드맨은 시끌벅적한 난투를 한 번 흘깃 보더니 눈을 빙글 돌렸다.

그는 그대로 성큼성큼 주점에 들어와 주위의 시선을 개의치 않고 카운터로 향했다.

의자에 앉고자 하지 않는 것은 역시나 그 거구 탓일까? 아니면 바닥을 휩쓰는 꼬리 탓일까?

"미안하네만, 만날 사람이 있다네. 상대가 올 때를 알 수 없으니 조금 오래 있어야 할 것 같네만."

역시 바위 같은, 심지 굳은 목소리였다.

커다란 턱에 들어 있는 기다란 혀가 용케도 저리 재주 좋게 공통어를 한다.

"그, 그러시오."

주점의 주인이 어색하게 고개를 끄덕였다.

"다행이군."

주인의 허락을 구한 리자드맨이 고개를 끄덕이며 말을 이었다.

"드워프와 엘프를 만나기로 했다네. 그럴 듯한 모험가 일행이 있으면 가르쳐주지 않겠는가?"

그 이야기를 들은 드워프 도사가 숙부를 슬쩍 돌아보자 그는 마지못한 기색으로 대답했다.

"리자드맨에서도 전력이 온다는 것을 들었다."

말하는 당사자도 믿을 수 없다는 말투였다.

"뭐요, 숙부? 얼굴을 모르는 게요?"

"리자드맨은 인상착의 따위를 알아두어도 구별이 안 되지 않냐."

"그도 그렇군."

리자드맨은 바다에서 기어 나온 무시무시한 용의 후예를 자칭하는 세계 제일의 전사였다.

상대를 죽이고, 매장하고, 심장을 파내어 먹으며, 혈육으로 바꾸는 자들.

야만족이라고 하며 멸시하는 작자도 있고, 실제로 혼돈의 세력에 가담한 부족도 있다고 들었다.

그래도, 저 리자드맨은 질서측이리라.

그러나, 그런 것치고는—.

"아아. 그리고, 미안하네만 식사를……."

꼬리가 거슬려서 앉기 불편한지, 선 채로 카운터에 자리 잡은 리자드맨 승려는 비늘이 돋은 손가락을 세웠다.

눈알을 빙글 돌리며 커다란 턱을 열고 하는 말이 참으로 느긋하고 태평했다.

"아쉽게도 노자가 없는 탓에, 그릇을 닦든 장작을 패든, 일을 해서 탕감코자 하네. 그래도 괜찮겠나?"

드워프 도사는 무심코 웃었다.

술을 마시고, 배를 두드리고, 중저음을 울리며 커다랗게 웃었다.

웃고웃고, 리자드맨 승려가 긴 목을 괴물 같은 움직임으로 돌릴 때까지 웃고 술을 들이켰다.

"이보게, 비늘 친구."

그는 리자드맨 승려를 불렀다. 거읏, 숨을 내쉬고 수염에 묻은 술을 손으로 닦는다.

"저기서 싸우는 길쭉귀 처녀 목덜미를 잡아다 여기까지 데려와 주겠나."

드워프 도사가 태평하게 웃으며, 이쪽 상황은 전혀 모른 채 수인에게 올라타 따귀를 때리는 엘프를 가리켰다.

그러는가 싶더니 어느새 머리채를 붙잡혀서 데굴데굴 자세가 바뀌어 버렸다.

손도 나오고 다리도 나오고 손톱도 나온다. 엘프의 위엄은 전무했다. 그냥 어린애들 막싸움이다.

"허면, 내가 술과 고기를 배불리 사주지."

"오오!"

리자드맨 승려의 꼬리가 힘차게 바닥을 때렸다. 주인이 얼굴을 찌푸렸다. 숙부도 얼굴을 찌푸렸다.

"좋군, 좋아. 어허, 고마운 일일세. 역시 덕이란 것은 쌓아둬야 하는 법이군."

즉시 꼬리를 꿈틀댄 리자드맨 승려가 그 덩치로는 생각하기 어려운 빠른 속도로 난투에 뛰어들었다.

더욱 혼돈에 빠진 주점을 씨익 웃으며 바라보는 드워프 도사의 옆에서 숙부가 낮은 목소리로 신음했다.

위가 따끔따끔 아픈 모양이다. 술을 쭉 들이켜도 도무지 나아질 기색이 없었다.

"……미안하지만, 나는 이만 부대로 돌아가마."

수십 년 전부터 드워프 군대에서 실드 브레이커로 싸워온 남자는 간신히 그렇게 말했다.

테이블 위에 적당히 금화를 몇 닢 두고서, 흄 크기의 의자에서 영차 뛰어내렸다.

조카를 포함한 이런 파티에 종족의 명운을 맡겨도 될 것인가? 그는 판단하기 어려웠다.

—정말이지, 신들의 속셈이란…….

위태로운 발걸음으로 주점을 나선 실드 브레이커의 머리 위로, 데굴데굴 주사위가 구르는 기척이 났다.

§

"……뭔데—."

머리칼은 엉망진창, 옷은 너덜너덜. 볼은 약간 부었고, 표정은 토라져서 고개를 돌리고 있었다.

그런 하이 엘프가 처음 내놓은 목소리를 듣고 드워프 도사는 유쾌한 기색으로 웃었다.

"그야, 일 이야기를 하려는 것 아니겠느냐?"

드워프 도사가 씨익 웃으며 두꺼운 손바닥을 쓱쓱 비볐다.

—적어도 얌전히 앉기는 했으니 이야기를 들을 마음은 있는 게로다.

이 주점에서도 싸움은 일상다반사인지, 이미 분위기는 이완되었고 소란도 되살아났다.

호되게 두들겨 맞은 수인은 불만스런 기색으로 구석 자리에서 고기를 먹고 있었다.

방금 전 도박은 결과가 안 나고 끝났기 때문에 손님들도 이미 완전히 흥이 식어 버렸다.

"흐흠. 그러면 우선 한 가지, 지극히 중대한 것부터 들어둬야겠군."

술통을 의자 대신 삼은 리자드맨이 불쑥 중재하러 끼어들었다.

엘프와 수인의 목덜미를 붙들어 올리는 장면은 장관이었지만, 내기는 무효가 되었다.

결국 돈벌이를 한 것은 주최자뿐이었다. 그 레아는 싱글벙글 웃으며 일동에게 술을 사고 있었다.

"비늘 친구, 그게 무엇인고?"

"어흠."

그 리자드맨 승려는 대단히 묵직한 움직임으로 고개를 끄덕였다.

"식대와 의뢰 보수는 별개라고 생각해도 되겠는가?"

"아무렴."

드워프 도사는 수염 난 얼굴에 씨익 웃음을 지었다.

"이 자리의 계산은 내 숙부가 하기로 했지."

"그거 잘 됐군."

리자드맨 승려는 그렇게 말하자마자 커다란 턱을 벌려 탁상에 있던 뼈 달린 고기를 깨물었다.

"그래서, 일은 어떤 건데?"

리자드맨 승려의 식사 모습을 기겁하며 바라보던 엘프 궁수가 턱을 괸 채 중얼거렸다.

"일단, 이야기는 간단히 들었는데 말야."

"오냐, 그것이지."

드워프 도사는 고개를 끄덕이고 탁상에 있던 잔을 집어 벌컥 들이켰다.

그렇게 비운 잔으로 요리 접시를 밀어내어 공간을 만들었다.

"수도 쪽에서 마신왕인지하고 전쟁을 벌이는 건 알고 있겠지?"

대답은 바라지 않았다. 드워프 도사는 품에서 두루마리를 꺼내 탁상에 펼쳤다.

나무 가죽에 염료를 이용해 그렸다. 추상적이지만 정확한 필치. 엘프가 만든 지도의 특징이었다.

황야 가운데 고풍스런 건물이 그려져 있었다.

"그래서 군사회의를 하려고 했더니만, 등 뒤에 고블린 놈들의 소굴이 있는 것을 알아 버린 게다."

"고블린의 소굴?"

"그것도, 대규모이니라."

여기다. 말하면서 가리킨 한 점을 보고서 엘프 궁수는 눈을 깜빡였다.

황야 한복판에 그려진 고풍스런 건물의 표시. 그리고 그다지 멀지 않은 곳에 있는 거대한 숲.

"우리 영역 근처잖아!"

"어허. 허면 이러한 구성원을 택한 이유는……."

리자드맨 승려가 뼈에서 고기를 찌이익 뜯어내고는 몇 번 씹어 삼킨 다음 말했다.

"……정치라는 것 때문이던가?"

"그렇겠지."

드워프 도사가 고개를 끄덕였다. 정말이지 이야기가 쓸데없이 복잡하다. 의리에 체면, 귀찮기 짝이 없다.

"내 숙부도 억지를 좀 부린 모양이다만, 흄에게 말도 없이 이쪽만 군을 움직일 수는 없는 법이니."

"레아와 수인은 괜찮은 것인가?"

수인이라고 하자 엘프 궁수의 기다란 귀가 움찔 흔들렸다.

방금 전까지 드잡이질을 했던 개 얼굴 병사는 달려온 상관이 신병을 인수했다.

떨떠름한 표정으로 머리를 딱 때리는 걸 보니 그런 소동이 일상다반사인 것 같다.

아니면 개 수인의 기질 탓에 역시 상급자에게 거스르기 어려운 것일지도 모른다.

어쨌든지 물의 도시는 좋은 도읍이지만 아무래도 도통 긴장감이 없었다.

"그치들에게는 의용병 이상의 역할을 기대하면 안 될 게야."

레아는 개개인을 따져보면 용감한 자도 있지만 씨족이나 집단이 되면 또 다르다.

기본적으로 평안한 나날을 널리 사랑하는 그들은 자기들 동네가 아닌 곳에는 무관심했다.

수인은 수인 나름대로, 한데 묶기 어려울 정도로 다종다양하다.

뭉치게 되면 과연 어느 부족이 주도권을 쥘 것인가를 다투느라 도저히 제대로 굴러가지 못한다.

마신왕의 각성과 온 대륙의 말을 가진 자들이 치르는 전쟁에서도 마찬가지.

일이 닥치면 저절로 일어서 뭉치게 되겠지만—.

"그리고 문제는, 흄을 한 사람 동료로 삼아야 한다는 게지."

"아아, 그거라면 좋은 녀석을 하나 알고 있어."

엘프 궁수가 지도에서 확 고개를 들었다. 가늘고 긴 검지를 세우더니 빙글 원을 그렸다.

"오르크볼그라고 하더라. 변경에서 고블린 퇴치를 하는 전사."

"뭣이? 카미키리마루라고?"

"그래. 드워프는 모르겠지만 말이야. 지금 음유시인의 노래가 대인기야."

인기인지 어떤지는 모르지만, 그녀는 이 때가 기회란 듯 우위를 점하려고 우겼다.

소귀 살해자의 치명적인 일격이, 소귀왕의 목을 공중으로 쳐낸다.

오호, 저것을 보라. 파랗게 타오르는 그의 칼날을. 참된 은으로 단련하여, 결코 주인을 배신하지 않노라.

그리하여 기어이 소귀왕의 야망도 끝나고, 구원받은 아리따운 공주가 용사의 품에 몸을 맡기누나.

그러나, 그가 바로 소귀 살해자. 방황을 맹세한 몸, 곁에 거느릴 수는 없었노라.

내뻗은 공주의 손이 허공을 붙잡고, 용사는 돌아보지 않으며 떠나갔노라.

시를 읊조린 그녀는 얄팍한 가슴을 자랑스레 내밀었다.

"동굴 바닥에 틀어박혀 있으니까 모르는 거야. 드워프는 이렇다니까."

"그게 숲 속에 틀어박혀 사는 것들이 할 말이더냐?"

기다란 귀를 자랑스레 흔드는 그녀에게, 드워프 도사는 의심스런 시선을 보냈다.

—절반 정도는 흘려듣는 편이 좋을 것 같구먼.

대개 음유시인의 노래는 그런 법이다.

"그러나, 어디, 보자."

이 엘프 길쭉귀 처녀는 탐색자나 척후. 이쪽 리자드맨이 신관…… 무승(武僧)일 것이리라.

드워프 도사 본인은 마술은 물론이고 무기를 다루는데도 소양이 있었다.

그러나, 전사가 부족했다.

실제로 보기 전까지는 판단할 수 없지만, 그래도 노래가 퍼질 정도의 전사다.

그에 걸맞은 기량이 있다고 보아도 될 것이다.

"……그건, 괜찮구먼."

"그러면, 보수는 등분. 소귀 살해자 선생을 동료로 들인다고 인식하면 되겠구려."

리자드맨 승려가 파티를 둘러보았다. 드워프 도사와 엘프 궁수가 수긍했다.

그러자 리자드맨은 코끝을 혀로 날름 핥았다.

"허면 계획을 세워 보세나."

"우선은 도시로구먼."

드워프 도사는 지도를 한 쪽 눈으로 노려보며 말했다.

"어느 도시에 있다더냐?"

"그러니까, 시인한테 들었는데……."

쭈욱. 엘프 궁수의 하얀 손가락이 엘프의 지도 위를 훑었다.

이윽고 변경 도시에 이르자 깔끔하게 다듬은 손톱으로 톡톡 지도를 두드린다.

"이쯤?"

"거리는 그리 멀지 않군……. 그러나……."

리자드맨 승려의 얼굴은 사려 깊고 심각해 보였다.

"우리들은 적의 작전을 막고자 움직이고 있다네. 그러니 당연히 습격이 일어날 것이라 봐도 되겠지."

"으잉? 허면…… 모험하는 도중에 습격을 받을지도 모른단 게야?"

"그것을 피하기 위해서라도 지금 여기서 정리해 두세나. 전력을 보충할 틈을 주지 않도록 말일세."

"맡겨만 둬."

엘프 궁수가 주먹을 쥐고는 자신의 얄팍한 가슴을 힘차게 탕 두드렸다.

"세상의 명운이 걸려 있다니, 모험가한테는 최고잖아!"

"어이쿠야."

드워프 도사가 눈을 뒤집었다.

"놀러 가는 것이 아니니라. 알고는 있느냐?"

"물론이지. 드워프는 어떨지 모르지만, 엘프는 언제나 활과 화살로 세상을 지켜왔거든?"

"허."

말은 잘 하는구먼. 드워프 도사가 희미하게 눈을 크게 뜨더니 하얀 수염을 당기며 숨을 내쉬었다.

"그러면, 그 모루 같은 가슴은 활을 당길 때 방해가 되지 않기 위함이더냐?"

"모루?"

"평평하고, 단단하지 않느냐?"

그 순간, 엘프 궁수의 하얀 볼에 확 핏기가 오르더니, 수치와 분노로 얼굴이 새빨갛게 물들었다.

"뭐야……!!"

덜커덩 의자에서 일어서며, 원탁에 손을 짚고 불쑥 몸을 내밀었다.

"실례잖아! 드워프도, 그, 저기……!"

몸을 내민 엘프 궁수가 입을 뻐끔거렸다.

기다란 귀가 위아래로 흔들리고, 손가락 끝이 공중을 방황하며 어지러이 움직였다.

"그, 그래, 그 배! 무슨 북 같은 배잖아!"

"이건, 체격이 좋다고 하는 게다. 드워프는 이게 더 좋은 법이지."

드워프 도사가 의미심장하게 말을 끊더니 곁눈질로 엘프 궁수에게 시선을 보냈다.

"엘프는 어떤가 모르겠다만."

그 시선이 가슴으로 향한 것을 엘프 궁수가 모를 리 없었다.

"흥!"

그녀는 팔짱을 끼고 굳이 소리를 내어 자기가 기분 틀어진 것을 주장했다.

"역시 드워프는 미적 센스가 이상하네!"

"우리들의 금세공을 사가는 건 엘프이니라."

"뭐야—!!"

시끌벅적.

신화시대 무렵부터 이어지는 종족간의 다툼을 눈앞에서 보고, 주점 사람들이 두 사람에게 시선을 집중했다.

하지만 금세 그 자리의 흐름은 변한다. 싸움이야 일상다반사니까.

드워프에게 은화 5닢, 엘프에게 금화 1닢, 좋아, 언니야. 어이 아저씨 그 엉덩이 걷어차 버려.

리자드맨 승려가 깊숙한 한숨을 내쉬며 고개를 젓더니 쉬익 날카로운 숨소리를 냈다.

먹잇감을 노리는 파충류의 기백에 두 모험가가 우뚝 입을 다물었다. 도마뱀 승려는 고개를 끄덕였다.

"음."

이러면 되는 것이다.

§

마차는 밤의 그림자에 뒤섞여 문을 빠져나갔다.

요즘 세상에 모험가가 아니면 상단(商團) 같은 사람들과 함께 행동하는 것이 안전하다.

그러나 시간이 많은 것도 아니고, 그들 세 사람은 갖가지 면에서 타협을 해야 했다.

짐마차를 조금 개조한, 별로 좋은 마차는 아니다. 말도 평균…… 중간에서 아래쪽.

드워프 도사와 리자드맨 승려가 고삐를 쥐고 있었고, 엘프 궁수는 활과 화살을 쥐고 하늘을 살피고 있었다.

마차의 속도는 사람이 걷는 것보다는 빠르지만 그렇다고 말이 달리는 것보다는 느렸다.

드워프 도사는 별로 마음에 안 드는 상황이었다.

말도 마차도, 그리고 마부도 되도록 질이 좋은 것을 조달하고 싶었다.

그러나 숙부에게 받은 준비금도, 시간도, 모두 유한했다. 타협이 필요했다.

"덤으로 느긋하게 가야 한다고 하니, 이 또한 귀찮구먼."

"중간의 역에서 말을 바꿀 여유도 없으니 말일세."

마부석의 바로 옆에 앉아 있던 리자드맨 승려가 조심스런 혼잣말에 대답해주었다.

“그리고 말을 서둘러 몰아 괜한 무리들의 눈길을 끌면 곤란하니, 이러는 편이 오히려 빠를 거라네.”

“괜한 놈들?”

엘프 궁수가 기다란 귀만 마부석 쪽으로 쫑긋 돌리며 고개를 갸웃거렸다.

“도적단이나 강도단 같은 놈들 말일세.”

“아아…….”

대답을 듣고서 그녀는 섬세한 얼굴을 엉망으로 찌푸렸다. 싫은 이야기를 들었다는 표정이다.

명백할 정도로 노골적인 감정 표현을 흘끔 곁눈질한 드워프 도사가 이거야 원, 투덜거렸다.

“그 도시에서는 그 여걸 덕분에 아무렇지도 않았다만 지금은 들판에 나왔으니 말이다.”

“지고신의 신전에서 벗어난 이상, 악귀 놈들이 덤벼드는 것도 시간문제일 수 있을 걸세.”

“신의 가호란 녀석인고. 대장장이와 강철의 신은 전투에 임할 용기밖에 주질 않으시니…….”

드워프 도사가 신에 대한 기도를 중얼중얼 읊조렸다. 위대한 강철의 신이여.

그리고서 참으로 아쉽기 짝이 없는 기색으로 어깨를 으쓱거리고 고개를 옆으로 저었다.

“부디 엘프 처녀가 여차할 때 겁을 먹고 힘이 풀리지 않도록 기도

하지 않을 수가 없구먼."

"우으……!"

물론 엘프의 기다란 귀가 그 말을 놓칠 리 없었다.

"두고 봐! 나중에 엎드려서 감사하게 될 테니까!"

"오냐, 오냐. 별 기대는 않고 기다리마."

손을 휘휘 내젓자 엘프 궁수가 토라진 표정으로 코웃음을 치더니 벌렁 드러누웠다.

드워프 도사도 그녀를 따라 슬쩍 하늘을 올려다보았다.

하늘에는 별, 그리고 달 두개가 검은 빌로드 위에 뿌린 보석처럼 빛나고 있었다.

황황하게 빛나는 녹색 달은 마치 타오르는 눈동자 같아서 어쩐지 서늘했다.

여름이 다가오는 탓인지 묘하게 공기가 습해서 호흡하는 것도 갑갑하게 느껴졌다.

"바람이라도 한 줄기 불면 좋을 텐데……."

엘프 궁수가 조용히 중얼거리는 소리에, 대답하지는 않았지만 드워프 도사도 동감했다.

그들의 파티가 과거에 마을이었을 폐허에 마차를 몰던 무렵이었다.

음울한 집들의 잔해가 달빛에 비쳐 가도에 기괴한 그림자를 뻗고 있었다.

낮에도 적막함을 느낄 것처럼 황량해져 수풀이 멋대로 우거진, 삭아버린 마을의 주검.

밤이 되면 구울이나 고스트가 숨어 있어도 이상하지 않—.

"우, 응?"

엘프 궁수가 묘한 소리를 냈다. 어깨 너머로 돌아보니 뭔가 코를 벌름거리고 있었다.

"뭣이냐? 어디선가 꽃향기라도 나느냐? 엉?"

"실례잖아. 그게 아니라 뭔가 묘한 냄새가……."

그녀는 코앞에서 손을 내저으며 의문스런 표정으로 주위를 살폈다.

"부웅이라고 해야하나? 찌잉……? 그런 거. 바람도 없는데 말야."

"……유황이겠구먼."

"유황? 이게?"

"조금 더 말하자면, 유황이 섞인 뜨거운 김의 냄새니라."

그것이 무엇을 의미하는지 세 사람이 모를 리 없었다.

한 순간 입을 다문 세 사람이 침을 꿀꺽 삼켰다. 긴장한 표정— 엘프 궁수는 하늘을 올려다보았다.

"위야!"

그것은 생물이라기보다, 인간 형태의 벌레를 모방하여 고깃덩이로 만든 기계 같아 보였다.

피처럼 붉은 표피에, 마치 모자를 쓴 것처럼 뾰족한 머리. 붉은 모자.

박쥐가 떠오르는 날개를 펄럭거리며, 양손에는 잔학함을 나타내는 흉흉한 갈고리 손톱이 자라있다.

레서 데몬(하급 마신). 수는— 두 마리. 적과 조우했다.

"오는구나!"

소리친 드워프 도사가 고삐를 휘둘러 말들에게 지시를 보냈다.

물론 말도 이 세상 것이 아닌 자의 기척을 느꼈는지 겁먹은 기색으로 히힝거렸다.

설설 돌고 있던 바퀴가 기세 좋게 굴러가기 시작하고, 마차는 똑바로 달리기 시작했다.

"말의 속도를 더 올려 주시게…… 아니, 소승이 고삐를 쥐겠네! 술법을 준비하시게!"

"오냐!"

드워프 도사는 리자드맨 승려에게 고삐를 건네고 구르듯이 짐칸으로 이동했다.

물론 촉매가 든 가방이 날아가지 않도록 단단히 어깨 끈을 붙잡는 것도 잊지 않았다.

"그냥 도망치면 안 돼?"

엘프 궁수가 현에 화살을 메기고 끼리릭 당기면서 살짝 입술을 핥았다.

"도망칠까 아닐까는 별개로 치고."

"정보가 새어나갈 걸세."

묵직하게 고개를 끄덕인 리자드맨 승려는 태연하게, 오늘 저녁 식사에 대한 것처럼 말했다.

"이번에는 압살해두고 싶군."

그리고 그것은 레서 데몬 쪽도 마찬가지였나 보다.

고오, 바람을 가르는 소리를 내면서 레서 데몬 한 마리가 마차를 향해 내려왔다.

선수를 뺏겼다. 누군가가 소리친 순간 나무 파편이 빠각 흩어졌다.

흉기와도 같은 갈고리 손톱이 후방에서 앞으로 지나치며 마차에 닿은 것이다.

"와, 푸우……!"

수염에 튄 나무 파편을 툭툭 털어내면서 드워프 도사가 외쳤다.

"마차가 망가지면 이쪽이 뜯겨나가겠구먼!"

"말은 소승이 지킬 테니 어떻게든 해주지 않겠나……!"

그렇게 말하는 동안 다음 공격이 하늘에서 쏟아졌다.

날개를 접고서 급강하. 달을 등지고 쏟아지는 일격을 엘프 궁수가 노려보았다.

그녀의 기다란 귀가 움찔 움직이며 바람을 읽고, 당겨진 현이 끼리릭 소리를 냈다.

"이 녀석이……!!"

"AAARREMMEERRRRR?!?!"

그리고 이 세상 것이 아닌 비명이 올랐다. 엘프 궁수가 기회를 놓치지 않고 쏜 것이다.

화살이 콱 박혀 마차에 손이 붙박이게 된 레서 데몬은 갈고리 발톱을 움직여 바닥을 갉아대며 몸부림쳤다.

"꼴 좋다아—!"

레서 데몬이 마지막으로 본 것은 눈앞에서 활을 당기는 엘프 궁수의 모습과 나무 눈 화살촉이었다.

일류 현악기와도 같은 음색과 함께 나무 눈 화살촉이 눈구멍에 박히고 악마의 뇌간을 꿰뚫었다.

뿐만 아니라 근접 사격의 충격에 버티지 못한 연수가 부러지고,

머리가 뒤로 덜컥 뒤집어졌다.

힘없이 늘어져 질질 땅에 끌리는 주검 앞에서 엘프 궁수가 회심의 미소를 지었다.

"일단 한 마리!"

"그거 좋군! 허나 무게가 늘어나니 놈을 떼어내 주시게!"

"그래…… 어, 으햐?!"

간발의 차이. 문자 그대로 엘프 궁수의 머리칼 몇 가닥이 갈고리 손톱에 걸려 공중에 흩어졌다.

급강하한 레서 데몬이 그녀의 목을 할퀴려고 한 것이다.

뽑아낸 화살을 붙잡은 채 엉덩방아를 찧은 그녀는 부들부들 떨고 있었다.

동시에, 주르륵 굴러 떨어진 레서 데몬의 주검이 땅에 부딪히며 튀어 올라 둔탁한 소리를 냈다.

방심하지 않고 촉매 가방에 손을 집어넣은 드워프 도사가 엘프 궁수를 놀렸다

"겁먹은 게냐?"

"아니야, 약올라서 그래!"

드워프 도사의 말에 반박한 엘프 궁수가 하늘을 노려보았다.

레서 데몬의 시체를 떨쳐낸 덕에 속도는 빨라졌지만, 그래도 날개를 가진 자와 비교할 수는 없었다.

"있지, 드워프!"

엘프 궁수가 눈길을 피하지 않고 외쳤다.

"저 녀석 주문으로 떨어뜨릴 수 없어?""떨어뜨리지 못할 것은, 없

겠다만…….”

드워프 도사는 한쪽 눈을 감고서 하늘을 노려보며 거리와 속도를 확인했다.

별빛과 달빛 앞에서는 밤의 장막도 무력하고, 드워프의 눈은 어둠 속도 꿰뚫어본다.

“주문으로 떨어뜨려도 금세 다시 날아오를 게다!”

“어째서?! 못 써먹을 주문술사네! 이 드워프!”

“시끄럽다, 시끄러.”

드워프 도사는 골이 울리도록 소리치는 엘프 궁수에게 퉁명스레 대답하며 얼굴을 찌푸렸다.

“놈은 우리와는 다른 법칙으로 움직이느니라. 쓰러뜨리려거든 철이나 금속 같은 다른 수를 써야할 게야.”

“물리 공격 말인가, 좋은 이야기로군!”

고삐를 쥔 리자드맨 승려가 커다란 턱을 비틀며 웃었다. 상어 같은 웃음이었다.

아무래도 재빨리 계획을 정리했는지 그가 한 번 크게 고개를 끄덕였다.

“술사 선생, 떨어뜨리는 건 가능한 것인가?”

“오냐.”

드워프 도사가 고개를 끄덕였다.

“계속은 무리일 게야.”

“그러면 탐색자 선생, 곡예와 같은 활쏘기를 부탁하고 싶네만…….”

“할 수 있어!”

엘프 궁수는 내용을 듣지도 않고 대답하며 어둠 속을 향해 화살을 쏘았다.

엘프라서 가능한 마법과도 같은 화살의 궤도였지만, 레서 데몬은 휙휙 재주 좋게 그것을 피했다.

"아앙, 정말!"

혀를 한 번 찬다. 엘프 궁수는 새로운 화살을 활에 메기고 현을 당겼다.

"허면."

리자드맨 승려는 고삐를 움직여 마차를 갈지자로 몰며 말했다.

"로프를 단 화살로, 놈을 꿰뚫어주실 수 있겠는가?"

"로프를 단 화살로……?!"

엘프 궁수는 짐칸에 던져놓은 밧줄을 집어 입을 앙다물고 적을 올려다보았다.

붉은 악마는 여전히 날갯짓을 하면서 이쪽으로 덤벼들 기회를 노리고 있었다.

"좋아, 해주겠어!"

말을 내뱉은 그녀는 재빨리 밧줄을 화살에 묶기 시작했다.

엘프의 가늘고 섬세한 손가락이라면 설령 흔들리는 마차 위에서도 실수하지 않는다.

시선은 적에게 향한 채, 손가락을 다른 사람처럼 움직이며 엘프 궁수는 입가를 풀었다.

"당신, 마치 무슨 장군 같아."

"당치도 않다네."

리자드맨 승려가 긴 목을 찬찬히 좌우로 저었다.

“소승은 화살깃 같은 것이라네. 방향을 정하는 거라면 모를까…….”

말을 하면서, 그는 코끝을 혀로 날름 핥으며 생각하고는 이윽고 고개를 끄덕였다.

“부대란 것은 다시 말해서, 화살촉, 화살대, 화살깃, 활, 사수가 모여야 하는 것일세.”

아아. 엘프 궁수가 희미하게 웃었다. 이해하기 쉬운 비유였다.

“그러면 나는 화살촉인가? 자, 드워프. 주문 실수하지마!”

“헹! 지껄여 보거라!”

엘프 궁수에게 반박하면서 적을 시야에 포착한 드워프 도사가 문득 깨달았다.

하늘에 빨간 빛이 하나.

그것도 입을 커다랗게 벌린 레서 데몬의 입 안에 빨간 불이—.

“《파이어 볼트(불화살)》가 온다!”

“뭣이라!!”

리자드맨 승려는 진정 즐거운 기색으로 외치면서 고삐를 억지로 휘둘렀다.

혼란 때문인지 공포 때문인지, 말이 소리 높여 울고 마차가 삐걱거리며 커다랗게 방향을 틀었다.

그러자 원래대로라면 몇 초 뒤에 마차가 지나갔어야할 자리에 불꽃의 화살이 박히며 불똥이 튀어올랐다.

리자드맨 승려의 험상궂은 얼굴이 붉디붉게 타오르는 불빛에 비쳐 흐릿하게 떠올랐다.

"하하하하하, 이거 재미있어지는군."

"비늘 친구, 자네는 이걸 무슨 전차로 착각하는 것 아닌가?!"

"설마 그러겠는가?"

리자드맨 승려가 태연하게 대답했다.

"과연 어떨는지……."

드워프 도사는 말하면서 하늘을 노려보았다.

붉은 악마는 자신의 자랑거리인 《파이어 볼트》를 피해버리자 또다시 급강하하여 공격할 셈인가 보다.

—그리 간단히는 못 하느니라.

점점 시야에서 커지는 적을 앞두고 드워프 도사가 에잇 기합을 발했다.

"《요정(픽시)아, 요정아. 과자는 못 주노라만 장난을 부탁하마》!"

세상의 이치를 개변하는 진정으로 힘 있는 말이 솟아 나오고, 주문의 고리가 분명히 레서 데몬의 모습을 포착했다.

이제 그 날개를 몇 번이고 퍼덕여봤자 중력의 쐐기에서 벗어날 수는 없다. —본래대로라면 말이다.

하지만 하급이라 해도 악마는 악마, 세상의 이치를 왜곡하여 존재하는 괴물이었다.

"ARREMERRRERRRRRR!!"

땅에 떨어졌다 싶은 레서 데몬이 억지로 날개를 움직여, 마력의 사슬을 끊어내고 울부짖었다.

반드시 보복을 내려주마. 저 드워프, 리자드맨, 그리고 엘프에게.

고대의 엘프가 쏟아낼 피와 내장의 향기를 상상하기만 해도 저속

한 레서 데몬의 욕망이 용솟음쳤다.

"먹어랏!!"

그러나, 그 욕망을 통렬하게 쳐부순 것 또한 엘프의 화살이었다.

마차의 가장자리에 발을 올리고 몸을 내민 엘프 궁수가 가차 없이 나무 눈 화살을 레서 데몬에게 쏘았다.

"AREEERM?!"

고통에 몸부림치던 레서 데몬은 화살에서 밧줄이 뻗어 있는 것을 깨닫는 것이 약간 늦어졌다.

그리고 그 정도 미약한 틈이 있으면, 밧줄이 팽팽하게 당겨질 만큼 가속하기에는 충분하고 남았다.

"……?!?!?!?!?!?!?!?!?!?!"

시끄러운 비명, 소름 돋을 정도의 절규가 달빛 아래 황야에 메아리 쳤다.

마차에 매달려 땅바닥을 끌려가는 것은 지금껏 레서 데몬이 상상도 못했던 일이었다.

열심히 날아오르고자 발버둥 치면서도 끌려가서 땅바닥을 구르는 꼴은 무참할 지경이었다.

그러나 레서 데몬은 그래도 근력을 동원하여 자세를 제어하려고 땅에 다리의 발톱을 박았다.

일어서기만 하면 다시 비상하는 것은 오래 안 걸린다. 날아오르면 성가셔진다.

"여기서부터는 어떡할 건데?!"

다음 화살을 화살통에서 뽑으며 엘프 궁수가 말하자 리자드맨 승려가 벌떡 일어섰다.

"물론 마무리를 지을 거라네."

말하자마자 리자드맨 승려는 촉매가 되는 송곳니를 양손에 끼우고 합장했다.

"《영도룡(伶盜龍)의 갈고리인 날개여. 찢어발기고, 하늘을 날아, 사냥을 이루라》."

손바닥 안에 있던 송곳니가 눈앞에서 부풀어 오르며 연마된다. 큼지막한 《용아도(샤프 클로)》.

"말은?!"

엘프 궁수가 무심코 돌아보니 용아병(드래곤 투스 워리어)이 고삐를 단단히 쥐고 있었다.

"마무리를 짓는다니…… 어이, 이보게, 비늘 친구. 설마 뛰어 내릴 생각—."

"당치도 않군."

눈을 뒤집고 물어보는 드워프 도사에게, 리자드맨 승려는 사려 깊은 승직의 움직임으로 고개를 저었다.

"바로 그 설마라네."

다음 순간, 마차가 삐걱거리더니 리자드맨 승려가 레서 데몬에게 뛰어들었다.

"오오, 무시무시한 용이여, 위대한 선조여! 똑똑히 보소서!!"

"AREEERMEER?!?!?!?!?!"

손톱, 손톱, 송곳니, 꼬리. 저항하는 레서 데몬을 찢어내고, 물어뜯고, 때려눕힌다.

《파이어 볼트》를 쏘려는 턱, 그 아래쪽의 목을 유린하여 기도를 짓뭉개고 리자드맨 승려가 부르짖었다.

"이이이이이이야아아아아아아아아아앗!!"

그리고, 너무나도 쉽사리 용아도로 레서 데몬의 목을 베어 버렸다.

떨어진 머리는 굴러가면서 광야로 사라지고, 마차에 끌려가는 주검에서는 자청색의 피보라가 뿜어져 나왔다.

처리한 시체 위에 올라탄 리자드맨 승려는 튀는 피를 태연하게 몸으로 받아내며 쾌활하게 턱을 들었다.

"이거 참으로, 좋은 공덕을 쌓았군."

저 멀리 오르기 시작한 아침 해를 받으며, 용과 같은 머리가 뭐라 말하기 어려운 분위기를 두르고 있었다.

§

"그걸 보고서, 우리는『이 녀석에게는 거스르지 말도록 하자』고 몰래 다짐을 했지."

"소승이라 해도 피가 끓을 때가 있는 법일세."

태연하게 응한 리자드맨 승려는 희희낙락하며 주문한 치즈 덩어리를 양손으로 들었다.

그리고 커다란 턱을 벌려 덥석 깨물고, 뜯어먹자마자「진미로다!」하며 꼬리로 바닥을 때렸다.

"그도 그럴 것이, 이래 보여도 소승은 온혈 동물이 아닌가?"

"자네 농담은 이해가 어렵구먼."

이거야 원. 드워프 도사는 어쩔 수가 없다며 손을 들고 덤으로 여급에게 에일을 부탁했다.

넘칠 듯이 부푼 북 같은 배, 술통 같은 배에 술을 쏟아 붓는 것이 벗과 마실 때 드워프의 예의다.

"그래서, 모였는고?"

"무슨 말이신가?"

"화살 말이야, 화살. 화살과 활."

"아아."

씹던 치즈를 꿀꺽, 목을 울리며 삼킨 리자드맨 승려가 입가의 부스러기를 핥아냈다.

"화살촉이 탐색자 선생, 이를 잇는 화살대가 술사 선생, 화살깃이 소승……."

"……활이 그 계집아이, 사수가 카미키리마루— 이리 되는고?"

"그렇군, 그렇지."

고개를 끄덕인 리자드맨 승려를 곁눈질하며, 드워프 도사는 주문한 에일 잔을 받았다.

넘실넘실 따른 술에 일단 입을 대고 후르륵, 그리고 단숨에 벌컥 들이켰다.

"아무리 명궁이라 해도, 애먼 데만 쏴서는 상하는 법일세."

"그러나 고블린 놈들만 노리는 것은 과연 좋게 봐야 할지, 나쁘게 봐야 할지……."

꺼억. 술 냄새 나는 트림을 흘리고, 얼굴이 붉어진 드워프 도사가 하얀 수염에 묻은 술방울을 손등으로 닦았다.

"어쨌거나."

"음, 어쨌거나."

"좋은 파티로구먼."

"불평할 데가 어디 있겠소."

리자드맨 승려가 커다란 턱을 벌리며 웃고, 드워프 도사도 중저음의 목소리로 껄껄 웃었다.

추가로 나온 잔을 손에 든 두 사람은 그것을 텅 부딪쳤다.

"좋은 벗에게."

"좋은 전우에게."

"좋은 모험에."

건배. 세 번 들어 올린 잔의 내용물을 모두 들이켰다.

만남과 작별이라 말하오마는
재가 되어 사라진 녀석들도 있을 법 하지
언젠가 만날 수 있으리 드나들기를 반복하며
사라진 서적의 페이지를 넘기네
단련해 보아봤자 만년 전사
이름도 잊은 그 녀석은 누구던가
앗 하는 순간에 한 발 늦어서 그 녀석은 훌쩍 사라졌구나
만남과 작별이라 말한다마는
만남도 작별도 한 번뿐이라

모험가의 밤은 이렇게 깊어지는 것이었다.

제10장 『갔다가 돌아온 이야기』

승합 마차가 정류소에 멎었을 때는 이미 석양이 앞질러간 뒤였다.

저물어가는 해는 마지막 붉은 빛을 던지고 어둠과 뒤섞여 세상을 보라색으로 덧칠했다.

길게 뻗은 그림자는 역시 커다랗게 일그러진 도시의 그림자와 뒤섞여 희화화된 불가사의한 모습이었다.

멀리서 귀가를 서두르는 아이들의 목소리를 들은 고블린 슬레이어는 굳어진 몸을 가볍게 풀었다.

마차란 것은 그저 앉아있기만 하는데도 어째선지 근육이 굳어진다.

의식은 명확했다. 그러나 몸은 묵직하고 머리는 둔탁하며, 발치가 묘하게 가볍다.

—때가 됐군.

눈 안쪽의 둔중한 통증에 눈을 몇 초 감아서 견디고, 그는 쉽사리 그렇게 결단했다.

흄이 연속해서 싸울 수 있는 것은 20일쯤 된다고, 전에 어디선가 들은 기억이 있었다.

이제 휴식하지 않으면 더 이상은 온갖 의미에서 능력이 저하될 수도 있었다.

고블린 슬레이어는 그것을 긍정할 정도로 낙관적이지 않았다.

성큼성큼 정문에서 바로 옆에 있는 키가 큰 건물— 길드를 향해 똑바로 걸었다.

보고를 하고, 보수를 받아, 장비를 수선하고, 휴식을 한 다음, 다시 고블린을 퇴치하러 간다.

무엇 하나 다를 바 없는 루틴 워크였다. 변할 여지가 없었다.

그가 길드의 문으로 향하려고 했을 때였다.

"우왓?!"

"어머……나."

건너편에서 문이 열리고, 까딱하면 부딪힐 정도로 가까운 눈앞에 남녀 두 사람.

길드에서 바깥으로 나오려던 남자는 검붉게 얼룩진 철 투구 앞에서 몇 걸음 재빨리 물러났다.

그에 비해 여자는 육감적인 몸을 흔들며 지팡이를 든 채 입술로 우아한 호를 그렸다.

"너 말이다."

창잡이가 아주 지긋지긋하단 표정으로 말했다.

"그 투구 쓰고 돌아다니는 것 좀 관둬라."

"놀라게 했나."

"놀라진 않았어."

"리빙…… 메일, 로. 보이……니, 까?"

불만스런 창잡이. 마녀가 키득키득 웃는 탓에 더더욱 토라져서 혀를 찼다.

고블린 슬레이어는 철 투구를 돌려서 어쩐지 모르게 두 사람의 모습을 보았다.

창잡이는 애용하는 창에 갑옷과 무구를 입었고, 배낭을 창날에 걸어 메고 있었다.

마녀는 평소와 같은 차림, 평소의 지팡이. 스크롤을 담은 가방.

두 사람이 어디에 가는 건지는 명백했다.

"모험인가."

"그래."

마녀가 긴 속눈썹을 드리운 눈으로 살며시 눈웃음 지었다.

"모험(데이트)…… 이야."

"그쪽은 여전히 고블린 퇴치냐?"

"그래."

고블린 슬레이어는 고개를 끄덕였다.

"끝난 참이다."

그러냐? 짧게 말한 창잡이는 이어서 뭔가 말하려고 입을 열었다.

그러나 그는 뭐라 표현하기 어려운 표정으로 철 투구와 길드 안을 보더니, 아무 말 없이 입을 다물었다.

고블린 슬레이어는 문을 밀면서 옆으로 비켜서 길을 열었다.

그리고는 조금 생각하더니 뭔가 말해야 한다 싶었는지 짧게 내뱉었다.

"조심해서 가라."

"네가 할 말이냐?"

톡. 창잡이의 주먹이 지나가면서 고블린 슬레이어의 어깨를 두드렸다.

고블린 슬레이어가 음, 하면서 어깨를 보는 동안 이미 창잡이가 지나갔다.

고개를 들자 이번에는 마녀가 뭔가 의미심장한 미소를 남기고 허리를 흔들며 창잡이를 뒤따랐다.

"……흠."

고블린 슬레이어는 고개를 살짝 갸웃거리며 붙들고 있던 길드의 문을 놓았다.

끼이, 소리를 내면서 닫히는 문을 이번에는 자신이 밀어 열었다.

곧장 떠들썩한 소란이 그를 뒤덮었다.

접수처 앞에서 자신의 모험을 보고하는 파티.

게시판을 노려보면서 이제부터 출발할 모험을 찾는 일행.

쉬는 날이라고 주점에 가는 자도 있고, 모험이 끝난 기념으로 의기양양하게 들어서는 자도 있다.

떠들썩하고, 번잡하고, 무구가 울리는 소리, 사람의 목소리. 그것들이 한데 섞인 공간.

고블린 슬레이어는 입구에서 고개를 돌리며 성큼성큼 대합실로 걸었다.

접수원은 지금 다른 모험가를 응대하고 있는 것이 보였다.

그녀의 눈인사에 가볍게 고개를 끄덕여주고, 고블린 슬레이어는 긴 의자에 털썩 앉았다.

"오."

"아."

조금 맥 빠지는 소리가 들렸다.

투구를 돌리자 무척 피로에 찌든 행색의 소년소녀가 있었다.

신참 전사와 수습 성녀— 물로 씻은 다음인지 머리칼이 촉촉하게 젖어 있었다.

그래도 얼굴이 약간 고양된 것처럼 보이는 것은 일거리 하나를 마쳤다는 기쁨 때문이리라.

소년의 허리에는 한손검 말고도 곤봉이 매달려 있었다.

제법 많이 썼는지 검게 물들어가고, 자루에는 고리 모양 가죽 끈을 달아두었다.

고블린 슬레이어가 미약하게 투구를 기울였다.

“쓰고 있나.”

“……아아, 응.”

신참 전사는 어째 어색한 듯 몸을 꼬면서 손바닥으로 가볍게 곤봉을 툭 두드렸다.

“생각보다는.”

“그런가.”

고블린 슬레이어가 고개를 끄덕이자 신참 전사는 어색하게 볼을 긁적였다.

“이래저래, 생각해 봤는데…….”

“…….”

“뭉개돌(매셔)이라고, 이름을 붙일까 해.”

“그런가.”

“아, 좀—.”

수습 성녀가 신참 전사의 옆구리를 쿡 찔렀다.

"창피하잖아."

"그래도."

윽, 신음한 신참 전사는 그래도 반론하는 자세를 무너뜨리지 않았다.

투닥대며 말다툼을 벌이기 시작한 두 사람을 번갈아 보고, 고블린 슬레이어는 자리에서 일어섰다.

접수원이 응대를 끝냈기 때문이다.

고블린 슬레이어는 잠시 조용히 있다가 발을 움직이기 전에 나지막이 말했다.

"나쁘지 않다."

곧장, 두 사람의 말다툼이 뚝 멎었다.

믿을 수 없는 말을 들은 것처럼 소년소녀가 멍하니 싸구려 철 투구를 올려다보았다.

그 철 투구가 미약하게 아래쪽으로 움직였다.

"투척에는 적합하지 않지만, 끈을 단 것은 좋은 방법이다."

이어서 낮은 목소리로 말했다.

"나도 시험해 보지."

무심코 얼굴을 마주보는 두 사람에게 등을 돌리고, 고블린 슬레이어가 성큼성큼 걷기 시작했다.

접수처에서는 모험가 응대를 끝낸 접수원이 서류 다발을 톡톡 두드려 정리하고 있었다.

눈이 마주치자 그녀는 지저분한 철 투구를 향해서 생긋 웃었다.

"수고하셨어요, 고블린 슬레이어 씨!"

"그래."

삐걱거리며 의자에 앉은 뒤 문득 접수처에 낯선 것이 있는 것을 깨달았다.

손바닥에 올라갈 정도로 작은 인형— 아니, 모험가를 모방한 말이 다섯, 여섯 개, 대오를 짜서 늘어서 있었다.

“아아, 이거요?”

접수원이 키득 웃음을 흘리더니 그 중 하나를 손가락으로 집었다.

경장의 전사일까? 작은 방패와 검을 장비한 말을 그녀는 손바닥 위에 올리고 가볍게 찔렀다.

“요전에 발견해서…… 비품이긴 한데요. 다시 넣어두자니 좀 가여워서요.”

“그런가.”

“네.”

고블린 슬레이어에게 고개를 끄덕이고 말을 본래 있던 대로 놓았다.

몸이 가벼운 척후, 갑옷과 투구의 기사, 엘프 마녀, 드워프 전사, 그리고 노련한 승려.

“이것은 파티인가?”

“네. 지옥으로 통하는 분묘의 문을 닫기 위해 여행을 떠난 모험가 파티랍니다.”

결국 세상을 구하지는 못했지만요. 쑥스러운 기색으로 볼을 긁적이는 접수원에게 그가 말했다.

“밸런스는 좋군.”

“네. 참 좋은 파티였어요.”

그녀는 마치 그들이 실재하는 모험가인 것처럼 모험담을 이야기했다.

분묘 입구를 탐구하는 여행, 녹색 수호자 괴물과의 싸움, 무시무시한 미궁…….

고블린 슬레이어는 그것을 묵묵히 들었다.

"어머나."

문득 깨달은 접수원이 당황했다.

"죄, 죄송해요, 혼자서 잡담을 해버렸네요……."

"아니."

고블린 슬레이어는 고개를 옆으로 저었다.

"흥미롭군."

"그런가요?"

접수원은 땋은 머리를 흔들면서 살짝 고개를 갸웃거렸다.

"어흠."

그리고 가볍게 헛기침.

준비해둔 차를 얼른 타서 컵을 그에게 내밀며 다시 자리에 앉았다.

"그러니까, 그래서…… 의뢰는 어떠셨나요?"

고블린 슬레이어는 컵을 붙잡고서 단숨에 벌컥 마신 뒤에 말했다.

"고블린이 있었다."

네—. 접수원은 뭐가 그리 기쁜지 생글생글 웃으며 펜을 서면에서 움직였다.

몇 마리 있었다. 어떤 식으로 배치되어 있었다. 그것을 어떻게 죽였는가. 구조자의 상태. 성공 여부.

담담하게 말하는 내용은 평소와 다름없었다. 고블린 슬레이어의 고블린 퇴치다.
한 차례 보고를 마친 다음 한 문장씩 읽어가면서 내용을 재확인.
문제없었다.
“수고하셨습니다.”
접수원은 승인 도장을 보고서에 찍었다.
이걸로 작업은 끝이다. 이제는 금고에서 보수를 꺼내 건네기만 하면 된다.
“그러면 보수는…… 아아, 그렇지.”
짝. 손톱까지 정성스레 다듬은 손으로 손뼉을 쳤다. 잊으면 안 되는 것이 있었다.
“요전 마을 기억하세요?”
“어느 마을인가.”
“고블린 슬레이어 씨가 혼자서 갔던…….”
“아아.”
그는 고개를 끄덕였다. 동굴. 마을 사람. 소년. 포로.
“기억한다.”
“그 마을에서 온 건데요.”
접수원이 후후후, 의미심장하게 웃었다.
“답례품이 왔어요.”
잠깐만 기다리세요. 말을 남기고 접수원은 쪼르르 달려갔다.
금고를 열어 꺼낸 가죽 주머니를 천칭에 올리고 무게로 금액을 확인. 문제없었다.
트레이에 올린 가죽 주머니와 함께 그녀가 영차영차 들고 온 것은 어울리지 않는 바구니 하나였다.

접수처에 놓인 그것에는 이제 막 수확한 것으로 보이는 옥수수 산더미가 들어 있었다.

"부디 모험가님이 먹어주셨으면 좋겠어요, 라고 했어요!"

"호오."

고블린 슬레이어가 그 옥수수를 집어보자 참으로 묵직했다.

그리고 잎을 두세 장 걷어 보니 금색 열매가 꽉 들어차 있었다.

"잘 여물었군."

"그렇죠?"

그녀는 마치 자기 일처럼 자랑스럽게 밸런스 좋은 가슴을 내밀어 보였다.

"그리고 그 농작물을 대신 가져다주신 건, 요전에 구조된 분이에요."

"……그런가."

"네."

접수원도, 어쩐지 안심한 기색으로 옥수수를 보았다.

모험가나 용병이 패배를 겪고도 살아있으며, 재기하는 경우는 드물다.

"잘됐네요."

"그래."

고블린 슬레이어는 천천히 철 투구를 끄덕였다.

"잘됐군."

그리고 이것저것 수속을 마치고, 고블린 슬레이어는 옥수수 바구니를 안은 채 일어섰다.

길드에 모인 사람들은 어제오늘 등록을 마친 자들을 빼고는 딱히 신경 쓰지도 않았다.

흘끔 눈길을 주고는 「아아, 또 뭔가 하고 있군」 하는 정도로 지나쳐 버린다.

공방에서 빼꼼 얼굴을 내민 도제 소년도 마찬가지, 그가 가볍게 눈인사를 건넸다.

"뭔가."

고블린 슬레이어가 묻자 그는 앞치마에 손을 닦았다.

"아뇨. 또 검이 필요할지도 모른다고 생각해서요. 미리 주문을 들어둘까 싶어서……."

"그런가."

고블린 슬레이어는 고개를 끄덕였다.

"그러면, 한 자루 부탁하지."

"넵. 한꺼번에 몇 자루씩 부탁하실 생각은 없나요?"

"없다."

대답하고, 고블린 슬레이어는 허리의 칼집을 두드렸다.

"가지고 다니는 건 한 자루씩이다."

"고블린 슬레이어 씨답네요."

도제 소년은 쓴웃음을 지으며 수긍했다.

"그러면 한 자루 준비해둘…… 어, 우와, 옥수수네요."

바구니를 빼꼼 들여다보고 도제가 눈빛을 반짝거렸다.

"좋겠다……."

작은 소리가 흘렀다.

“벌써 계절이 이렇게 됐네요.”

“그래.”

“여기 오기 전에 시골에서 자주 쪄서 먹었어요, 여름마다.”

“그런가.”

고블린 슬레이어는 거침없이 바구니에 손을 넣어 옥수수 두세 개를 집었다.

그것을 그대로 도제 소년에게 쓱 내밀었다.

“가져가겠나?”

“어?”

도제의 입에서 놀란 목소리가 흘렀다.

“그래도 돼요?”

“너와 어르신한테는 신세를 지고 있다.”

“와, 그, 그럼, 사양 않고 받을게요!”

도제 소년은 두 손에 가득 옥수수를 끌어안고, 꾸벅꾸벅 고개를 숙인 다음 달려갔다.

“어르신!”

공방에서 울리는 목소리를 잠시 듣고 있던 고블린 슬레이어는 등을 돌려 걷기 시작했다.

밤이 시작되는 시간이기도 해서, 의뢰에서 돌아온 모험가들로 길드는 혼잡했다.

그 사이를 헤치고, 지인들이 인사를 할 때마다 가볍게 고개를 끄덕여 인사를 하며 나아갔다.

그리고 문 앞에 나서려는 참에 옆에서 누가 팔을 꾹 당겼다.

"후, 정말……. 말해주면 우리 주방에서 쪄줄 텐데."

"뭔가."

돌아보니 수인 여급이 그의 팔을 붙잡고 공방 쪽을 노려보고 있었다.

"있잖아요. 이럴 때는 먼저 우리 쪽에 가져다주시지 않으면 곤란한데요."

"그런 건가?"

"그래요. 요리를 해서 나눠주는 것까지 한 공정으로 할 수 있잖아요!"

정말, 이런 건 도통 모르신다니까. 그렇게 말해도 고블린 슬레이어는 고개만 끄덕인다.

"그런가."

갑옷과 투구 차림 모험가가 곡물을 안고서 우두커니 서 있으면 누가 뭐래도 눈에 띈다.

"여어, 고블린 슬레이어!"

주점 쪽에서 느긋하고 커다란 목소리가 들렸다.

철 투구를 돌려 살피니 이미 얼큰하게 취한 중장 전사가 붉은 얼굴로 손을 들었다.

"어때, 그쪽도 일 끝난 참이지? 한 잔 정도는 같이 마셔라!"

"뭐야, 너. 저 녀석도 부르게?"

그 옆에서는 여기사가 살짝 붉게 물든 미모를 뽐내며 게슴츠레한 눈초리로 탁자에 턱을 괴고 있었다.

"괜찮잖아, 가끔은."

"어차피 술안주 삼을 이야기가 고블린 퇴치밖에 없잖아, 저 녀석은."

여기사가 「정말이지, 어쩔 수가 없군」 하며 귀찮다는 듯 일어서너니 덜컥덜컥 의자를 움직였다.

“자, 꼬맹이들. 비켜라 비켜, 이 성기사가 앉을 테니.”

“어어어, 누나 그런 말투로 성기사라는 건 좀…….”

“뭣이? 너네들 잘 들어라. 나도 말이지, 언젠가는 홀리 스마이트를 말이야…….”

“언니, 요즘에는 방패 돌격(실드 배쉬)밖에 안 쓰잖아요…….”

“기사가 방패를 휘두르는 게 뭐가 나빠! 아니, 신이 기적을 내려주시지 않는 게 나쁜 거다!”

밀려난 소년 척후, 소녀 무술사들과 마치 어린애처럼 말다툼을 한다.

“아~ 정말~ 시끄시끄. 너네들 좀 조용히 해봐라!”

견디지 못하고 얼굴을 찌푸리며 참견한 중장 전사는 도저히 이쪽을 신경 쓸 여유가 없어 보였다.

그러면 어떡할까? 고블린 슬레이어가 멈춰서 있는데 옆에 그림자 하나가 슥 다가섰다.

“불러 세워 버려서 죄송해요.”

중장 전사 파티의 하프 엘프였다. 그는 우아한 손놀림으로 고개를 숙이더니 한쪽 눈을 깜빡였다.

“우리 대장한테는 제가 말해둘 테니까, 신경 쓰지 마세요.”

“그래요—. 저 사람들은 이미, 진~작에 주정뱅이가 됐으니까요. 신경 쓰지 마셔요.”

깔깔 웃은 수인 여급이 쫓아내듯이 짐승의 손을 흔들었다.

“자자, 손님. 얼른얼른 돌아가세요. 기다리는 사람이 있잖아요?”

"……."

고블린 슬레이어는 두 사람에게 철 투구를 돌리고, 그리고 안쪽에 있는 중장 전사를 보고, 위를 보고, 아래를 보았다.

"미안하군."

낮은 목소리로 사과하자 「괜찮아요—」라고 미소를 지으며 대답했다. 그는 별말 없이 그 자리를 떠났다.

모험가들의 인파에 치이며 문을 열고 밖으로 나온다.

밤바람이 시원스럽게 지나가고, 고블린 슬레이어는 투구 안에서 눈을 감았다. 그리고 한 걸음 앞으로.

성큼성큼 평소처럼 거침없는 발걸음으로 길을 걸어 정문으로 향했다.

그곳은 길드 코앞이니까 별로 먼 거리는 아니—었는데.

서두르는 발걸음으로 정문을 통과하는 모험가와 여행자들 가운데, 머리 하나쯤 키가 큰 거한의 모습이 보였다.

특징적인 모습을 발견한 고블린 슬레이어가 멈춰 서자 상대도 눈치챈 모양이다.

"오오, 소귀 살해자 선생!"

리자드맨 승려의 얼굴이 확 밝아지며 팔을 커다랗게 붕붕 흔들었다.

인파를 헤치며 다가가자 그의 주위에 3명, 평소와 같은 동료가 모여 있었다.

다들 하나같이 지쳐 있고, 옷은 지저분하고, 달성감이 가득한 표정을 짓고 있었다.

드워프 도사가 희미한 피 냄새에 코를 벌름거리고는, 그것을 지우려는지 술병 뚜껑을 열었다.

"뭣이냐? 카미키리마루는 지금부터 또 가는 게냐?"

"아니."

고블린 슬레이어는 철 투구를 흔들었다. 돌아가는 참이다.

"그쪽은 어떤가."

"마침 모험을 정리한 다음이니라."

"역시 전위가 한 사람이면 힘들어~."

엘프 궁수가 푸념하며 거창한 동작으로 어깨를 으쓱거리고 고개를 좌우로 흔들었다.

그리고 손을 훌쩍 뻗어서 여신관을 붙잡더니 그녀를 꾹 끌어안았다.

"와, 와와……?!"

"지쳤지?"

"아뇨, 그건……."

갑작스런 접촉에 눈을 깜빡인 여신관이었지만, 그 탓인지 아닌지 부끄러운 듯 고개를 숙였다.

"여러분이 지켜주시기만 해서, 저는……."

"겸손하다니까."

가냘픈 목소리로 「참 착한 아이야」라며 엘프 궁수가 그녀의 가녀린 몸을 끌어안으며 머리를 쓰다듬어줬다.

그러면서도 흘끔 고블린 슬레이어에게 눈길을 주는 걸 보니 놓칠 생각은 없어 보였다.

"그래서, 드워프는 아니지만 좀 맛있는 거라도 먹자 싶었지."

"과연."

"어라? 이거 옥수수?"

엘프의 방심할 수 없는 눈동자가, 고블린 슬레이어가 옆구리에 끌어안은 바구니를 발견했다.

보아하니 그곳에는 잎으로 싸인 금색 곡물이 풍족하게 여물어서 담겨 있었다.

"있지, 있지. 하나 받아도 돼?"

말이 끝나기도 전에 여신관에게서 스륵 떨어진 엘프 궁수가 옥수수 하나를 사삭 채어갔다.

"네가 무슨 레아더냐?"

드워프 도사가 질색하는 표정을 지었지만 엘프 궁수는「어디서 바람이 부나?」하는 태도다.

"상관없다."

고블린 슬레이어가 허락하니 더더욱 신이 나서 얄팍한 가슴을 내밀었다.

여신관은 난처한 기색으로 어떡하나 당황하고만 있고, 리자드맨 승려가 쉬익 날카롭게 숨을 내뱉었다.

"허허어. 소승의 고향에서도 자주 먹었다네."

"어, 고기 말고도 드시는 건가요?"

여신관이 놀란 어조로 물었다.

지쳤는데 시끌벅적하게 말다툼이 시작되는 것을 어떻게든 피하고 싶었으리라.

"소승의 고장에서는 이걸로 죽을 만들어, 꿀과 용설란의 즙 따위를 넣어 음료로 만들었지."

"헤에, 상상이 안 가네."

엘프 궁수가 관심이 가는지 흥미진진한 기색으로 몸을 내밀자 여신관이 안도의 한숨을 내쉬었다.

"허면, 소승이 만들어 주겠네. 어허, 그렇지, 소귀 살해자 선생."

"뭔가."

"괜찮다면, 또 한 덩어리 정도, 그……."

"치즈 말인가."

"……그렇네."

안절부절한 기색으로 고개를 흔들던 리자드맨 승려가 옳거니 하며 꼬리로 지면을 때렸다.

"방에 따로 전해주도록, 말을 해두지."

"오오, 고맙네! 이거 참, 아무래도 그것에 맛이 들려버린 차라 말일세."

고블린 슬레이어가 대답하자 「오오, 진미여!」라면서 리자드맨 승려가 환희의 목소리를 내질렀다.

그것을 곁눈질로 본 엘프 궁수가 「그렇다면……」이라며 입을 열었다.

"오르크볼그가 가져다주면 되잖아?"

"그래서는 목장 일이 줄어든다."

"흐응—."

성실한 건지 아닌 건지. 엘프 궁수가 기다란 귀를 흔들며 키득키득 웃었다.

"그러면, 마침 잘됐으니…… 오르크볼그에게 일을 부탁해볼까?"

"고블린인가."

"아니야."

엘프 궁수가 기다란 귀를 흔들었다.

"얘를 신전까지 바래다줘."

그렇게 말하며 여신관을 톡 밀었다.

"네에?!"

등을 밀린 탓에 앞으로 기울어지며 고블린 슬레이어 앞으로 나서게 됐다.

그녀는 당황한 기색으로 엘프 궁수, 고블린 슬레이어에게 시선을 휙휙 움직였다.

"어, 아, 아니, 괘, 괜찮아요, 혼자서. 바로 근처니까……."

"밤길은 위험하니라."

하얀 수염을 당기며 드워프 도사가 씨익, 심술궂은 웃음을 지었다.

"언제 고블린 놈들이 나올지 모르는 법이니. 그렇지 않느냐? 카미키리마루."

"그래."

대답하는 고블린 슬레이어는 참으로 진지했다.

"그러나, 길드의 숙소에 묵는 것이 아니었나?"

"그게, 뭔가 가을 축제 때문에 이것저것 할 얘기가 있대."

그렇지? 엘프 궁수가 동의를 구하자 여신관이 말을 흐렸다.

"그, 그게……."

그것은 사실인 모양이지만 그래도 인정하면 정말로 바래다줄 것 같아서…….

"배웅을 받는 게 좋겠군."

그런 그녀를 더욱 몰아붙이듯 리자드맨 승려가 슬쩍 설득에 참가했다.

"이럴 때는 사양하지 않는 것일세."

"……."

무척이나 사려 깊은 어조로 말하다 보니 사소한 것이라도 그 말이 맞는 것 같아져 버렸다.

어떡하지. 여신관이 난처한 표정으로 모두의 얼굴을 둘러보는데 고블린 슬레이어가 움직였다.

"가자."

짧은 한 마디만 중얼거리고 그가 성큼성큼 걸어가기 시작했다.

"어, 아, 아, 네……네엣."

남겨지면 어찌할 수가 없으니 여신관이 무심코 종종걸음으로 달렸다.

그녀가 빙글 돌아보자 동료 세 사람이 흐뭇한 것을 보는 표정으로 배웅하고 있었다.

그것이 어쩐지 부끄러워 볼에 열이 오르는 것을 느끼며 그녀는 꾸벅 고개를 숙였다.

"그러면, 저기…… 내일 또 봬요!"

고블린 슬레이어는 멈춰 서서 잠시 생각하더니 투구를 살짝 기울인 다음 다시 걷기 시작했다.

점점 멀어지는 등을 여신관이 열심히 쫓아갔다.

이윽고 그의 옆에 나란히 섰지만, 그녀의 노력이 아니라 그가 발걸음을 늦춘 덕분이었다.

숨이 차오른 것을 가다듬으며, 여신관이 아래에서 올려다보듯 그를 보았다.

여전한 철 투구. 어두워지는 시간이다 보니 괜히 더 표정을 알 수 없었다.

"요, 요즘에는 그게, 바쁘셨나요……?"

"그래."

고블린 슬레이어가 고개를 끄덕였다.

"돈이 필요했다."

"돈……."

"벌써 모았다."

으음. 여신관이 하얀 손가락을 입술에 대더니 고개를 숙이고 생각에 잠겼다.

약간의 불만과 약간의 걱정. 시기나 질투는 아닌, 것 같은데.

의지해주지 않는 것이 쓸쓸하기도 하고, 불만스럽기도 했다. 좀 더 말을 해주면 좋을 텐데…….

그렇게 생각하는 동안에도 그의 발은 움직이고, 여신관은 열심히 그를 따랐다.

그래서 지모신 신전에는 금방 도착했다.

"다 왔다."

고블린 슬레이어가 불러서 고개를 들자 벌써 신전 입구였다.

백아의 성당은 저물어가는 저녁 햇살에 보라색으로 물들어 있고, 안에서는 당번이 밝힌 화톳불이 슬쩍 보였다.

"감사합니다."

여신관은 인사를 한 다음 입구로 이어지는 계단을 몇 걸음 올랐다.

—이러면 되는 걸까?

도저히 아닌 것 같았다.

"저, 저기……."

그래서 돌아보고, 내심 용기를 돋우어 열심히 목소리를 냈다.

얼굴은 분명히 빨갛겠지만 저녁 해의 색과 어둠 때문에 분명히 안 보일 거다.

"다음에 모험을 갈 때는…… 꼭 말을 걸어주세요!"

"……."

고블린 슬레이어는 조용히 그녀의 얼굴을 올려다보았다.

"그래."

그리고 잠시 뒤에 목소리를 내며, 분명하게 고개를 끄덕였다.

"그러지."

그것만으로, 여신관에게는 충분했다.

"네!"

그녀는 저녁의 어둠 속에서도 알 수 있을 정도로 확 표정을 밝히며 활기차게 고개를 끄덕였다.

"내일 또 봬요!"

그녀가 외쳤다.

"내일 보자."

고블린 슬레이어도 대답하고 신전으로 들어가는 작은 등을 눈으로 배웅했다.

그는 그렇게 잠시 신전 앞에 서 있었다.

—오늘은 아는 사람을 자주 만나는 날이군.

고블린 슬레이어는 문득 언젠가와 같은 생각을 했다.

그러나, 그것은 동시에 조금 틀린 생각이었다.

사람은 언제나 그곳에 있었다.

무언가 변했다고 하면, 변했을지도 모른다.

아무 것도 변하지 않았다고 하면, 변하지 않았으리라.

그저, 눈치채지 못한 것뿐이다.

그는 너무나도 많은 것을 그냥 지나친 기분이 들었다.

깊게 숨을 들이쉬고, 커다랗게 숨을 내쉬었다.

고블린 슬레이어는 아직도 떠들썩한 길드 앞을 지나 정문을 통과해 가도로 빠져 나왔다.

쌍둥이 달빛도 황황하며, 별빛과 어우러져 밤인데도 신기하게 어둠이 느껴지지 않았다.

싸르르르. 풀밭을 흔들며 지나는 바람도 밤이 되면 시원하고 마음이 편해진다.

그는 묵묵히 평소와 같은 발걸음으로 길을 나아갔다. —그리고.

저 너머에 불빛 하나가 보였다.

평소와 같은 시간, 같은 장소에. 목장의 불빛이 보이는 곳까지 돌아온 것이다.

고블린 슬레이어는 아주 조금 발걸음을 빨리 했다.

목장 주인을 도와 만든 돌담을 넘어서 자신이 수선한 울타리를 지나 현관으로.

단숨에 갈 수 있다.

그러나 낡은 나무문 앞에 선 고블린 슬레이어는 바로 문을 열지 않았다.

우선 그는 허리의 가방을 뒤져서 금화가 든 주머니를 끄집어냈다.

묵직한 무게를 손으로 재고서 주머니 입구를 풀어 안을 점검했다.

문제없다. 그것을 집어넣고서는 오른쪽 왼쪽으로 철 투구를 움직였다. 마지막으로 하늘을 올려다보았다.

"좋아."

희미하게 중얼거리고, 고블린 슬레이어는 문 손잡이를 잡았다. 돌리고 밀어서 열었다.

끼이익. 소리를 내는 문 너머에 편안한 따스함과 달콤한 냄새.

그것이 우유를 끓이는 것이란 사실을 이해함과 동시에 부엌에 서 있던 그녀가 빙글 돌아보았다.

"와, 오늘은 늦었네!"

놀라서 눈을 깜빡인 그녀는 앞치마에 손을 닦고서 허둥지둥 부엌에서 움직였다.

그는 손을 뒤로 돌려 문을 닫고 신중한 발걸음으로 실내에 들어갔다.

그 동작을 흘끔 본 그녀는 그가 옆구리에 안고 있는 바구니에 눈길을 향했다.

"어라? 옥수수네. 무슨 일이야? 예쁘다~."

"받았다."

그가 대답하더니 바구니를 적당히 탁자 위에 두려고 했다.

"그렇구나."

그녀는 고개를 끄덕이고 냄비를 젓고 있었다.

그러면서도 보지도 않고 말했다.

"테이블 위는 안 돼."

"음."

"하다못해 의자 위에 놓아줘."

"백부님은 어디 있지?"

"오늘은 모임 때문에 늦는대."

그렇다면 괜찮겠군. 그는 의자를 하나 덜커덕 끌고 그곳에 바구니를 올렸다.

옥수수 다발은 마치 주빈이라도 되는 것처럼 당당하게 자리를 잡았다.

"흠."

그는 그것을 보고 고개를 끄덕였다. 그 동안에도 그녀는 부엌에서 바삐 움직였다.

"잠깐만 기다려. 금세 밥 되니까."

"그래."

그는 자기 의자 바로 옆으로 다가가 등받이에 손을 올렸다.

"응~?"

여전히 앉을 기색이 없기에 그녀는 무슨 일인가 싶어 어깨 너머로 돌아보았다.

보아 하니 그는 의자 곁에 선 채, 어쩐지 입을 다물어 버렸다.

—어머나?

그녀는 앞치마에 손을 닦으며 그의 곁으로 총총히 다가왔다.

—이럴 때는 대부분 이쪽에서 말을 걸어주는 게 좋단 말이지.

"왜 그래?"

그녀는 몸을 살짝 숙이고 아래쪽에서 들여다보듯 그의 철 투구를 보았다.

여전한 철 투구. 표정 따위 전혀 알 수 없었다. 그러나 그녀는 어쩐지 상상할 수 있었다.

"음."

그는 뭔가 작게 신음하고서 잠시 입을 다물었다.

"아니."

이윽고 그렇게 입을 열었다.

"식사 전에."

"응."

"주고 싶은 것이 있다."

어찌저찌 띄엄띄엄 말을 한 그는 허리춤의 가방을 뒤졌다.

쑤욱 끄집어낸 것은 아까 그가 확인한 돈 주머니였다.

테이블 위에 놓자 안의 금화가 무너져 자르륵 묵직한 소리를 냈다.

"어라?"

그녀가 눈을 깜빡였다.

"이번 달 방세는, 벌써 받은 것 같은데……."

"아니."

그는 평소보다 한층 더 무뚝뚝한 어조로 말했다.

"생일이다."

"아."

그녀는 무심코 손뼉을 쳤다.

그러고 보니 그랬다. 바빠서 완전히 잊고 있었지만.

—내일은, 내 19살 생일이잖아.

"뭘 선물하면 좋을지 몰라서, 이게 제일이라고 생각했다."

그는 그렇게 말하고서 돈 주머니를 말없이 내밀었다.

정성스레 포장을 했어도 곤란하지만, 장식이고 꾸밈이고 없는 가죽 주머니.

그리고 하필이면 알맹이가 돈이다. 생일선물의 성의로서는 아래 단계에서부터 세는 편이 빠르다.

"……정말로, 넌 말이야."

화를 내야 할까? 한탄을 해야 할까? 질려야 할까? 슬퍼해야 할까?

소치기 소녀는 여러 모로 애매한 표정을 지었다.

"정말로, 못 말리겠네—."

결국 쓴웃음을 고르고 말았다.

어린애가 선물로 받은 인형을 다루듯, 금화 주머니를 풍만한 가슴팍에 꼬옥 끌어안았다.

"알고 있는 것처럼 보이고, 알고 있다고 생각이 들게 하면서, 사실은 정말로 모르는 경우가 있단 말이지."

"음."

"모르겠으면 같이 사러 간다든가, 같이 고른다든가 그런 방법이 있잖아?"

—그런 걸 바라는데 말이지.

그녀가 고개를 갸웃거리며 말하자 그는 낮은 목소리로 신음한 다음, 천천히 철 투구를 위아래로 움직였다.
"……알았다."
"그 대답을 들어보니 전혀 모르네. —고맙다는 말은 선물을 정한 다음에 말할게?"
이건 설교를 해야지. 그녀는 키득키득 웃으면서 그의 등을 가볍게 두드렸다.
"수확제 때라거나, 좀 기대하고 있을게."
소치기 소녀는 웃으면서도 전혀 기대 안 한다는 식으로 말했다.
"생각해 두지."
그래서 그가 이렇게 말했을 때도 그다지 신경 쓰지 않았다.
"그래, 알았어."
가볍게 대답하며 흘렸다.
"자, 일단은 어서 앉아. 벌써 다 됐으니까 밥 먹어 버리자."
그리고 갑옷 탓에 딱딱하고 커다란 어깨에 양손을 얹고 의자를 쓱 끌어다 그를 턱, 앉혔다.
그리고 가볍게 달려 부엌으로 가던 그녀는 문득 생각난 것처럼 빙글 돌아보았다.
"아차, 그렇네. 중요한 걸 잊었어."
그 얼굴에, 그녀가 자신이 할 수 있는 가장 화사한 미소를 지었다.
"어서 와!"
"그래."
그는 고개를 끄덕이고, 조용히 의자에 고쳐 앉았다.
"다녀왔다."

■작가 후기

안녕하세요, 카규 쿠모입니다. 여러분 4권은 재미있었나요?

이번은 단편집이라서, 1권과 2권, 2권과 3권 사이의 이야기가 실려 있습니다.

이런저런 사람이, 이런저런 생각을 하고, 이런저런 일을 하며, 이런저런 일이 일어나는 이야기입니다.

그래서 고블린의 등장이 약간 적습니다만, 이번에도 고블린은 퇴치됩니다.

그리고 이번에는 드라마CD를 제작해주신다고 하여 한정 특장판이 나오게 되었습니다.

여신관과 엘프 궁수의 모험이니까, 이쪽도 고블린의 등장은 적습니다.

하지만 고블린 퇴치 장면이 확실하게 들어가 있으니까 안심하셔도 좋을 겁니다.

이야, 우와, 정말, 성우 분들은 굉장합니다. 깜짝 놀랐어요.

이렇게 될 거였으면 좀 더 이렇게, 그 사람이나 저 사람의 등장을 늘려서 대사량을 늘릴 걸……!

그런 생각을 하면서도 쑥스러워서, 수록하는 걸 듣고 있는 동안 계속 고개를 숙이고 있었습니다.

아무래도 다른 작가님들도 비슷한 경향이 있다고 합니다. 나만 그런 게 아니었구나!

그리고그리고, 『이 라이트 노벨이 굉장하다!』의 문고 신작 부문 1위를 받았습니다.

정말로 고마운 일이긴 합니다만…… 뭔가 이상한 녀석이 1위를 해도 되는 걸까요?

고블린고블린 그러면서 고블린을 퇴치하는 모험가 이야기인데요?

어쨌든지, 앞으로도 고블린이 나와서 곱슬 씨가 퇴치하는 이야기를 쓸 겁니다.

5권은 3권 직후의 시점으로, 겨울의 설산에 고블린이 나와서 퇴치하러 가는 이야기가 될 겁니다.

1권에서는 언덕을 넘고, 2권에서는 도시의 지하, 3권에서는 팔 7개의 괴물, 4권은 휴식이고 5권에서는 산속의 요새.

네, 아는 사람은 다 아실 거라 생각합니다. 알지 못해도 괜찮아요.

어쨌든지, 이 뭔가 이상한 모험가의 이야기를 여러분이 즐겨주시니 정말로 기쁩니다.

부디 앞으로도 읽어주시면 좋겠습니다.

이번에도 근사한 일러스트를 그려주신 칸나츠키 선생님, 감사합니다.

수인 여급은 선생님의 삽화를 보고 나온 캐릭터이기도 합니다. 그 아이입니다.

매달 코미컬라이즈로 즐거움을 주시는 쿠로세 선생님, 앞으로도 잘 부탁드립니다.

드라마CD에 참가해주신 성우 여러분, 근사한 연기 고맙습니다.

게임 동료들, 창작 관련 친구들. 이번에도 이래저래 감사합니다.

편집부 여러분, 출판과 선전, 유통에 관련되신 여러분, 언제나 신세를 지고 있습니다.

독자 여러분과 정리 사이트 관리인 님, 덕분에 어떻게 여기까지 왔습니다.

앞으로도 있는 힘껏 노력할 테니, 부디 잘 부탁 드립니다.

■ 역자 후기

안녕~하세요. 불초 역자입니다.

고블린 슬레이어 4권이군요. 여러분들의 성원에 힘입어 전에는 지하철에 광고도 게재가 되었습니다.

먼저 한 가지 말씀드립니다. 역자는 참 밖에 나가기 싫어합니다. 까딱하면 현관문 한 번도 안 열고 하루 종일 지내는 경우도 있기 때문에 집에서 왕복 5분 거리만 나갔다 와도 상당히 긴 여정을 다녀왔다고 할 수 있죠.

그런데 문제가 한 가지 있어요. 바로 지하철 광고가 걸린 신림역이 역자의 집에서부터 걸어서 17분 거리란 것이죠! 걸어서 17분. 대장정입니다. 그러나 뭐 돈이 드는 것도 아니고, 날이 더워서 다녀오면 땀이 주륵주륵 흐른다거나 그런 것만 빼면 못 다녀올 이유가 없지 않겠습니까? 게다가 소치기 소녀와 여신관이 대형 광고판으로 기다리고 있단 말입니다. 역자는 아침 일찍(오전 11시 반이라는 놀랍도록 이른 시간입니다) 일어나서 밥 먹고 씻고 짐을 챙긴 다음에 힘차게 밖으로 나섰습니다! 30도가 넘는 기온에 좌절할 것 같았지만 늘 입는 깜장 옷을 꿋꿋하게 입고서 신림역으로 출발! 무려 17분의 대장정 끝에 대형 광고판을 영접하게 되었습니다. 오오, 제법 박력이 있어요. 역자는 기념으로 사진을 찍고서 와아, 세상 참 좋아졌다며 감동을 잠시 곱씹은 다음에(으우우브읍!)

?: 잠시 실례하겠습니다. 모 역자가 후기 돌려막기를 하고 있다는 신고가 들어왔습니다.(재갈을 풀어주라는 눈짓)

푸아! 뭐냐! 후기란 것은 어디까지나 역자의 재량! 무슨 내용을 쓰든 내 마음(우우으브!)

?: 정신을 못 차렸군. 끌고 가!

(우우우부부부바바~!)

?: 대단히 실례했습니다. 게으른 역자가 쓰기 귀찮다는 이유로 다른 작품에 썼던 후기를 거의 베껴쓰는 만행을 저지르고 말았습니다. 하여간 구제불능입니다. 지난번에는 자기가 번역한 헤븐즈필 이벤트에 응모를 하려고 시도를 하지 않나, 정말로 글러먹었습니다. 지난번 부활 주문이 조금 잘못됐을지도 모르겠군요. 그러나 여러분, 역자가 글러먹은 놈이라지만 작품에는 죄가 없는 법. 앞으로도 「고블린 슬레이어」를 잘 부탁 드립니다. 그리고 이야기가 나온 김에 역자가 번역한 또 다른 시리즈 「데스마치에서 시작되는 이세계 광상곡」과 「Fate/stay night [Heaven's Feel]」도 많이 사랑해 주세요!

결국은 마무리도 전에 쓴 후기랑 비슷(우아오부부부!)

고블린 슬레이어 4

1판 1쇄 발행 2017년 11월 20일
1판 2쇄 발행 2018년 3월 21일

지은이_ Kumo Kagyu
일러스트_ Noboru Kannatuki
옮긴이_ 박경용

발행인_ 신현호
편집국장_ 김은주
편집진행_ 최은진 · 김기준 · 김승신 · 원현선 · 김솔함 · 권세라
편집디자인_ 양우연
국제업무_ 정아라 · 고금비
관리 · 영업_ 김민원 · 이주형 · 조인희

펴낸곳_ (주)디앤씨미디어
등록_ 2002년 4월 25일 제20-260호
주소_ 서울시 구로구 디지털로 26길 111 JnK디지털타워 503호
전화_ 02-333-2513(대표)
팩시밀리_ 02-333-2514
이메일_ lnovelpiya@naver.com
L노벨 공식 카페_ http://cafe.naver.com/lnovel11

ISBN 979-11-278-4305-2 04830
ISBN 979-11-278-4050-1 (세트)

값 9,800원

치유마법의 잘못된 사용법 1권

쿠로카타 지음 | KeG 일러스트 | 송재희 옮김

평범한 고등학생 우사토는 귀갓길에 우연히 만난 학생회장 스즈네,
같은 반 친구인 카즈키와 함께 갑자기 나타난 마법진에 삼켜져
이세계로 전이하게 된다.
세 사람은 마왕군으로부터 왕국을 구하기 위한『용사』로서 소환된 것이지만
용사 적성을 가진 이는 스즈네와 카즈키뿐, 우사토는 그저 휘말린 것이었다!
하지만 우사토에게 희귀한 속성인『치유마법사』의 능력이 있다고 밝혀지며
사태는 180도 바뀌게 되고, 우사토는 구명단 단장이라는 여성, 로즈에게 납치되어
강제로 구명단에 가입하게 된다.
그곳에서 우사토를 기다리고 있던 것은 험악한 얼굴의 동료들,
그리고「치유마법의 잘못된 사용법」을 구사하는
지옥훈련으로 채워진 나날이었다―.

상식 파괴「회복 요원」이 펼치는
개그&배틀 우당탕 이세계 판타지, 당당히 개막!!